Für Heidi aus Berlin – foräwer

AUFTAKT

Ich fahre gern Bahn, wenn sie rappelvoll ist. Rufe laut durch die Wohnung, wenn ich heimkomme, und erwarte eine Stimme, die mir antwortet. Ich hasse es, allein zu sein. Ich spiele Klavier – so gut, dass ich bald Konzerte geben kann. Dann kommen viele Leute; wunderbar. Ich spiele solo, bin aber nicht allein; vor Publikum ist man nie allein.

ALS ICH ZWÖLF WAR …

… wollte ich unbedingt gewinnen bei einem Wettbewerb in Göttingen. Im Januar, es war eiskalt. Mir selbst war vor Ehrgeiz und Aufregung so heiß, dass ich das Glatteis hätte schmelzen können, über das ich ging, hin zum Konzertsaal. Okay, ich übertreibe gern, daran muss man sich bei mir gewöhnen. Mein Vater begleitete mich diesmal, einer meiner Erwachsenen musste immer mit, wo ich hinwollte. Das taten sie seit Jahren.

Paps bestand darauf, dass wir wenigstens einen Blick auf die Orte warfen, in die wir fuhren, obwohl wenig Zeit dafür blieb. Sonst sahen wir einzig Hotels oder Privatquartiere, den Bahnhof, den Veranstaltungsort, mal ein Restaurant. Aber mit ihm musste ich regelmäßig eine Runde durch die Stadt laufen. Was soll in Göttingen schon zu sehen sein?! Mami hatte diese blöde Sitte übernommen. Sie brauchte zusätzlich immer irgendwo eine Sauna, war süchtig nach 90 Grad Hitze, um danach in Eiswasser einzutauchen. Sie verlangte, dass ich das mitmachte, weil diese Tortur gesund sein soll. Wenn ich bloß den dicken Zeh in kaltes Wasser steckte, starb ich fast, so fies war das!

Göttingen hat tatsächlich einen schönen Marktplatz mit altem Rathaus, und Paps führte mich dort zu einem kleinen Denkmal: ein junges Mädchen aus Bronze oder Messing, keine Ahnung. Im linken Arm hielt sie echte, frisch erfrorene Blumen, gelbe Rosen mit glitzerndem Eis. Ich glaubte meinen Augen nicht zu trauen: gefrorene Blumen im Arm eines Denkmals? Paps konnte mir Auskunft geben, er hatte ein Buch dabei: »Studenten, die in Göttingen ihren Doktor machen, danken diesem Mädchen mit einem Strauß Blumen und einem Kuss. Das ist hier Brauch.«

Das gefiel mir. Nach einem Konzert stand ich ähnlich da, wenn mir als Dankeschön ein Strauß überreicht wurde. Dann war mir kalt vor Erschöpfung. Eiskalt, als stände ich nicht auf der Bühne, sondern im Frost wie diese Statue. Mit Blumen im Arm.

»Das ist das Gänseliesel«, wusste Paps. »Wahrzeichen der Stadt.«

Jetzt erst sah ich die Gänse, die das Mädchen trug: eine im Korb, eine zweite an den Flügeln gepackt.

Ihre Blumen erfroren draußen, meine verwelkten nach einer stundenlangen Fahrt im Zug; wir nennen das abfällig Klatschgemüse: wieder ein Konzert beendet, die Leute haben applaudiert, manche sogar Bravo gerufen oder eine Zugabe erbeten.

Ich liebte donnernden Applaus, ich wollte unbedingt gewinnen in Göttingen! Solistin sein, Blumen im Arm halten. Gänseliesel, bring mir Glück! Aber ich hatte ein komisches Gefühl.

Einen Tag zuvor hatte ich noch eine Stunde bei Eisenstein genommen. Mein Klavierprofessor war sehr alt, hatte eine Glatze, die Haut käsig, er war vermutlich selten an der frischen Luft, immer in der Hochschule, auf Seminaren, Meisterkursen, er war Musikprofessor seit Jahrzehnten. Eisenstein hörte nicht auf zu arbeiten. Musiker und ihre Lehrer gehen selten in Rente, so wie Schriftsteller oder Maler, die hören auch erst auf, wenn sie tot sind. Andere Leute in seinem Alter waren längst im Heim oder zu ihrem Vergnügen auf Kreuzfahrt oder genossen ihr Leben im Tanzcafé, Professor Eisenstein aber arbeitete von früh bis spät, weil das alles war, wofür er lebte: das Klavier und seine Schüler und Schülerinnen. Er reiste sogar durch die ganze Welt, weil er auch in Tokio unterrichtete, tatsächlich! Oder in Seoul. Er war berühmt. Es war eine Ehre, von ihm unterrichtet zu werden, er nahm nur die Besten, um sie perfekt zu machen. Klar war ich stolz dazuzugehören. Ich wollte die Allerbeste der Besten werden. Nicht meine Eltern, die drängten mich nicht, nur ich, ich wollte das unbedingt! Ich spielte ihm ein letztes Mal vor, was ich im Wettbewerb vortragen wollte, ein Prélude von Chopin.

Es ist ein leises, romantisches Stück, klingt wie Regentropfen, darum nennt man es auch so: Regentropfen-Prélude. Chopin hat es auf Mallorca komponiert. Er war dort, weil es ihm mal wieder schlecht ging, er hatte eine Lungenentzündung, Chopin war ständig krank. So lag er da auf der Insel im Schatten und wartete auf seine Freundin, George Sand, die unterwegs war einkaufen, was weiß ich. Er wünschte sich, dass sie endlich zurückkommt! Dieses Stück erzählt, wie sich das sehnsüchtige Warten anhört. Einzelne Sekunden fallen wie Tropfen. Chopins Lebenssekunden tropften ähnlich wie der Regen. Er ahnte wohl, dass er früh sterben würde, ich wollte das Prélude so herzzerreißend wie nur möglich spielen.

CHOPIN:
»Regentropfen-Prélude«

Nach dem letzten Ton suchte ich stolz den Blick meines Lehrers. Er sprach sehr tief, wäre wohl ein Bass, wenn er singen würde. Er sang aber nicht. Im Unterricht erklärte er mir die Stücke immer ganz genau, aber er spielte sie nie vor. Nicht einen Takt, keinen Ton, nichts. Niemand hatte ihn je spielen hören, und doch war er einer der besten Klavierlehrer. Er wusste alles theoretisch, aber praktisch? Keine Ahnung! Nun sagte er endlich was: »Clara, wenn du das morgen so spielst, wirst du nicht gewinnen.«

Die Temperatur im Raum sank schlagartig unter null, mein Gefühl glich einem Blumenstrauß, der eben in der Eiseskälte erfror. Er sagte nichts Konkretes zum Stück, wie sonst im Unterricht, gab keine Tipps, spendete keinen Trost. Was genau sollte ich denn besser machen? Ich schaukelte nervös auf dem Klavierhocker, rieb meine Hände.

Er schaute gleichgültig an mir vorbei, blätterte in den Noten herum, als sei er auf der Suche nach etwas. Dann sagte er, ohne mich dabei anzusehen: »Sicher spielst du die Noten perfekt, aber mir fehlt da das Quäntchen Genie, du spürst die Not von Chopin nicht, jung und gesund wie du bist.«

Mir stiegen Tränen in die Augen, ich bekam kein Wort heraus. Was redete der für einen Schrott. Ich spürte jede Not, auch die von Chopin. Na gut, mein Lehrer war sehr alt, er wusste vielleicht besser, wie es sich anfühlte, den Tod vor Augen zu haben.

»Ihm tut nicht irgendein Körperteil weh.«

Das weiß ich doch, er wird sterben! Das haben wir schon x-mal besprochen. Der nervt gerade. Beim Klavierunterricht bin ich immer mit ihm allein, total auf ihn angewiesen. Eisenstein diskutiert nicht mit mir, es wird getan, was er sagt. Aber jetzt sagt er gar nichts, ich hänge in der Luft! Mir wird richtig übel davon. Ach Mann, er könnte mich doch anfeuern wie ein Fußballtrainer. Wie toll wäre es, wenn Eisenstein uns so trainieren würde. Und dafür sorgen, dass all seine Schüler und Schülerinnen zusammenhalten wie Sportskameraden und sich gegenseitig unterstützen?! Dann stellen wir uns wie eine Mannschaft im Kreis auf, Arm in Arm umschlungen feuern wir uns gegenseitig an. Ein Schlachtruf in A-Dur!

So war es bei uns leider nicht, jeder stand allein da, wollte den anderen verdrängen. Ich hatte gut gespielt, sehr gut sogar, ich hatte doch Ohren im Kopf! Quäntchen Genie? Verlangte er etwa, dass ich das Stück neu erfinde? Ich war zwölf! Klar war ich zu jung, um die Todesangst des kranken Chopin zu spüren. Aber ich war auch schon mal krank, Lungenentzündung.

Ich sagte trotzig: »Ich mache damit den ersten Preis.«

»Du darfst nicht enttäuscht sein, wenn das nicht klappt.«

Atme mal durch, beruhige dich, denk nach. Ich bin gut genug, um zu gewinnen. Basta! Wenn er sagt, das klappt nicht, dann steht er nicht zu mir. Dann hält er zu jemand anderem. Ich kann mir schon denken, um wen es geht. Moment mal! Vielleicht sind ja die Wettbewerbe tatsächlich abgesprochen?! Nicht die Beste gewinnt, sondern die- oder derjenige, der einen Preis bekommen soll. Ich soll verlieren, weil ein anderer gewinnen soll. Ist es Beatrice?! Kann Eisenstein das manipulieren? Macht er die zur Siegerin, bevor der Wettbewerb überhaupt losgeht? Ich traue diesen Leuten zu, dass sie betrügen, so nach dem Motto: Mal gewinnt dein Schüler, mal meiner. Andere Möglichkeit: Beatrice' Eltern bestechen die Jury. Aber womit? Sie haben ja gar kein Geld dafür. Sie wollen aber welches. Beatrice' Eltern träumen davon, dass ihre Tochter so berühmt wird wie Lang Lang, dann wird die Familie reich.

Mein Professor schaute mich freundlich an: »Vom Grübeln wird es nicht besser. Willst du es noch mal versuchen?«

Ich schwieg bockig. Er räusperte sich.

Vielleicht will er mich heute verunsichern, damit ich morgen ängstlich spiele und Beatrice auf diese Art den ersten Preis holt! Die steckt nämlich tatsächlich in einer Krise! Sie hat mir erzählt, dass sie keinen Bock mehr hat auf Klavier. Klar reagieren ihre Eltern da panisch! Da kommt so ein Preis gerade recht, das wird Beatrice aufheitern.

Wir sind wie Feuer und Wasser. Sie rothaarig, ich blond. Sie groß, ich klein, ich finde sie überheblich, sie findet mich egoistisch. Sie ist ein Modepüppchen, ich der burschikose Typ. Beatrice wird gewinnen, das weiß Eisenstein jetzt schon, so sieht das also aus! Womit hat sie ihn dazu gebracht?

Ich schaute Eisenstein fragend an, direkt in die Augen, traurig, so lange ich konnte. Er wich meinem Blick aus, schien nicht zu verstehen, was in mir vorging. Dann konnte ich ja gleich gehen. Ich stand tatsächlich auf, ohne dass er die Stunde beendet hatte. Er schaute mich groß an. Was tat ich da?! Einen Tag vor dem Wettbewerb brach ich den Unterricht ab. Das darf niemand tun. Er hätte mich in diesem Moment ganz aus seinem Unterricht werfen können, dann wäre sowieso alles vorbei gewesen; hat er aber nicht getan.

Am nächsten Tag ging ich mit Paps zum Wettbewerb, Leute aus der Stadt und der Umgebung waren gekommen, um zuzuhören. Dazu die Eltern der jungen Musiker, Omas und Opas auch. Die Jury, wenige Journalisten. Natürlich meine Konkurrenten – sie schienen mir alle wie eine einzige Masse, ich sah keine Gesichter, ich sah bloß alles grau in grau. Ein Punkt aber in dem großen Saal leuchtete pink, dahin ging mein Blick, zu Beatrice. Unübersehbar.

Sie sah toll aus, hatte ein herrliches Kleid an. Sie plapperte mit sonst wem, Küsschen hier, Küsschen da. Mich würdigte sie keines Blickes. Aber ich musste ständig zu ihr hinsehen, ich dumme Kuh.

Dann wurde es ernst: Ich verneigte mich vor der Jury und dem Publikum. Spielte, so gut ich konnte, aber in mir zitterte alles. Es waren keine Regentropfen, die da fielen, sondern Steine, die aufschlugen. Klar hatte ich keine Fehler gemacht, doch fehlte das Wichtigste: die Leichtigkeit. Ich war innerlich nicht der Musik nah, sondern dachte an Eisenstein, an Beatrice, an Siegen und Verlieren, und nicht mehr an Chopin. Nicht Mallorca, keine Zeit, die abläuft, die Angst vor dem Tod. Die Liebe. Das ist aber das Wichtigste – es so zu spielen, wie der Komponist es sich gedacht hat, mit aller Kraft. Ich aber dachte nur an mich.

Mein schwacher Auftritt hatte Beatrice regelrecht beflügelt, sie wusste genau, sie brauchte ihr Stück nur noch fehlerfrei abzuliefern. Das Publikum hatte sie mit stürmischem Applaus belohnt und so im Grunde als Siegerin gekürt, bevor die Jury das Ergebnis bekannt geben konnte. Es gab in Göttingen zwei erste Preise, keine Ahnung weshalb. Einen würde ich sicher bekommen für mein Prélude, bläute ich mir immer noch ein, sollte Beatrice den anderen haben – eine faire Lösung. Doch bei der Bekanntgabe der Gewinner bekam ich die Quittung. Zweiter Preis, also gänzlich verloren. Der zweite Preis war das Allerletzte, es war schlimmer, als erst gar nicht anzutreten. Ich war vor den Kopf gestoßen, atmete kaum mehr.

Dann kam auch noch die Mutter von Beatrice auf mich zu, ein Mutant ihrer Tochter in alt, knochig dünn wie Victoria Beckham, klopfte mir schadenfroh auf die Schulter: »Gratuliere zum zweiten Preis, großartige Leistung.«

Ich hätte ihr am liebsten eine gepfeffert, fühlte mich von Monstern umgeben und rannte fassungslos hinaus. Paps wollte mich trösten, er stand mit ausgebreiteten Armen da am Ausgang, aber ich war so außer mir, dass ich ihn wegstieß. Weg, nur fort von hier.

Im Freien traf mich die Kälte wie ein Schlag, ich hatte nicht mal eine Jacke übergezogen. Mein Konzertkleid war aus Polyester, es kühlte mich zusätzlich aus. Mein ganzer Körper war eine einzige Gänsehaut.

Gänseliesel. Warum bin ich hier? Warum spiele ich Klavier? Wer drängt mich, dass ich mir das antue? Ich kann noch so gut spielen, es nutzt gar nichts! Beatrice wird von Eisenstein vorgezogen, bekommt die tollsten Stücke, kann damit angeben. Das ist so ungerecht!

Mir kam schlotternd ein herrlicher, ein undenkbarer Gedanke:

Ich wische denen allen eins aus! Ich lasse mich nicht mehr demütigen. Ich höre auf!

Paps und Mama zwingen mich zu gar nichts! Beatrice hat keine Wahl, muss weitermachen, elterngesteuert. Soll eine Weltkarriere machen, um jeden Preis, aber ich bin frei. Das haben meine Eltern immer klargestellt: Ich muss nicht Klavier spielen! Ich höre auf, das ist der Wahnsinn! Muss nicht mehr jeden Tag üben, keine Kurse und kein Unterricht. Auch keine stressigen Konzerte mehr, keine ätzenden Wettbewerbe wie der hier, zweiter Platz – ph! Endlich Zeit für mich. Ich höre auf!

Ich probierte die Worte, flüsterte sie vor mich hin. Was für eine Entscheidung! Ich machte seit sechs Jahren Musik, viele Stunden jeden Tag. Ich wurde dafür oft vom Unterricht befreit, meine Mitschüler kannten mich kaum, nun war Schluss damit.

Wenn ich das Eisenstein sagte?! Der würde Augen machen! Er dachte, er müsse Beatrice motivieren, um sie zu halten, dabei war ich in Gefahr abzuspringen. Doch nun war es zu spät.

Ich werfe hin. Das hat er sich selber eingebrockt!

Dieser Wahnsinnsgedanke gehörte in dem Moment noch mir allein, ich würde keinem was sagen, noch nicht.

Ich ging wieder zurück in den Konzertsaal, zog mich um, packte tapfer meine Sachen zusammen, verabschiedete mich von allen, als sei nichts gewesen. Nur um Beatrice machte ich einen Bogen, der zu gratulieren, das schaffte ich nicht.

Paps hatte Mama angerufen und ihr alles erzählt, wir fuhren zurück nach Köln, ich sprach kein Wort und blieb auch die nächsten Tage still. Normalerweise quatschte ich wie ein Wasserfall, nun war Ruhe. Ich spielte auch kein Klavier wie sonst, meine Leute waren alarmiert: »Nun sag doch, was ist los? Wir machen uns Sorgen!«

Ich verriet ihnen noch nichts. Die waren sowieso der Meinung, dass ich zu viel machte. Wenn ich aufhörte, würde es ihnen nur recht sein. Einer von ihnen musste immer mit, wenn ich zu Meisterkursen fuhr oder zu Wettbewerben – das nervte meine Eltern gewaltig, das taten sie nur mir zum Gefallen. Ich habe keine Geschwister, sie kümmerten sich nur um mich und ihre Arbeit, mehr war nicht drin, kaum Zeit für sie selbst.

Bald werden sie erlöst sein, ich höre auf.

Es war meine Entscheidung, ich sagte immer noch nichts, musste das neue Gefühl erst einmal auskosten. Ging wie gewohnt in die Schule und hätte meinen Mitschülern die Neuigkeit mitteilen können: »Ich höre auf mit Klavier!«

Die Mädels würden sich freuen: »Jetzt kannst du endlich mal leben, mit uns chillen, shoppen gehen!« Niemand würde mich mehr blöd anschauen, weil ich nie Zeit hatte.

»Schon gehört? Clara hat aufgehört mit dem Geklimper, krass.«

Ich werde es Eisenstein sagen. Ob der ausflippt? Oder zieht er seine Schultern hoch, schaut mich nicht mal an, blättert ungerührt in den Noten und raunt: »Alle Arbeit umsonst!« Er wird mich nie wieder sehen wollen, weil er es verabscheut, wenn sich Schüler feige verdrücken. Das hindert ihn aber nicht daran, einen Schüler zu entlassen, wenn er zu faul ist. Wenn ich mich von meinem Meisterkurs verabschiede, sind bestimmt einige traurig, die mich mochten, aber die werden auch erleichtert sein: eine Konkurrentin weniger. Wär ich auch.

Noch hatte ich es keinem erzählt, noch spazierte ich weiter mit diesem *Ich höre auf*-Gedanken schweigend durch die Gegend. Stellte mir vor, ich erzählte es meiner tollen Schulleiterin, die mich für alle auswärtigen Kurse und Konzerte seit Jahren freigestellt hatte: »Oh, wie schade, du hast doch so viel Talent!«

Oder ich sagte es meiner Lieblingstante am Telefon. Die würde das gut finden: »Du kannst ja später noch Klavierlehrerin werden.

Damit verdienst du gutes Geld. Das ist allemal sicherer, als Konzertpianistin zu werden!« Ich sagte es Oma, ihr fehlten beinahe die Worte vor Schreck: »Warum denn, Kind!?« Ich rief es in Gedanken der Nachbarin über die Hecke, die sich nie über mein Geklimper beschwert hatte, sondern sich freute, jeden Tag stundenlang Musik zu hören: »Ja, bist du sicher, du bist doch so gut!«

Je öfter ich es dachte, vor mich hin murmelte, umso weniger glaubte ich mir selbst. Was wollte ich denn nun? Mama und Paps saßen am Küchentisch und tuschelten. Ich ging ins Wohnzimmer, sah meinen wunderschönen Flügel mitten im Zimmer stehen – und spürte ganz deutlich: Mit meiner Entscheidung tat ich mir selber weh. Ich konnte doch nicht einfach so aufhören, das fühlte sich schrecklich an!

Ich setzte mich auf den schwarzen Hocker, öffnete den Deckel, schob das Tuch aus rotem Samt beiseite, das die Tasten vor Staub schützte, legte meine Finger sanft darauf. Ich streichelte die weißen, dann die schwarzen. Sie vertrugen sich gut, waren mir so vertraut, ich konnte sie zum Leben erwecken. Wenn ich loslegte, erklangen Melodien, die sich anfühlten wie Sommerregen, Wolken oder Donnerschlag – je nachdem, was ich aus dem Instrument herausholte. Meine Töne kitzelten oder drohten, schrien oder flüsterten, rasten dahin wie ein Rennwagen oder fanden langsam ihren Weg wie fallende Federn. Wenn ich wollte, klang mein Flügel so gewaltig wie ein ganzes Orchester.

Ich brauche doch keinen Preis, der mir beweist, was ich draufhab. Ich bin gut, und ich muss noch so viel lernen, mehrere Stunden jeden Tag. Ich will das ja. Es ist nicht so, dass ich zum Klavier gehe und mich schinden muss, wenn ich übe. Das ist für mich keine Pflicht, kein Muss. Für mich ist das Klavier …? Wie soll ich das erklären? Das Üben ist keine Arbeit, sondern das Klavier bin sozusagen ich! Ja, so ungefähr kann man das sagen. Wenn ich ganz

bei mir sein will, dann spiele ich, dann lebe ich durch das Instrument. Deswegen kann ich auch nie und nimmer mit Klavier aufhören. Es ist nicht bloß ein schwarz lackierter Kasten, der im Wohnzimmer steht, für mich ist das mein Leben.
Und ich kann schon verdammt gut spielen, lobe ich mich selbst.
Angeberin, mahne ich schüchtern.
Also gut, bläue ich mir ein*: Wenn ich jemals mit Klavier aufhöre, dann nur, weil ich nicht mehr spielen will. Oder nicht mehr kann – sei es, dass meine Finger kaputt sind oder ein Handgelenk nicht mehr will. Aber nicht wegen anderer Leute, die mir das Leben schwer machen, wegen Eisenstein oder Beatrice gebe ich doch nicht auf!*

Damit das ein für alle Mal klar war, haute ich mit vollem Karacho einige Takte in die Tasten, in der Küche zuckten meine Erwachsenen vor Schreck zusammen! Ich stand auf und stürmte zu ihnen: »Gibt's was zu essen? Ich sterbe vor Hunger!« Sie grinsten breit. Ihrer Tochter ging's augenscheinlich besser.

Bei Tisch versuchten wir gemeinsam, diesen Wettbewerb zu verstehen. Paps sagte: »Beatrice hat ein virtuoseres Stück gespielt als du, spektakulär im Tempo. Vielleicht hat sie deshalb gewonnen!«

Wenn das der Grund war, dachte ich, dann würde ich von nun die schwierigsten Stücke der Welt spielen, und zwar mit einer Geschwindigkeit, dass mich niemand mehr schlagen konnte. Aber überhaupt keiner mehr! Meine Mama umarmte mich herzlich, mein Paps drückte mich noch fester, und ich atmete tief durch. So, und nun? Ich wollte mal wieder einen Wettbewerb gewinnen. Es war lange her, dass ich gesiegt hatte. Peinlich lang.

ALS ICH ACHT WAR …

… habe ich mal gewonnen. In Düsseldorf war ein Wettbewerb für Kinder ausgeschrieben, meine Klavierlehrerin Frau Bette hatte mich dort angemeldet – meine Eltern und ich kannten solche Vorspiele bis dahin nicht. Ich hatte ja einfach nur Klavier spielen wollen, wie viele Kinder das machen: Sie klimpern los und üben kaum, müssen aber an Weihnachten ein Liedchen spielen, damit die Familie sich freut.

Bei mir aber lief das anders. Ich hatte mit fünf angefangen und sehr schnell gelernt, es war für mich ganz leicht. Wir sind keine Musiker, keiner unserer Verwandten oder Bekannten spielt professionell Klavier, bloß mein Vater probierte nach Feierabend leichtere Stücke, ich wollte das auch. Nun also ein kleiner Wettbewerb. Meine Eltern stellten sich vor: Da sind Kinder unter zehn, die niedlich was vorspielen, was soll schon dabei sein? Meine Lehrerin Frau Bette und Paps begleiteten mich zur Vorauswahl.

Etwa fünfundzwanzig Kinder waren in Begleitung von Eltern und Klavierlehrern versammelt. Paps hat sich gewundert, weil viele Kinder gekleidet waren wie Puppen: weiße Söckchen, schwarze Lackschuhe. Die Mädchen hatten hochgesteckte Frisuren, geflochtene Haare, manche Jungen trugen wahrhaftig winzige Fracks mit Fliege, das sollte wohl zum Vorspiel besonders niedlich aussehen. Ich sah aus wie immer, trug meine blaue Hose mit Schmetterlingsmuster, es war meine Lieblingshose, dazu ein rotes T-Shirt und

Stiefel. Sollte ich mich nun dafür schämen? Paps war plötzlich doch aufgeregt und ärgerte sich dabei über sich selbst – es war doch nur ein Kindervorspiel. Manche dieser eifrigen Mütter führten sich auf wie strenge Trainerinnen, wie beim Eiskunstlauf bei Olympia, sie zerrten und zupften an ihren Kindern herum und mahnten sie, alles zu geben. Oben auf einer Empore saß die Kommission, in der Mitte des Saales stand ein riesiger Flügel.

Frau Bette regte sich beinahe auf, dass ich mich nicht aufregte. Wie locker fröhlich ich kurz vor einem Vorspiel mit meinem Paps plapperte, statt zu zittern. Sie flüsterte mir genervt zu, ich müsse mich jetzt konzentrieren und mich einspielen.

»Wie macht man das?«, fragte ich zurück.

»Na, die Finger warm machen, dein Stück noch mal anspielen.«

Ich hatte eh immer kalte Finger, egal ob ich mich einspielte oder nicht. Doch jedes dieser Kinder machte das, also stellte ich mich auch vor dem großen Flügel an und klimperte was, als ich an der Reihe war. Der Klang war sagenhaft gut, und schon drängelte der Nächste. Dessen Mutter fauchte mich richtig an: »Los, jetzt ist deine Zeit zu Ende! Jetzt ist der Jan dran!«

Also saß ich wieder bei meinem Paps, zappelte mit den Füßen und wartete, bis ich aufgerufen wurde. Mir machte es nichts aus, den Prüfern in der Kommission vorzuspielen, auch wenn ich nicht so niedlich gekleidet war wie die anderen. Ich hab den zweiten Satz aus der Klaviersonate Nr. 12, KV 332 von Mozart beinahe ohne Fehler abgeliefert.

MOZART: Klaviersonate Nr. 12

Zum Schluss hin gab es einen Takt, bei dem ich unsicher wurde, doch ich brach nicht ab. Ich drehte mit der Melodie eine Schleife, wiederholte die Stelle, und weiter ging's. Die Jury merkte, dass ich mich hinübergerettet hatte, sie kannten ja alle das Stück in- und auswendig. Doch ich hatte den Fehler ziemlich gut versteckt und ohne Angst weitergemacht. Anschließend verbeugte ich mich und stapfte zurück auf meinen Platz. Mein Paps schaute mich lächelnd an, drückte meine Hand, nickte mir zu. Gut gemacht! Ich grinste stolz. Andere Kinder haben auch schön gespielt, ich fand so ein Vorspiel vor vielen Leuten cool.

Zwei Wochen später rief Frau Bette an, sie war außer sich, ihre Stimme überschlug sich vor Schreck und Freude: »Clara hat sich tatsächlich für das Finale qualifiziert!«

Das war auch ein Erfolg für sie, der Beweis, dass sie eine gute Klavierpädagogin war. Den Kommentar der Jury las sie am Telefon vor: »Die musikalische Clara hat uns begeistert!«

Die Endrunde sollte bald stattfinden. Plötzlich stockte Frau Bette der Atem, erst jetzt hatte sie das Datum wahrgenommen. Ihre Stimmung kippte von größter Freude um in Verzweiflung.

»Fünfundzwanzigster November! Sie kann dort nicht spielen!«

Paps verstand nicht: »Ich denke, sie ist ausgewählt?«

Frau Bette war geschockt: »Es ist ein und derselbe Tag, lieber Himmel!«

»Was denn für ein Tag?«

Frau Bette weinte fast: »Das Mozart-Andante! Clara spielt doch zum ersten Mal in Begleitung. Ich habe bereits alles organisiert, den Kammermusiksaal in Bonn gebucht, das Quartett bestellt, die üben schon.«

Paps konnte Frau Bette nicht verstehen: »Jetzt hören Sie mir mal zu! Da ist sie nominiert in Düsseldorf, dann spielt sie auch da. Claras Konzert sagen wir erstmal ab, Sie haben ja noch andere Schüler, die was vortragen können.«

Frau Bette wurde sehr böse: »Aber Claras Auftritt soll der Höhepunkt des Abends sein!«, stritt sie mit Paps. »Es ist ihr offizielles Debüt!«

Ich habe den Streit kaum verstanden. Es ging doch einfach bloß ums Vorspielen, und das mochte ich schon immer gern. Paps wusste, dass es für mich im wahrsten Sinn des Wortes ein Spiel war, ich saß am Klavier, weil es mir Spaß machte, doch Frau Bette sah das anders. Sie war gerade dabei, mich zu entdecken. Das ist, als wenn ich vorspiele und in einer Casting-Show vier Profimusiker gleichzeitig den Buzzer drücken. Ich war acht Jahre alt, gerade noch jung genug, um ein Debüt zu geben, also den ersten öffentlichen Auftritt. Das war natürlich wichtig.

Paps ließ nicht locker: »Das Debüt kann man verschieben, aber das Finale in Düsseldorf nicht.«

Frau Bette war sauer, mein Vater war sauer, beide fanden keinen Kompromiss, sie legten empört auf. Mama machte sich Sorgen wegen der Streitereien, rief bei Frau Bette an, wollte schlichten, sprach mit Paps, aber es gelang ihr nicht, die Streithähne zu beruhigen, es gab keine Lösung, sondern nur ein Entweder-oder. Einer musste nachgeben, ein Auftritt musste ausfallen.

Das wollte ich nicht, auf keinen Fall. Denn das Debüt in Bonn sollte der Hammer werden, ich spielte zum ersten Mal mit Begleitung, richtige Profis, ein Quartett. Frau Bette und ich bereiteten uns seit Wochen darauf vor.

Sie hatte nämlich in den vergangenen zwei Jahren mitbekommen, dass ich sehr schnell lernte. Mit dem Konzert wollte sie herausfinden, ob ich etwas richtig Schweres schaffte; etwas für Könner, obwohl ich erst acht Jahre alt war. Sie wollte erleben, was passierte, wenn sie mich überforderte, deshalb gab sie mir den zweiten Satz aus einem Klavierkonzert von Mozart: »Ich hab hier ein Andante, schau mal.«

»Da spielt ein Orchester mit!«, staunte ich.

Sie zog es fürsorglich zurück: »Ja, es ist zu früh, du hast recht.«

Ich erschrak: »Nein, ich will das.«

Frau Bette lächelte stolz: »Es ist so gefühlvoll, wie du. Und sehr berühmt. Es wurde vor Jahren als Filmmusik eingesetzt. Weil es so lieblich klingt, spielen es alle möglichen Kitschmusiker. Darum musst du besonders achtsam damit umgehen, es muss so frisch klingen, wie du nur kannst. Sicher ist es romantisch, aber beschmier die Melodie nicht mit Marmelade. Wenn du das schaffst, sollten trotzdem Tränen fließen.«

Ich staunte: »Meine?«

Sie lachte auf: »Nein, die der Zuhörer bestenfalls. Diese Töne werden, wenn sie gut gespielt werden, bei Klein und Groß direkt in die Seele fallen. Darum ist Mozart so überragend. Keiner kann so komponieren. Zugleich musst du auf die hören, die dich begleiten.«

Orchester kannte ich bloß aus dem Fernsehen, das Konzert an Neujahr aus Wien, das schauten Omi und meine Eltern jedes Jahr gemeinsam, das war bei uns Tradition wie davor das Weihnachtsfest und Silvester: erst Gänsebraten, dann Böller, dann Musik. Meinte sie solch eine Begleitung für mich? Frau Bette schüttelte lachend den Kopf: »Die Wiener Philharmoniker?! Na hör mal! Wenn überhaupt, dann finden wir für dich nur ein winziges Orchester, wahrscheinlich wird es eher ein Quartett, das dich begleitet. Es kommt darauf an, ob du deine Einsätze genau findest, so etwas hast du noch nie getan.«

Mir wurde nun doch mulmig: »Ich kann es versuchen.«

Frau Bette riet mir: »Du solltest dich deshalb daran gewöhnen, den Noten zu folgen. Bei einem Konzert mit Begleitung sollte man das tun. Wenn du deinen Einsatz verpasst, stehst du dumm da.«

»Ich spiele immer auswendig.«

Frau Bette wiegte den Kopf: »Bei diesem Klavierkonzert führen die Streicher, und das Klavier folgt. Das ist etwas ganz anderes. Du musst die Noten im Blick haben!«

Ich habe geübt und kannte bald jeden Ton auswendig, und jeden Einsatz auch. Ich hatte die Noten vor mir, aber ich schaute sie kaum an. Mir war wohler, wenn ich alles in den Fingern hatte, die machten das ganz von allein. Meine Art zu spielen war eher wie Geschichtenerzählen. Satz für Satz, nicht Ton für Ton. Deshalb nutzte es mir wenig, wenn das Notenblatt aufgeschlagen da lag. Doch weil

Frau Bette es wollte, hab ich es dort hingelegt, sogar umgeblättert, aber nicht hingeschaut.

Beim Einüben hat Frau Bette mit ihrem zweiten Klavier die Melodien der Begleitung übernommen, wir haben geprobt, wie Klavier und Quartett zusammenspielen. Das hat mir richtig Spaß gemacht. Es fühlte sich an, als könne man Matheaufgaben mit Tönen und Fingern lösen. Ich habe jeden Einsatz gespürt. Wie von allein spielte ich das Andante von Mozart aus dem Klavierkonzert Nr. 12, KV 414.

MOZART: Klavierkonzert Nr. 12

Ich habe es auch daheim geübt, Mama hat zugehört: »Clara, ich habe Gänsehaut, wenn ich dich höre. Ich bin so stolz, wie gut du spielen kannst, unglaublich! Du machst mir beinahe Angst. Was da aus dir rauskommt, ist so … so … gut! Und du lernst so schnell! Mir fehlen die Worte.«

Abends sitze ich oben auf der Treppe und lausche: Mama sagt Paps, wie wunderbar ich heute Mozart gespielt habe. Ihre Stimme klingt stolz – und lieb. Sie küssen sich und schmusen, Mann, bin ich froh. Weil sie oft auch miteinander streiten, das mag ich gar nicht hören. Nun haben sie sich wieder lieb … das geschieht, wenn man Mozart hört. Ich schwör's, Mozart macht glücklich.
Dieses Stück soll ich in Bonn vorspielen, alles ist gebucht. Ich werde an diesem Tag die wichtigste Person sein. Und jetzt soll ich darauf verzichten? Ich denke ja gar nicht dran! Ich lasse auch den Wettbewerb in Düsseldorf nicht sausen, den werde ich gewinnen, logisch. Weshalb regen sich die Erwachsenen so auf? Mir gelingt ja auch daheim, ein Stück nach dem anderen zu spielen. Meinetwegen stundenlang. Also.

Ich machte einen Vorschlag: »Ich kann doch zweimal am Tag spielen, das dauert ja alles nicht lange.«

Mama und Paps schüttelten den Kopf, das käme überhaupt nicht infrage, das sei zu viel, ich sei zu jung für so einen Stress. Auch Frau Bette hatte ihre Zweifel: »Man kann dich ja nicht herumkarren wie eine Profimusikerin.«

Ich fand das übertrieben: »Liebe Frau Bette, ich spiele zweimal Mozart. Das ist alles, hier das Adagio, dort das Andante. Was ist schon dabei?!«

Ich wollte auf keines der Vorspiele verzichten, deshalb zog ich eine Schnute, wie nur Mädchen es können, und sagte den Erwachsenen entschlossen: »Ich spiele in Düsseldorf, und dann fahren wir nach Bonn und ich spiel da. Basta. Das ist schließlich meine Sache.«

Meine Eltern schauten sich an. Was war denn mit ihrer Tochter los?! Bestimmte die Kleine hier schon alles? Zwei Tage nach diesem Tag sollte auch noch mein neunter Geburtstag gefeiert werden. Der fiel auf einen Samstag, darum waren Verwandte und Freunde eingeladen, das musste auch noch vorbereitet werden.

»Meine Güte!«, Mama schüttelte den Kopf. »Sie ist so jung, die Süße. Und wir haben Probleme, ihre Konzerte zu organisieren. Was ist das bloß für ein Kind?«

»Tja«, stimmte Paps ihr zu. »Und wie soll das weitergehen? Was tut das Mädchen erst, wenn sie neunzehn ist?«

Mama hoffte: »Dann wird sie vielleicht Musik studieren wollen.«

Paps hatte da seine Zweifel: »Wenn sie in dem Tempo weitermacht, hat sie mit neunzehn schon fertig studiert und tourt durch Deutschland.«

Beide schauten sich besorgt an, und ich wusste, was sie dachten: »Drängen wir unser Mädchen zu Höchstleistungen? Haben insgeheim wir den Wunsch, dass sie das tut?« Mama und Paps zogen ihre Schultern hoch, sie mussten darüber nachdenken. Es gibt ja Eltern, die ihre Kinder quälen mit überzogenen Wünschen, gerade bei Klavierspielern. Sie wollten mich auf keinen Fall anstacheln. Ich habe sie angebettelt, beide Stücke an einem Tag spielen zu dürfen. Paps hat die Leute in Düsseldorf angerufen und sich erkundigt. Die teilnehmenden Kinder hatten eine Gouvernante.

Mama fiel ihm ins Wort, als er davon berichtete: »Eine Gouvernante?! Darauf kommen auch bloß die Düsseldorfer.«

Solch eine Frau betreut alle und koordiniert, wo die Kinder wann sitzen oder laufen, all dies. Diese Dame hatte am Telefon mit Paps eine Idee. Das sei zwar nicht vorgesehen, aber wenn es gar nicht anders ginge, dann dürfe ich vorzeitig von der Bühne runter, sobald ich vorgespielt hätte. In der Zeit könnte einer meiner Eltern den Wagen holen und wir anschließend gemeinsam nach Bonn fahren, eine Stunde Fahrzeit, und ich wäre rechtzeitig bei Frau Bette und meinem Debüt.

Mama blieb besorgt: »So ein Driss!« Das ist Kölsch und bedeutet Stress oder Ärger. »Du bist so jung!«

Paps schüttelte den Kopf: »Eine Stunde? An Köln vorbei – da ist immer Stau, das wird sicher länger dauern.«

Zwei Auftritte an einem Tag, das war der Hammer: »Stau gibt's nicht!«, meinte ich.

Ich habe mich durchgesetzt, die Erwachsenen blieben besorgt. Ich hatte bis dahin noch nie mit Begleitung gespielt, aber ich kannte ja das Andante gut, darum machte ich mir keinen Kopf.

Die Probe für das Stück fand in der Aula einer Musikschule statt. Das Quartett bestand aus vier erwachsenen Musikern, die sehr nett zu mir waren: Elke und Peer spielten erste und zweite Geige, Harald die Bratsche und Tabea das Cello. Wir spielten das Stück zweimal durch, ich brauchte keine Noten, spürte meine Einsätze, es fühlte sich ganz natürlich an, ich musste nicht mal mitzählen, hatte alles im Kopf oder im Gefühl, es lief prima.

Dann kam der große Tag! Mama, Paps und Omi fuhren mit mir in die Düsseldorfer Tonhalle, wo sonst berühmte Musiker ihre

Konzerte geben, und nun durften wir kleinen Rheinländer rein. Alle Kinder saßen aufgereiht auf der Bühne. Wieder waren die anderen gekleidet wie Erwachsene, Mama hatte mich auch schick gemacht, in einen Rock gesteckt, dazu Lackschnürschuhe und einen dunkelroten Pullover. Oma fand das ganz goldig, mir war mein Aussehen im Moment egal. Ich musste mich immerzu umschauen: Die Tonhalle war rund gebaut und hatte eine große Kuppel – der Bau war ursprünglich mal als Planetarium geplant. Direkt unter der runden Kuppel stand der Flügel. Ich war noch nie in einem so großen Raum gewesen, außer natürlich in unserem Kölner Dom – der war sowieso der Größte. Nun stand ich hier, klitzeklein. Und war dran!

Ich hatte auch noch nie so einen großen Flügel gesehen, meine Fußspitzen erreichten gerade so das Pedal. Ein riesiger schwarzer Klavier-Titan.

In den wenigen Sekunden, als die Menschen im Saal langsam still wurden und ich mich konzentrieren sollte, setzte sich Mozart neben mich. Er war auch nicht gerade der Größte.

»Ich war achtzehn, als ich das komponierte, in München.«

Das sagte er mir. Ich schaute ihn an – kein Grund, sich aufzuregen, wenn einem Mozart auf die Pelle rückt. Ich drehe nicht durch, bloß weil ich gleich vor Publikum solo spiele. Ich unterhielt mich einfach gern mit Komponisten: »Was haben Sie gedacht, als Sie den zweiten Satz geschrieben haben?«

Amadeus zappelte herum, er konnte nicht still sitzen: »Sag doch bitte du zu mir, liebes Clara-Mädchen. Ich habe an eine süße Frau gedacht. Natürlich, was denn sonst? Ich denke immer an süße Frauen. Frisch und klein wie Himbeeren müssen sie sein. Spiel das Stück leicht- und sehnsüchtig. Ich erträume mir ein Mädchen, das ich küssen möchte, und es sehnt sich ebenso danach, aber sie traut sich nicht. Geht auf mich zu, geht wieder weg. Tanzt ein wenig, kommt wieder, steht viel zu nah bei mir, ich rieche ihr Parfum und werde ganz verrückt davon. Sie hätte mich küssen können, hat sich aber nicht getraut, es ist ein Jammer. Spiel es genau so.«

So versuchte ich, jedes Stück zu verstehen. Jede Melodie hatte eine Geschichte, ob wahr oder nicht, war egal. Manchmal las ich was über den Komponisten, um auf eine Idee zu kommen, oder ich dachte sie mir aus. Hauptsache, ich spürte ein Gefühl, eine Stimmung. Ich brauchte solche Einfälle – die spann ich mir zusammen, während ich spielte. In Gedanken nun genau da, wo Mozart mich hinführte mit seinem zweiten Satz der Sonate in F-Dur, KV 280, dem Adagio.

MOZART:
Klaviersonate Nr. 2

Es gibt in diesem Adagio Stellen, bei denen es mir auf ein paar Töne ankommt, die ich besonders schön spielen will und die mit diesem Flügel in Düsseldorf perfekt gelingen. Puh, die Töne klingen wie goldene Tropfen! Ich drücke die Taste, der Ton füllt den Raum, jeder einzelne, so unglaublich schön! Das schafft mein Klavier daheim nicht, das kann nur dieser Flügel. Ich vergesse, dass es ein Wettbewerb ist, bin kein bisschen nervös, ich will bloß mit dem schwarzen Riesen vor mir spielen, der so wunderbar klingt.

Leider ist alles viel zu schnell zu Ende, keine sechs Minuten. Unmittelbar danach führte mich die Gouvernante zu einer kleinen Tür, dort nahm Mama mich in Empfang, gab mir andere Kleidung, eine graue Hose und eine schwarze langarmige Bluse. Schnurstracks fuhren wir nach Bonn zum Konzert. Es tat mir nun doch leid, diese Hetzerei, ich wäre so gern in der Tonhalle geblieben, beim Flügel mit seinem herrlichen Klang und bei den anderen Kindern.

Paps fuhr schnell, und wir kamen nicht mal in einen Stau. Und dann in Bonn wurde ich supersauer! So wütend wie noch nie in meinem Leben, und noch heute werde ich stinkig, wenn ich daran denke. Das Konzert fing gut an, ich spielte mit den Musikern des Quartetts toll zusammen, die Zuhörer waren gerührt. An einer Stelle kam ich plötzlich aus dem Takt. Das konnte passieren, ich musste bloß cool bleiben. Das hatte ich ja so ähnlich auch in Düsseldorf geschafft, in der Vorrunde. Also hörte ich auf, um nicht noch mehr Durcheinander hineinzubringen. Ließ das Quartett allein weiterspielen und wartete auf die nächste Gelegenheit, um wieder einzusetzen. Mein Problem dauerte nur einen kurzen Moment, zwei Takte lang, mehr nicht. Ich war mir hundertprozentig sicher, dass das Publikum den Fehler nicht mal mitbekam, ich brauchte bloß gleich einzusetzen, ich hatte das im Griff.

Aber Frau Bette vertraute mir nicht, das werde ich ihr nie verzeihen. Sie stand doch wahrhaftig auf und brach das Konzert ab, weil sie meinte, mir die Stelle in den Noten zeigen zu müssen. Die dachte wohl, ich hätte Angst bekommen und deshalb aufgehört. Oder einen Blackout gehabt und nicht mehr gewusst, wie es weitergeht. Als ob mir so was passiert! Zeigte die mir vor allen Leuten die Stelle in der Partitur. Stupste mich mit dem Finger drauf, das tat man doch bloß mit einem Idioten! Ich war so sauer!

»Ich weiß, wann ich einsetzen muss«, raunte ich ihr zu.

Ich schämte mich. Alle sahen, dass ich aus dem Takt gekommen war. Ich spielte weiter, es lief problemlos, wir bekamen am Ende natürlich Applaus, das Quartett und ich. Aber es war für mich nichts wert, es war alles schlecht wegen Frau Bette. Mit Müh und Not bedankte ich mich bei den Musikern mit einem gespielten Lächeln, doch eigentlich war mir zum Heulen zumute. Ich hörte den Applaus nicht, die Glückwünsche der Leute auch nicht. Biss auf meine Lippen, damit ich hier nicht durchdrehte vor allen Leuten.

Wir fuhren heim nach Köln, im Auto konnte ich hemmungslos weinen und dazu schimpfen, aber wie! Noch bis spätabends habe ich meinen Eltern versichert, dass ich alles unter Kontrolle hatte, Frau Bette hätte doch nur zwei Takte Geduld haben müssen. Niemand hätte etwas bemerkt! Das habe ich so ungefähr zweihundertmal wiederholt.

»Wann wird sie das verwinden?«, fragte Mama.

»Die hat ja Allüren wie eine Große!«, klagte Paps.

Ich war Tage, Wochen, ja Monate untröstlich und so derart sauer auf meine Lehrerin. Der nächste Hammer kam dann: Frau Bette rief an, ich hatte den Wettbewerb in Düsseldorf gewonnen! Erster Preis! Meine Erwachsenen waren aus dem Häuschen, Frau Bette auch. Aber ich konnte mich nicht freuen, ich dachte nur an meine Lehrerin, die mir in Bonn die Stelle hatte zeigen müssen, wo ich einsetzen sollte.

Ich hatte Geburtstag, alle netten Leute waren da, aber ich konnte nur an das vermasselte Konzert denken. Das fanden meine Eltern übertrieben: »Nun krieg dich mal langsam ein!«

Tage später hatte Frau Bette ihre Wohnung vorweihnachtlich geschmückt, ich hatte bei ihr Unterricht und sah das alles nicht mehr, ich mochte sie nicht mehr, lernte nichts, ich freute mich nicht mal auf die Feiertage. Maulte daheim jeden Morgen, Mittag und Abend bis Heiligabend weiter herum: »Kein Schwein hätte bemerkt, dass ich da aufgehört habe, und die haben ja alle vier weitergespielt, und ich hätte mich im Takt wieder gefangen. Und sie bricht ab!«

Paps schmückte eben den Baum, da unterbrach er mich: »Clara. Es reicht.« Ich lamentierte weiter: »Das tut man doch nicht, kommt einfach auf das Podium und zeigt mit dem Finger auf die Noten!«

Er legte die Weihnachtskugel zurück, die er hatte aufhängen wollen. Setzte sich zu mir. Ich holte Luft, wollte weitermeckern.

»Ruhe jetzt!«, sagte er entschieden, deutlich lauter als sonst. »Du kannst dich ärgern, aber einmal muss Schluss sein. Es war ein Konzert für Kinder, nicht mehr und nicht weniger. Du spielst ziemlich gut, aber du bist nichts weiter als ein *Grietje*, ein Gör, gerade mal neun. Und benimmst dich wie eine Diva, die in ihrer Ehre gekränkt wurde.«

»Aber …«, wollte ich erklären, und holte Luft für neue Proteste: »Schließlich hat Frau Bette Mist gebaut. Was sollen die Leute denken …« Weiter kam ich nicht, Paps platzte der Kragen, er brüllte, wie ich es noch nie erlebt hatte: »Halt endlich dein Maul, *godverdomme*!«

Ich starrte ihn an – wie redete denn mein friedlicher Paps mit mir?! Ausgerechnet an Weihnachten?! Mama kam ins Wohnzimmer, ich schaute sie fragend an, doch die war ganz seiner Meinung: »Wenn deine Musik dazu führt, dass du eine eingebildete blöde Tussi wirst, die sich wochenlang nicht einkriegt, hört das auf, und zwar sofort. Kein Unterricht mehr bei Frau Bette, keine Konzerte, das Klavier wird verkauft.«

Beide sahen mich entschlossen an. Ich schluckte und murmelte: »Frohe Weihnachten.«

Da nahmen sie mich lächelnd in den Arm und drückten mich, und langsam konnte gute Stimmung in unser Wohnzimmer einziehen. Heimlich habe ich natürlich weiter gemurrt, aber keinen Ton mehr hören lassen. Als dann die Heiligen Drei Könige vorbei waren, sagte Paps zögernd und besorgt: »Okay.«

Er sah Mama an, auch die nickte beinahe verzweifelt, als habe sie eine Reportage versehentlich gelöscht. Ich schaute meine Leute an, was war denn jetzt schon wieder?! Ihre Gesichter sahen aus, als hätte ich Masern und Mumps zugleich, als sei ich auf jeden Fall ein Problem.

»Okay was?«, fragte ich.

»Die beiden Vorspiele, da in Düsseldorf und in Bonn, waren ein Test«, sagte Mama.

»Was wurde denn getestet?«

»Wie du den Stress aushältst, vor anderen Leuten zu spielen.«

Jetzt dämmerte es mir: »Aha! Und ich habe den Test nicht bestanden, weil Frau Bette mir die Stelle zeigen musste?« Der Zorn kam wieder hoch, dabei war sie selber … ich wollte schon wieder loslegen, Paps kam mir dazwischen: »Komm runter, du hast den Test bestanden!«

Mama sagte, wir müssten etwas tun. Paps schwitzte.

»Was ist denn mit euch los?«

Mama klang sehr besorgt: »Frau Bette hat lange mit uns gesprochen. Du sollst hochbegabt sein.«

Ich staunte: »Ist das was Schlimmes?«

»Nein«, sagte Paps trotzig. »Eigentlich ist es was Gutes.«

»Warum schaut Mama dann so böse?«

Die schüttelte den Kopf: »Nicht böse, nur ... ich weiß nicht genau. Heutzutage soll jeder Hansel gleich hochbegabt sein, bloß weil er sich ab und zu danebenbenimmt.«

Ich staunte: »Habe ich mich danebenbenommen?«

»Nein!«, sie klang so aufsässig. »Ich weiß auch nicht, besorgt bin ich halt. Wer weiß, welche Probleme da auf uns zukommen.«

Sie hatte eine saublöde Laune. Paps blaffte sie an: »Hochbegabung ist also ein Problem, ja? Also, ich weiß nicht, was du hast! Das ist doch ein Kompliment.«

Sie stritten sich! Lagen sich in den Haaren wegen mir, na toll! Ich mag nicht, wenn sie streiten, welches Kind mag das schon?! Mein Paps setzte sich an den Tisch und wischte ein paar Krümel von der Decke, ohne dass welche da waren. Das tat er nur, wenn er ganz durcheinander war. Dann erklärte er: »Es geht nicht um uns, es geht um dich!«

»Was ist denn mit mir?«

Mama erklärte: »Frau Bette sagt, du sollst nicht mehr Klavier spielen.«

»Wie bitte?« Ich schrie regelrecht auf, so geschockt war ich. Es fühlte sich an, als wollte man mich bestehlen: »Ja spinnt die jetzt?«

Ich hatte doch den schweren Mozart geübt, und sie war immer noch nicht zufrieden? Ich dachte, ich hätte den Test bestanden?! Was wollte sie denn noch? Mir stiegen Tränen in die Augen. Mama nahm mich schnell in den Arm und korrigierte sich: »Spielen sollst du ja, aber das Klavier ist für dich nicht mehr gut genug.«

Paps mischte sich ein: »Brigitte, das ist falsch formuliert. Alles heißt Klavier, es ist ein Oberbegriff. Sowohl unser Schimmel als auch ihr großes Instrument. Ein Flügel ist ein großes Piano, das ist alles. Das normale Klavier heißt Pianino.«

Meine Mutter rollte mit den Augen: »Danke für die Berichtigungen, aber wir sind hier nicht in deinem Lektorat.«

»Brigitte, es ist die Mühe wert, das klarzustellen. Ich habe viel darüber gelesen.«

»Dann ist ja gut.«

Meine bescheuerten Eltern redeten über Definitionen, ich aber hatte ein ernstes Problem: »Wie kommt Frau Bette darauf, dass ich nicht mehr spielen soll? Dann suche ich mir eine andere Lehrerin, oder einen Lehrer.«

Meine Eltern hörten mir nicht zu, stattdessen fachsimpelte Paps weiter: »Der Unterschied ist, dass man beim Flügel über das linke Pedal die Klangfarbe ändern kann.«

Mama wusste auch alles besser: »Der eigentliche Unterschied, lieber Henk, ist der Resonanzboden. Und beim Flügel schlägt ein Hämmerchen von unten gegen die Saiten. Frau Bette meinte, dass man auf diese Art die Saite gefühlvoller anschlagen kann, und Tonwiederholungen gehen schneller hintereinander. Weil das Hämmerchen durch die Schwerkraft …«

Paps hob den Zeigefinger: »Schneller zurückfällt.«

Die beiden redeten und redeten. Brüsteten sich, wer mehr von Klavieren weiß. Mein Magen tat mir weh vom Schreck, weil ich nicht mehr spielen sollte, und niemand erklärte mir, warum. Paps weiter: »Ich habe Frau Bette dran erinnert, dass wir ein sehr gutes Klavier von Schimmel haben, also ein Pianino, beinahe neu.«

Mama weiter: »Was das gekostet hat! Der Verkäufer hat mir versichert, das Instrument hält ein Leben lang!«

Ich wurde laut: »Also! Ich denke gar nicht dran, mit Klavier aufzuhören.«

Mama beschwichtigte: »Natürlich darfst du spielen. Die Frage ist, worauf.«

Sie berichtete, wie Frau Bette in ihrem Gespräch beschwörend die Arme gehoben habe: ›Sicher ist Ihr Schimmel gut, aber es ist und bleibt ein Pianino. Clara muss sich an ein Piano gewöhnen. Sie hat eh viel zu spät angefangen.‹

»Da hab ich gefragt: ›Zu spät wofür?‹ – ›Für eine Karriere natürlich‹, hat Frau Bette gesagt. Sie meint, du hast das Zeug, Konzertpianistin zu werden.«

Paps meldete sich zu Wort: »Mein erster Gedanke war, dass Frau Bette durchdreht. Ich hab ihr gesagt: ›Clara wird doch keine Pianistin!‹ Frau Bette hat dann spitz gefragt, weshalb wir dir diesen Namen gegeben haben.«

»Clara Schumann, die Pianistin.«

Mama sagte: »Wir haben bei deiner Namensgebung nie an die Musikerin gedacht. Ich habe dir ja oft von Clara Zetkin erzählt, eine mutige Politikerin, die gegen den Kapitalismus war. Solch eine Clara finden wir toll, vielleicht heißt du darum so. Frau Bette hat empört den Kopf geschüttelt: ›Zetkin? Um Himmels willen!‹ Und dann fragt sie mich allen Ernstes, ob wir aus der DDR stammen oder wie sie das sonst zu verstehen habe.«

Mama hätte zu gern mit Frau Bette über soziale Gerechtigkeit gesprochen, aber Paps hatte abgewinkt. Das sei doch jetzt nicht wichtig. Stattdessen hatte er Frau Bette erklärt: ›Unsere Clara spielt daheim bloß aus Spaß. Sie kann auch meinetwegen vor Gästen mit ihrem Spiel schon mal angeben. Sie kann sogar später Musik studieren. Aber Pianistin, ich bitte Sie, Frau Bette!? Das entscheidet man als Erwachsene. Unsere Kleine geht zur Grundschule!‹

Die Lehrerin hatte den Kopf geschüttelt: ›Sie lernt so schnell!‹

Da mussten meine Eltern ihr zustimmen. Nicht nur Klavier. Ich hätte auch sehr früh gesprochen wie eine Erwachsene, hatte beinah nie einen kindlichen Ton gehabt. Deutsch und Niederländisch gleichermaßen, mir mache das nichts aus. Mein großes Problem war, dass ich mich in der Schule langweilte, außer bei Englisch, das mochte ich.

Aber ich sei ja ohnehin erst neun Jahre alt, da könne man doch keine Karriere starten. Sagten meine Eltern.

Mir wurde langsam klar, dass es ein langes Gespräch über meine Zukunft gegeben hatte, bei dem die Hauptperson fehlte!

»Warum redet ihr über mich, warum redet niemand mit mir darüber?«

»Weil du noch ein Kind bist.«

»Es ging doch um meine Sachen!«

Mama sagte: »Manche Dinge entscheiden Erwachsene. Es geht nämlich darum, dass wir Geld ausgeben sollen, und das kannst nicht du, das können nur wir machen. Und ich will nicht.«

Mama hat nicht so empfindlich wie Henk auf das Wort ›Pianistin‹ und ›Begabung‹ reagiert, sie beschäftigte die Vokabel ›Piano‹ oder ›Flügel‹.

›Also, ich weiß nicht. Was kostet denn so ein Ding?‹, hatte sie gefragt.

Als Frau Bette eine Summe nannte, soll Mama nicht gewusst haben, ob sie lachen oder weinen muss. Frau Bette hat für ihren Yamaha-Flügel zwanzigtausend Euro bezahlt. Andere solide Instrumente kosteten heute viel mehr. Erzählten meine Eltern.

Mein Mund stand nun offen, ich war baff: »Ich kriege einen Flügel, wie der von Frau Bette? Cool!«

Mama schüttelte den Kopf, und Paps nickte, was denn nun?

Mama hatte fassungslos geschaut, die Lippen aufeinandergepresst, und fand bei Frau Bette endlich die Worte wieder: ›Ich gebe meinem Mann recht, Clara ist ein kleines Mädchen und keine Konzertpianistin! Zwanzigtausend! Was für eine absurde Idee! Meinetwegen können Sie sich so was anschaffen, Frau Bette, eine Klavierlehrerin benutzt das jeden Tag, um Geld zu verdienen. Sie können das von der Steuer absetzen. Aber für ein Kind?! Das kommt ja überhaupt nicht infrage. Mag unsere Clara begabt sein, schön und gut. Aber da reicht ein gutes Klavier, die Unterrichtsstunden kommen ja noch dazu, das kostet alles eine Stange Geld.‹

Frau Bette hatte dann diesen Vorschlag gemacht: ›Wir können ja einen Versuch machen. Einen Test.‹

Und all das haben sie mit mir gemacht, ohne mir was zu verraten. Denn sowohl der Wettbewerb in Düsseldorf als auch das Vorspiel in Bonn war ein Test. Es sollte zwar nicht an einem Tag stattfinden, aber es war nun so gekommen.

Paps hatte aufgehorcht: ›Was soll sie denn beim Test beweisen?‹

Frau Bette war grauenhaft ehrlich gewesen: ›Behält sie die Nerven vor fremdem Publikum. Wenn sie das nicht schafft, sparen Sie sich den Kauf eines Flügels. Mit Flattern in den Knien kann Clara keine Pianistin werden.‹

Mama hatte nachgefragt: ›Wie muss ich mir das vorstellen? Clara könnte vor allen Leuten versagen? Vielleicht mittendrin aufgeben und in Tränen aufgelöst von der Bühne rennen?‹

Frau Bette hatte genickt: ›Ja, so kann das enden. Hab ich mit anderen Kindern schon erlebt, nicht nur einmal. Ich allerdings bin der Überzeugung, dass Clara Applaus einheimst. Ich bin ja in ihrer Nähe und kann ihr beispringen, wenn was ist.‹

Ich war erstaunt: »Ihr wusstet, dass es in Bonn stressig wird?«

»Wir haben sogar das Quartett bezahlt, alle vier Musiker.«

Mir wurde nun richtig schlecht: »Aber ich habe doch … die zwei Takte?!«

Mein Paps schüttelte den Kopf: »Vergiss die zwei Takte, das passiert immer mal. Du hast den Test bestanden, hast das Zeug zu einer Pianistin, sagt Frau Bette. Das verstehen nun auch wir. Drum sagte ich ja: Okay.«

Mama ging dazwischen: »Mir reicht das aber noch immer nicht. Ich habe Frau Bette gesagt, wir sollten dich zusätzlich von einer anderen Person begutachten lassen. Das macht man bei Ärzten auch – sich eine zweite Meinung einholen. Es betrifft schließlich deine Zukunft.«

»Und!«, rief Paps. »Wir haben jemanden gefunden. Da gibt es eine Frau aus Russland, sie soll sehr bekannt sein. Diese Frau leitet eine Hochbegabtenklasse in Sankt Petersburg, zu der gehen wir hin.«

Ich war begeistert: »Ich möchte gern nach Russland.«

Mama genervt: »Du spinnst ja wohl, die Frau kommt von dort hierher nach Köln.«

Paps grinste klammheimlich, er ahnte, wie das mit der Russin ausgehen würde. Er fragte mich: »Hast du Angst, einer Fremden vorzuspielen?«

»Nö. Spielen ist doch schön. Und wenn die sagt, ich kann was, dann kriege ich einen Flügel?«

»Warten wir es ab.«

»So einen wie der in Düsseldorf?!«

»Viel kleiner, billiger!«

Wenig später gab die Russin Natalia Kusnezowa in einem kleinen Konzertsaal in der Aachener Straße in Köln einen Meisterkurs. Da bekamen ältere Musikschüler Unterricht bei ihr, und sie begutachtete jüngere Talente. Mama ist mit mir und Frau Bette dorthin, Paps konnte nicht, er war auf irgendeiner Buchmesse im Ausland. Die Russin hatte ihre Klassenbeste mitgebracht, ein zehnjähriges russisches Mädchen spielte vor, wir waren alle begeistert! Die konnte so toll spielen! Später spielten weitere Kölner Kinder, aus Düsseldorf und Leverkusen waren auch welche da. Dann war ich dran. Ich präsentierte, was ich bis dahin gelernt hatte: den zweiten Satz aus meiner Klaviersonate von Mozart. Während ich spielte, wurde Mama ganz still, ihr Mund stand etwas offen, sie bekam einen roten Kopf. Natürlich konnte ich das sehen, während ich spielte, ich spürte ihre Anspannung regelrecht – und begriff gar nicht, weshalb sie sich aufregte. Frau Kusnezowa fragte mich anschließend nach Etüden. Ich sagte, ich spiele Hanon. Da schaute sie kritisch, scheinbar reichte ihr das nicht.

Die Russin schaute zu meiner Lehrerin: »Das Kind ist sehr begabt. Aber ihr fehlt komplett die technische Basis.«

Nun wurde Frau Bette auch noch rot, sie nahm diese Kritik persönlich. Dann sagte Frau Kusnezowa etwas, was uns allen einen Schreck einjagte: »Ich nehme ihre Tochter gern mit nach Sankt Petersburg und bilde sie aus. Sie hat großes Potenzial. In zwei Jahren ist Clara der Star von meinem Institut!«

Ich starrte Mama mit offenem Mund an. Die schüttelte den Kopf und beruhigte mich mit ihren Blicken. ›Keine Sorge, du bleibst selbstverständlich hier.‹

Kann man das machen, fragte ich mich. Kinder mal eben für zwei Jahre nach Sankt Petersburg schicken zum Klavierüben?! Tut das jemand?!

Mama sagte: »Ich danke Ihnen von ganzem Herzen, aber nach Russland geht meine Tochter gewiss nicht. Geben Sie uns ein paar Tipps, was wir tun sollen.«

Natalia Kusnezowa empfahl, dass ich unbedingt Etüden von Burgmüller und Czerny üben soll, die *Schule der Geläufigkeit* und so weiter, damit ich eine technische Basis aufbaue. Weiter schlug sie vor, dass ich mal bei einem Wettbewerb mitmache. Dann werde man sehen, wie ich im Vergleich zu anderen guten Klavierspielern sei.

Ich antwortete: »Das habe ich schon gemacht. Ich hab gewonnen.«

Sie nickte lächelnd. Frau Bette berichtete von meinem Debüt und erwähnte mit keiner Silbe, dass ich aus dem Takt gekommen war. Na ein Glück. Wenn sie das der Russin verraten hätte, wäre ich ausgeflippt. Die Russin sagte nun: »Alles in allem, die Begabung ist da, die Nerven auch. Dann muss unbedingt ein Flügel her.«

Das hat mich stolz gemacht. Begabung klingt schön, finde ich, eine Gabe, ein Geschenk des Himmels oder von sonst woher, vererbt von irgendwem in der Familie.

Mama ahnte es: »Dein Ur-Opa war Musiker. Hat Orgel gespielt in der Kirche. Dein Talent ist vielleicht ein Erbe von ihm.«

Ich lächelte: »Und wenn ich mal ein Kind bekomme? Was vererbe ich?«

Mama grinste: »Vielleicht deine schiefen Ohrläppchen.«

Ich boxte sie freundlich: »Und was hast du mir vererbt?«

Sie antwortete: »Die große Klappe, schätze ich mal. Aber zum Glück nicht meine Nervosität. Mich regt es schon auf, wenn ich da sitze und dir zuhöre. Aber ich würde sterben, wenn ich solo spielen müsste.«

Ich war froh: »Mir macht das gar nichts. Ganz im Gegenteil.«

Mama stöhnte schwer: »Wir werden einen Kredit aufnehmen müssen, anders geht das nicht.«

Paps hörte sich alles an, als er wieder zurück war, und klagte wie Mama: »Es geht ja nicht nur ums Geld. Es geht um eine Richtung, die Clara einschlagen wird, wenn so ein Instrument angeschafft wird. Da gibt es ganz andere Gründe, ins Grübeln zu kommen. Clara ist noch so klein!«

Ich sagte empört: »Ich bin doch nicht klein, ich bin schon neun!«

Meine Mama winkte ab, neun Jahre sei klein, sehr klein sogar, basta. Ich könne gar nicht begreifen, was auf mich zukommt, wenn ich weiter so intensiv Klavier spiele: »Wenn das so weitergeht, Clara, wirst du Pianistin. Willst du das überhaupt?«

Ich sagte: »Ja. Warum nicht?!«

Mama stöhnte auf: »Du weißt doch gar nicht, was für ein Leben das ist. Stundenlanges Üben jeden Tag, sehr oft fort von daheim, spielen, ständig in Hotels.«

»Ha!«, ich musste echt laut lachen. »Und was ist mit euch beiden? Wie arbeitet ihr denn? Stundenlang Zeitung oder Bücher lesen jeden Tag, sehr oft fort von daheim, ständig in Hotels?!«

Meine Eltern nickten still. Ich hatte ja recht.

Ich musste sie überzeugen: »Und wenn ich fertig bin mit dem Konzert, bekomme ich ganz viel Applaus! Und Blumen! Ihr nicht.«

Paps schaute kritisch: »Und wenn es anders läuft? Die Karten zu deinen Konzerten werden nicht verkauft, im Publikum sitzen nur wenige? Oder sie buhen dich aus? Das verkraftest du nicht.«

Mama schüttelte den Kopf: »Wieso sollte Clara denn ausgebuht werden? Traust du ihr nichts zu?«

Paps kratzte sich am Kopf: »Jeder hat mal einen schlechten Tag. In normalen Berufen passiert das oft unbemerkt. Aber auf der Bühne bekommen so viele Leute gleich jeden kleinen Fehler mit! Die Journalisten schreiben darüber, sie suchen immer nur das Schlechte, nicht wahr, Brigitte?«

Mama nickte: »Schlechte Nachrichten verbreiten sich schnell, gute Nachrichten kommen schwer in Umlauf.«

Paps wandte sich nun wieder an mich: »Das wird dir das Herz brechen, diese Journalisten sind gnadenlos. Du bist sensibel, eine öffentliche Kritik macht dich kaputt.«

Mama nickte: »Wer sagt denn, dass sie Pianistin werden muss? Lassen wir sie ganz normal Klavier spielen, dann hat sie den ganzen Stress nicht. Und später wird sie vielleicht Klavierlehrerin.«

Paps nickte zufrieden: »Dann braucht sie auch keinen so teuren Flügel. Heißt ja auch nicht Flügellehrerin, ne.«

Mama lachte: »Da hast du auch wieder recht.«

Ich jaulte auf: »Ich will doch nicht Lehrerin werden!«

So haben wir lange hin und her geredet. Für einen Beruf entscheidet man sich normalerweise, wenn man erwachsen ist. Aber bei Musikern beginnt das alles sehr früh. Darum entscheiden tatsächlich die Eltern, was ihr Kind von Beruf wird. Paps und Mama waren sich nicht sicher, ob sie das überhaupt durften. Ich sollte doch mein eigenes Leben Stück für Stück entdecken und nicht schon jetzt auf ein Gleis gesetzt werden wie ein Zug, der nicht mehr zu stoppen war.

Natürlich forderte ich lautstark: »Ich will aber Pianistin werden!«

Ehrlich gesagt: Will ich das wirklich? Ich lehne mich zurück, schließe meine Augen und stelle mir alles vor: Eine Konzertpianistin kommt allein auf die Bühne, sitzt allein am Instrument, es sind einzig ihre Finger, ihre Fähigkeiten, die alles entscheiden. Sie ist mit dem Flügel allein, es ist ja ein Soloinstrument! Manchmal spielt sie in Begleitung eines Orchesters oder tritt mit einem Sänger auf, aber das wird die Ausnahme sein. Sie wird meistens solo spielen. Solo heißt allein.

Wenn ich stattdessen Geige spiele, nur mal so als Gedanke, sitze ich mitten im Orchester, um mich herum andere Geigen, und ich spiele fröhlich vor mich hin. Ich falle kaum auf. Der Dirigent und meine Mitstreicher hören vielleicht einen Fehler, aber nicht unbedingt das Publikum. So bin ich geschützt im Kreise meiner Orchesterkollegen. Ein gemütliches Leben. Aber man wird da mitten im Orchester nicht berühmt.

Als Pianistin bin ich die Attraktion. Die Zuhörer haben viel Geld bezahlt für eine Eintrittskarte. Der Flügel steht auf der Bühne, blank poliert, meistens schwarz. Und dann rausche ausgerechnet ich da herein, in einem langen Kleid. Ich werde sowieso zig Kleider besitzen, eins schöner als das andere. Die Leute applaudieren. Ich bin da oben, das finde ich herrlich. Ich stehe gern im Mittelpunkt. Ich spiele solo. Pianistin zu werden ist genau das Richtige für mich!

Der erste Applaus verklingt, ich soll nun zwei Stunden perfekt spielen. Habe ich Angst? Es gibt viele Geschichten von berühmten Pianisten, die es vor lauter Lampenfieber nicht auf die Bühne

schaffen, weil sie sich vor den Menschen fürchten. Die rennen stattdessen auf die Toilette und erbrechen, weil sie Stress haben. Oder sie können kaum die Bühne erreichen, weil ihnen schwindelig ist vor Angst. Sie wagen den Weg nicht von der Garderobe zum Instrument. Manche kommen nicht mal in die Garderobe. Sie rufen vom Hotel aus an und sagen kurz vor Beginn ab. Das habe ich alles gehört. Das ist für den Konzertveranstalter eine Katastrophe. Die ängstlichen Pianisten müssen sicher Strafe zahlen, wenn sie sich nicht trauen zu spielen! So einen Beruf soll ich wagen?
Und selbst wenn ich keine Angst auf dem Podium habe, wie geht es meinen Leuten damit? Mama hat ja heute schon Magenschmerzen, Paps schwitzt und zittert. Omi sitzt im Publikum und bekommt vor Anspannung noch einen Herzanfall! Oh weh. Paps steht hinter dem Vorhang und wartet bang. Mama läuft nervös im Foyer herum, sie hört vielleicht, wie die Leute in der Pause tuscheln: »Na ja, die andere Pianistin von letzter Woche war aber besser!« Das würde meine Mama fertigmachen. So eine Konzertpianisten-Karriere wäre für meine Familie ja ein noch größerer Stress als für mich! Will ich denen das zumuten?
Wenn es dagegen klappt, wenn ich die Stücke wunderbar spiele, dann klatschen die Leute, und meine Eltern können stolz auf mich sein. Omi wird weinen vor Stolz. Ich stehe auf der Bühne wie eine Prinzessin, die sich auf dem Balkon des Palastes sehen lässt, und ihr Volk da unten dreht durch. Jetzt noch einen Prinzen an meiner Seite, der mich küsst – hach.

Mich riss eine Stimme aus den Träumen: »Clara?«

Ich grinste Mama an: »Hm?« Ich wollte mich noch nicht von meinen schönen Fantasien lösen. »Ja ja, ich träume. Lass mich noch ein bisschen.«

Wenn das Publikum begeistert applaudiert und nicht damit aufhört, werde ich eine Zugabe spielen. Oder zwei. Oder mehr. Am Ende des Konzertes werde ich sehr erschöpft sein, aber auch glücklich. Ich gebe Autogramme, verkaufe CDs, werde vom Radio interviewt, stehe in der Zeitung, vielleicht komme ich sogar ins Fernsehen. Das muss ein wunderbarer Beruf sein. Wenn es klappt. Paff! Ich werde nun endlich doch wach, der Traum ist ausgeträumt. Alles wird dunkel um mich her. Was, wenn es nicht glückt? Wenn ich nicht gut spiele, sondern schlecht? Dann buhen mich die Leute aus, das vertrage ich bestimmt nicht. Ich werde vor Kummer Tabletten nehmen oder Drogen. Ende Gelände. Und wie soll ich bei dem ganzen Stress noch einen Mann finden? Kinder bekommen? Wann? Kann ich stundenlang üben, wenn ich ein Baby habe? Das wird doch verrückt von dem Krach. Soll ich das alles jetzt entscheiden, bloß weil wir einen Flügel kaufen wollen?! Unmöglich, ich kann mein Leben nicht vorausplanen, ich muss es geschehen lassen!

Mama stöhnte: »Dann ist deine Kindheit jetzt schon vorbei, mit so einem Ding. Stell dir das mal vor?!«

Paps stöhnte: »Ich wollte ja bloß, dass Klavier ihr Hobby wird.«

Deshalb baten meine Eltern, ich solle noch mal alles bedenken.

»Was jetzt genau?«, fragte ich pampig.

»Ob wir den Flügel kaufen, ob du Pianistin werden willst.«

Beide schauten mich an.

»Und wie lange soll ich darüber nachdenken?«

»Ja, bis du genau weißt, was du willst.«

Ich runzelte die Stirn. Ich hatte doch schon so viel nachgedacht, was wollten die noch? Ich sagte: »Okay, ich gehe jetzt mal raus und werde nachdenken.«

Meine Erwachsenen nickten eifrig. So ging ich aus dem Wohnzimmer, schloss die Tür. Dachte nach, da im Flur: »Hm. Klavier?

Ich? Was sonst.« Das Nachdenken dauerte fünf Sekunden. Ich ging wieder zurück zu meinen Eltern und sagte: »Ich will.«

Paps musste grinsen: »Man kann sie nicht stoppen, *dit Meisje*.«

Mama schüttelte den Kopf: »Sie spielt derart gut, und auch so gern.«

»Da können wir stolz drauf sein. Und sie kann ja aufhören, wenn es ihr zu viel wird?! Wir zwingen sie doch nicht.«

»Na gut«, entschieden wir gemeinsam. Und zugleich stöhnte Mama laut auf: »Was das alles kosten wird! Ohhh nein!«

»Wenn ich berühmt und reich bin, gebe ich dir das Geld zurück.«

»Super«, lachte Mama.

Paps meinte: »An einen Gebrauchten sollten wir erst gar nicht denken, wer weiß, was der für Macken hat.«

Ein zu teures Instrument kam für Mama nicht infrage: »Es gibt bestimmt gute Japaner, die bezahlbar sind.«

Darum sind meine Leute erst gar nicht in das Steinway-Haus nach Düsseldorf gefahren, sondern haben alle möglichen Klavierhäuser in Köln und der Umgebung abgeklappert.

»So weit kommt's noch, dass wir in Düsseldorf was kaufen!«, schimpfte Mama gegen die Nachbarstadt. Die Leute in Köln und Düsseldorf tun so, als hätten sie etwas gegeneinander, aber das ist vor allem Spaß. Manche Kölner nehmen nicht mal das Wort ›Düsseldorf‹ in den Mund. Wenn man unbedingt dahin muss, fährt man in die ›verbotene Stadt‹. Mama wollte gar nicht erst hin. Es reichte schon, dass der Wettbewerb dort stattgefunden hatte.

Wir waren schon ein lustiges Gespann, das da in die Geschäfte hineingestiefelt kam: Eltern, die keine Ahnung von Instrumenten hatten, und ein kleines Mädchen, das sicher noch weniger Bescheid wusste. Die Verkäufer waren überzeugt, dass man mit uns ein Geschäft machen konnte. Sie bemühten sich, Paps und Mama die Vorzüge der jeweiligen Instrumente zu erläutern, während ich mich an die Flügel setzte und einen nach dem anderen ausprobierte. Klar klangen sie alle gut, auf jeden Fall viel besser als mein Klavier. Und doch wusste ich nicht, woran es lag, mir gefiel einfach keiner wirklich. Weil ich so jung war, nahmen mich die Verkäufer nicht ernst. Einer glaubte sogar, ich würde den Flügel nicht nach dem Klang oder dem Anschlag wählen, sondern nach der Farbe, wie ein Kleid.

»Hier ist ein weißer Flügel, schau! Ist der nicht schön?!«

Ich schaute den Verkäufer an und zog verächtlich die Augenbrauen hoch. Ich kannte weiße Flügel aus dem Fernsehen, wenn Schlagersänger sangen. Genau deswegen kam der für mich sicher nicht infrage!

Ein anderer Verkäufer fragte flehend: »Wie gefällt dir der Braune denn?«

Ich schüttelte den Kopf: »Ich kaufe doch keinen Flügel nach der Farbe!«

Ich probierte alle möglichen Marken, Kawai, Yamaha. Die Erwachsenen wollten, dass ich immer sage, wie ich den Klang finde. Also antwortete ich notgedrungen: »Ja, der ist ganz nett, aber …? Ich glaub, der scheppert.«

»Und der?«

»Zu dumpf.«

»Und der hier?«

»Zu blechern.«

Oder zu hohl, zu klein, zu groß. Wir waren Tage unterwegs. Paps wurde dringend in Amsterdam erwartet, Mama musste in die Redaktion, aber ich konnte mich nicht entscheiden. Also machten wir eine Pause, bis Paps wieder zurückkehrte. In der Zwischenzeit hatte Mama getan, was sie immer tat, sie hatte sich erkundigt.

»Es geht ja schon beim Holz los, aus dem das Instrument gebaut ist. Eine Fichte muss es sein. Nicht schnell gewachsen, sondern langsam, damit es fest genug ist. Die Winter für Klavierholz sollten möglichst lang sein, die Sommer kurz, der Boden karg. Am besten ist es, wenn das Holz über hundert Jahre alt wird.«

Meine Mutter fragte nun in jedem Geschäft, wo das Holz herkam und wie alt es war, als es abgehackt wurde, mir war das so derart peinlich.

Wir waren in vielen Geschäften, sind auch zwei- oder dreimal wiedergekommen, die Verkäufer blieben geduldig. Ich spielte und spielte, laut und leise, schnell und langsam. Viele klangen wunderbar, alle waren besser als unser Klavier, und doch gefiel mir kein Flügel, meinen Eltern war das echt peinlich.

»Ja, was erwartest du denn?!«, fragten sie genervt.

Ich wusste es doch auch nicht so genau, aber ich hatte wohl eine ganz bestimmte Vorstellung, ich suchte nach dem Klang, den ich schon mal in meinen Fingern hatte, neulich in der Düsseldorfer Tonhalle, der mit den goldenen Tropfen! Aber das verriet ich niemandem. Keiner dieser Flügel klang so, was konnte ich denn dafür?! Meine Eltern waren sichtlich erschöpft und gestresst. Sie brauchten eine Pause.

Zuletzt fuhren wir doch nach Düsseldorf. Die hatten dort ja auch andere Marken im Angebot.

Frau Bette war diesmal mitgekommen, weil sie sich bestens mit Klavieren auskannte. Ich hatte das Gefühl, dass ich mich nun entscheiden musste, denn meinen Eltern ging der Flügelkauf langsam auf die Nerven. Ich spielte wieder alle möglichen Instrumente und wollte diesmal wirklich lieb sein; irgendein Flügel musste doch gut für mich sein. Alle Erwachsenen waren von einem Boston begeistert, achtzehntausend lautete das Angebot! Der Verkäufer betonte, dass in dessen Konstruktion Steinway-Patente eingeflossen seien, er sollte also was ganz Besonderes sein. Meine Eltern flüsterten miteinander, wie sie um Himmelswillen achtzehntausend auftreiben sollten, mehrfach schüttelten sie ihre Köpfe. Ich spielte den Boston wieder und wieder, blechern war er nicht, aber ich konnte mich nicht durchringen. Er begeisterte mich nicht. Meine Eltern zogen ein immer längeres Gesicht, sie waren schon Ewigkeiten unterwegs wegen dieses Flügelkaufs. Nun waren sie sogar mit dem horrenden Preis einverstanden. Ich sollte jetzt ein liebes Mädchen sein, mich freuen, dass man so viel Geld ausgeben wollte, und mich endlich für den Boston entscheiden! Diesmal störten mich seine sehr glatt polierten Tasten. Auf denen rutschte ich leicht aus, aber ich traute mich nicht, das zu sagen! Alle warteten auf meine Entscheidung. Ich werde die glatten Tasten ertragen, wenn meine Eltern nur wieder lieb sind, sie schauten furchtbar böse und angestrengt.

Ich atmete tief durch und war gerade dabei, den Boston zu akzeptieren. Da musste Mama auf die Toilette, Paps nutzte die Pause und telefonierte mit Amsterdam, und Frau Bette spielte den Boston und rief immer wieder entzückt, wie toll der war. Endlich hatte ich meine Ruhe, ich nutzte die Gelegenheit und büxte aus, rannte nach nebenan in die Steinway-Abteilung und war ganz allein in dem großen Raum. In diesem Teil des Geschäftes lag ein dicker rot-goldener Teppich – ich ging nicht darüber, ich schritt! Und ahnte, dass hier ganz besondere Instrumente stehen müssten. Ich setzte mich an den ersten Flügel und probierte ihn aus. Aha. Dann den zweiten. In Ordnung. Aber beim Dritten blieb ich einfach nur still sitzen. Mit Gänsehaut. Es fühlte sich an, als sei ich nach einer langen Reise endlich angekommen. Ich atmete tief durch: die goldenen Tropfen. Ich hatte sie am Ende doch wiedergefunden.

Mama kam hereingerannt, wurde laut: »Wir suchen dich überall! Kommst du jetzt da raus, aber flott, zurück zum Boston.«

Ich blieb sitzen, seelenruhig sagte ich: »Das hier ist mein Flügel.«

Mama zeigte mir den Vogel: »Dass ich nicht lache!«

Ich schüttelte den Kopf. Blieb sitzen.

Paps kam dazu, sah mich, seine geliebte kleine Tochter selig lächelnd am Steinway. Auf seiner Stirn bildeten sich Schweißperlen. Hinter ihm erschien erst Frau Bette und dann der Verkäufer, dessen Augen aufleuchteten. Das Geschäft würde sich lohnen. Mama wurde richtig sauer: »Ich hab von Anfang an gesagt, dass du hier nichts zu suchen hast.«

Paps flüsterte: »*Liefje*?! Meinst du nicht ...?«

Mamas Stimme klang zänkisch: »Henk! Denk erst gar nicht dran!«

Ich blieb still auf der schwarzen Bank sitzen. Mama hatte schreckliche Angst vor Schulden, Paps dagegen erklärte, dass man jetzt oder nie seine Erzieherpflichten erfüllen müsse, und da gäbe es ja noch ein Sparbuch. Zusätzlich überlegte er, was er verkaufen könnte, aber er hatte nichts Teures, bloß seinen Ford.

Mama wurde zynisch: »Na klar, der wirft was ab! Ein alter Wagen mit Dellen an jeder Ecke, die Tankabdeckung abgerissen.«

»Aber er fährt noch einwandfrei.«

»Dann behalt die Karre.«

Sie würden auf jeden Fall das Klavier verkaufen. Und sie konnten einen Kredit aufnehmen, schließlich verdienten beide genug.

Ich spielte ein paar Akkorde.

Mama murrte: »Clara ist ein Kind, sie hat keine Ahnung von Instrumenten!«

Der Boston reiche aus, das meinte auch Frau Bette.

Paps zog die Schultern hoch: »Vielleicht spürt Clara das intuitiv, musikalisch wie sie ist.«

Die Stimme meiner Mutter überschlug sich: »Sie ist erst neun! Ich denke nicht daran, für ein Kind so viel auszugeben. Die hat 'nen Markenfimmel. Will bloß das Teuerste, so einfach ist das.«

»Ach Brigitte, red doch nicht solchen Unsinn!«

»Ich?! So viel Geld auszugeben ist idiotisch!«

Meine Erwachsenen haben sich beinahe vor allen Leuten angeschrien, es fehlte nicht mehr viel. Da hob ich meine Hände und spielte auf diesem wunderbaren Flügel das Adagio, den zweiten Satz der Sonate in F-Dur, die ich in Düsseldorf gespielt hatte, das mit den goldenen Tropfen.

Meine Streithähne verstummten, jetzt hörten auch sie den Unterschied, ich hätte das tausendmal hintereinander spielen mögen. Frau Bette blickte unendlich stolz, und ich hatte das Gefühl, sie sagte mir in diesem Moment zugleich Lebwohl. Sie würde mich weiterempfehlen müssen an einen anderen Lehrer. Ich brauchte mit solch einem Instrument und solch einem Talent einen Titan-Lehrer. Als der letzte Ton verklang, entstand eine lange Pause, Schweigen im Steinway-Wald. Dann sprach Mama. Sie fragte mit kratziger Stimme: »Wie viel?«

Der Verkäufer räusperte sich: »Achtunddreißigtausend.«

Mamas Gesicht wurde bleich, sie verzog den Mund, ihr traten Tränen in die Augen, beinahe flüsternd schimpfte sie: »Herrgott, ich habe gesagt, sie soll nicht in diese Abteilung gehen!«

Dann mischte sich Frau Bette ein: »Ihre Tochter weiß, was gut ist.«

Mama verlor ihre Haltung: »Das ist mir grad wurscht, was meine Tochter angeblich weiß. Wie sollen wir das denn bezahlen?«

Mama hatte sich gerade an den hohen Preis für den Boston gewöhnt, der Sprung von achtzehntausend auf nun achtunddreißigtausend für den Steinway war ungeheuerlich, sie suchte einen letzten Ausweg aus der Misere und fragte bitterböse: »Und was geschieht, wenn das Fräulein mit zwölf Jahren keine Lust mehr hat, Klavier zu spielen? Hm, was dann?«

Alle schwiegen betroffen.

Mama schluchzte: »Dann haben wir ein riesiges pechschwarzes Möbelstück daheim herumstehen für acht-und-dreißig-tausend Euro!«

Paps meinte kleinlaut: »Dann spiele ich halt darauf.«

Jetzt flippte Mama vollends aus: »Ja, aber für dich kaufen wir sicher keinen Steinway!«

Paps zog eingeschüchtert seinen Kopf ein und sagte gar nichts mehr.

Mama hat recht. Ich kann nicht versprechen, dass ich ewig spiele. Wenn es mir nicht mehr gefällt, höre ich auf, na klar. Achtunddreißigtausend – keine Ahnung, wie viel Geld das genau ist. Zu viel auf jeden Fall. Darum dürfen wir den Titan nicht kaufen, und auch keinen Boston. Ich traue mich sonst gar nicht mehr, mit Klavier aufzuhören. Nein, kein Flügel, ich muss frei bleiben.

So streichelte ich ein letztes Mal diese herrlichen Tasten und verabschiedete mich flüsternd von dem beinah eigenen Flügel: Auf Wiedersehen.

Eine Minute lang war es still, als legten wir alle miteinander eine Gedenkminute ein. Dann räusperte sich der Verkäufer und machte ein Angebot: »Falls Ihre Tochter mit zwölf aufhört zu spielen, oder mit fünfzehn, oder wann auch immer, nehmen wir den Flügel in Kauf, und Sie bekommen fast den gleichen Preis dafür. Denn so ein Steinway steigt mit den Jahren im Wert.«

Meine Eltern schliefen eine Nacht darüber, der Wiederverkaufswert war ein gutes Argument, der Steinway also eine Investition. Sie rechneten hin und her, der Hocker musste ja auch noch bezahlt werden, dann der Transport! Minus das Geld, das wir für den Schimmel bekamen, den das Klavierhaus in Zahlung nehmen wollte. Insgesamt hatten meine Eltern noch nie so was Teures gekauft.

Mama ächzte: »Also gut. Insgesamt über vierzigtausend, dazu kommen die teuren Stimmungen, mir wird ganz schlecht!«

Paps nickte besorgt: »Wir werden sparsamer leben müssen, der Unterricht wird auch nicht billiger.«

Meine Eltern nickten schweren Herzens: »Alles für Clara.«

Wir stellten den Flügel mitten in unser Wohnzimmer, woanders war kein Platz dafür. Alle anderen Möbel wurden an die Seite geschoben. Der schwarze Riese stand da, als habe er sich gewaltsam in unser Leben gedrängt. Genau da hatte der Flügel den Platz, den er nun in der Familie einnehmen sollte: mittendrin.

Der Hocker fühlt sich hart und weich zugleich an. Alles riecht neu. Irgendwie ist es cool, ich habe ihn allein aussuchen dürfen. Hätte nicht gedacht, dass Mama und Paps mir so weit vertrauen. Der Flügel soll mein bester Freund werden, mit niemandem sonst werde ich mehr Zeit verbringen. Leise Töne in Dur, weil ich mich freue, und dann in Moll, weil ich ängstlich kapiere: Von nun an regiert dieser schwarze Titan mein Leben.
Ich werde mit ihm berühmt. Das hoffe ich nicht, das weiß ich. Ich werde berühmt. Punkt. Ich will es werden, unbedingt, also werde ich es. Niemand aus meiner Familie macht Musik, jedenfalls nicht so intensiv. Ich fange damit an. Ich spüre, dass ich es draufhabe, ich hab Talent, ein Geschenk des Himmels.

ALS ICH AUF DIE WELT KOMMEN WOLLTE …

… war Paps in Amsterdam, weit weg von Mama, doch die Wehen setzten ein, zwei Wochen zu früh. Er hatte schon geschlafen, als kurz nach Mitternacht der Anruf aus Köln kam. Das Kind wollte kommen, ich war von Anfang an zu schnell. Paps hat sich hastig angezogen, ein paar Sachen zusammengepackt, es war eine sternenklare Nacht im November. Er kannte die Strecke in- und auswendig, pendelte zwischen Köln und Amsterdam, wo er an der Prinsengracht eine Literaturagentur hatte, die so hieß wie er: *Agentie Henk van Bergen*. Er traf ständig unzählige Menschen, die Bücher schrieben oder verkauften. Meine Mutter arbeitete in Köln und wollte auf keinen Fall woanders wohnen. Niemand, der je in Köln gelebt hat oder gar hier geboren ist, geht freiwillig von hier fort, es ist nämlich die fröhlichste Stadt der Welt – meint sie. Sie sahen sich, wenn Paps zu ihr kam oder sie ihn in Amsterdam besuchte. Nun bekamen die beiden ein Kind, das war ich.

Paps machte sich wegen der Geburt keine Sorgen, seine Brigitte würde das gut machen. Selbst wenn er zu spät kam, was konnte er schon tun?! Meine Eltern sind so gestrickt, dass sie *ihm* die Hand halten musste bei so was, und nicht umgekehrt!

Die Fahrt war beschwerlich, zwei lange Baustellen und ein Stau nach einem Unfall. Als Paps endlich in der Klinik ankam, war er sehr erschöpft, aber auch aufgeregt wach, erzählt er immer. Ein Krankenpfleger brachte ihn zu Mama, sie lag hinter einem Vorhang auf einer harten Liege und war an den Wehenschreiber angeschlossen.

Paps setzte sich zu ihr, gab ihr einen Kuss, hielt ihre Hand. Beide lauschten meinem Herzschlag: tong, tong, tong.

»Sie klopft an«, flüsterte er. »Komm, mein Kleines, dann komm halt früher, wir päppeln dich schon auf!« Tong, tong, tong.

Plötzlich sackte Mamas Blutdruck ab, es gab Komplikationen. Sie wurde fortgebracht, Paps hat nicht restlos verstanden, was die Hebamme gesagt hat, was der Arzt mit seiner Frau tat.

»In solch furchtbaren Momenten willst du kein Ausländer sein«, hat er mir später erzählt. »So gut mein Deutsch auch ist, in der Hektik sind die Kölner mit ihrem Dialekt kaum zu verstehen.«

Ich kannte die Geschichte, wie ich zur Welt kam, in- und auswendig, Paps erzählte sie oft, und ich hörte sie gern.

»Wat heb je gedaan?«, fragte ich ihn. Klar spreche ich Niederländisch, ich wechsle die Sprachen, ohne darüber nachzudenken. Das können alle Kinder, die zweisprachig groß werden.

»Was hast du gemacht?«

»Okay, hab ich gesagt.«

Ich musste lachen. Paps sagte okay, wenn er nachdenken musste oder wenn er ein Thema vom Tisch haben wollte. Aber besonders oft sagte er ›okay‹, wenn gar nichts okay war. Er hörte damals einen Dauerton im Operationssaal. Das musste ein schlechtes Zeichen sein, Paps schloss seine Augen, weil er fürchtete, dass wir verschwinden, Mama, oder ich, oder gar wir beide. Obwohl er nicht an Gott glaubte, murmelte er alle Gebete und Bibelstellen, von denen er je gehört oder gelesen hatte. Ich kam am 27. November 1995 um 5 Uhr 43 auf die Welt, Schütze, Aszendent Skorpion. Paps hat vor lauter Freude Rotz und Wasser geheult, denn Mama ging es wieder gut, und ich war gesund.

Als ich gewaschen, gewickelt und angezogen in seinem Arm lag, soll er mir ins Ohr geflüstert haben: »Wurzeln und Flügel. Das wollen wir dir geben, kleine Clara.« Dieses Zitat hat er später oft wiederholt, ein indischer Spruch, den auch Goethe zitiert hat: »Zwei Dinge sollen Kinder von ihren Eltern bekommen: Wurzeln und Flügel.«

Damit war natürlich gemeint, dass man eine starke Verbundenheit zu den Eltern hat, so wie Wurzeln, und einem später zugleich Flügel wachsen sollen, damit man in sein eigenes Leben fortfliegen kann. Dass ich später mal mit ganz anderen Flügeln zu tun haben würde, konnte ja niemand ahnen. Eigentlich war ich ein Unfall – so bescheuert nennt man das Entstehen von Kindern, ohne dass einer das geplant hat. Meine Eltern wollten nie ein Kind. Das haben sie mir später ganz offen gesagt: »Clara Schatz, du bist klug genug, das zu verstehen.«

Bei uns daheim wurde immer ausgesprochen, was Sache war. Das war manchmal hart, aber immer ehrlich. »Ach herrje, ich bin schwanger«, hatte damals Mama gerufen, und es muss geklungen haben, als sei das eine Katastrophe. »Ich kann mir nicht erklären, wie das passieren konnte.«

Sie streichelte mir über den Kopf: »Wir wollten nie ein Kind, weil wir beide im Beruf so intensiv beschäftigt waren. Wir konnten ja froh sein, wenn wir genug Zeit füreinander fanden.«

Ich fragte: »Findet ihr das schön so, eure viele Arbeit?«

Da antworteten beide wie aus einem Mund: »Jaaaa!«

Meine Eltern liebten, was sie taten, und wollten beinahe all ihre Zeit damit verbringen. Als Mama merkte, dass sie schwanger war, hat sie gleich den Kopf geschüttelt. Und Paps hat ihr recht gegeben: »Wir können das Kind nicht bekommen.«

Omi aber hatte die Ohren gespitzt, als sie von einer Schwangerschaft erfuhr. Ein Kind?! So ein süßes mit Locken vom Vater und den Lippen der Mama? Vielleicht noch die Augen vom Opa mit drin? Omi legte ihre Hand auf die Schulter ihrer einzigen Tochter und sagte voller Liebe: »Du warst damals auch ein Unfall!«

Mama schaute sie entgeistert an: »Davon hast du mir nie erzählt.«

Omi schüttelte den Kopf: »Weshalb sollte man seinem Kind so was Blödes erzählen.«

»Und warum tust du das jetzt?«

Oma strich ihr über die Wange: »Weil ich weiß, wie du dich fühlst. Es ist keine leichte Entscheidung.«

Mama und Paps haben einen ganzen Monat darüber nachgedacht – die Frage war klipp und klar, ob Mama mich bekommt oder abtreibt. Sie haben mir auch das nicht verschwiegen. Mich hat das geschockt: »Wieso muss ich das mit der Abtreibung wissen? Das ist doch fies!«

»Nein«, antwortete Mama. »Es ist die Wahrheit. Man kann sehr leicht schwanger werden, das geht in einer Liebesnacht. Aber ein Kind großzuziehen, das ist eine Lebensaufgabe. Das muss man können und wollen. Wenn die Bedingungen schlecht sind, darf man abtreiben. Da waren wir uns einig.«

»Und dann?«

Mama lächelte: »Wir sind nach Wijk aan Zee gefahren, lange am Strand spaziert, Hand in Hand. Haben geredet und geredet … und dann war alles klar.«

»Was?«

Mama lächelte: »Du warst kein Unfall mehr, sondern ein Wunschkind.«

Sie nahm mich in den Arm, drückte mich. Und ich fühlte mich richtig wohl. Wunschkind ist ein herrliches Wort. Wenn ich mal ein Boot habe, werde ich es so taufen. Oder eine CD. Irgendwas. Es soll mich erinnern, dass meine Eltern mich gewollt haben.

»Clara hat meine Locken«, freute sich Henk.

»Und von mir hat sie die Lippen!«, wusste Brigitte.

Und Oma freute sich mit: »Die Augen hat sie tatsächlich von Opa.«

Meine Eltern mussten viel organisieren, um ein Kind und ihre Berufe unter einen Hut zu bringen. In den ersten Lebensjahren hatte ich deshalb zwei Kinderzimmer, eines bei Paps in Amsterdam, das andere bei Mama in Köln, dreihundert Kilometer voneinander entfernt. Mama war oft für den WDR unterwegs. Sie machte Filme, dafür war sie in Gegenden der Welt, wo es nicht gemütlich war, sondern oft sogar gefährlich. Mama fand alles toll, was für andere Leute schwierig war. Gemütlichkeit langweilte sie ganz schrecklich. Und wenn Paps auf Reisen war, zu Buchmessen oder nach Amerika oder sonst wohin, um andere Agenten oder Autoren zu treffen, arbeitete Mama in Köln in der Redaktion und kümmerte sich um mich. Und wenn beide tatsächlich gleichzeitig auf Reisen waren, war Omi für mich da, sie wohnte in Leverkusen, das ist gleich neben Köln.

»Wenn diese bescheuerte Autobahnbrücke nicht wäre!«, schimpfte sie. »Wenn es diese Staus um Köln herum nicht gäbe, würden wir uns viel öfter sehen.« So aber brauchte sie für fünfzehn Kilometer eine ganze Stunde.

»Da kann ich gleich zu Fuß nach Köln gehen!«

Das war das Stichwort, wir lachten laut, und Mama stimmte den berühmten Schlager an, den Oma eben zitiert hatte, die Hymne an Köln überhaupt: »Ich möch zo Foß noh Kölle jon ...«

Mit fünf Jahren saß ich bei Paps in Amsterdam im Wohnzimmer auf dem Fußboden, den Rücken an sein nagelneues Klavier gelehnt, meine Beine ausgestreckt. Ich spürte die Töne im Rücken. Er hatte das Instrument von Mama geschenkt bekommen: »Du sollst endlich mal ein gutes Klavier genießen.«

Er hatte früher als Junge gespielt, nun stand nach Ewigkeiten wieder ein Instrument in der Wohnung, und er hatte solche Freude daran. Paps hat Mama vor Freude umarmt und geküsst, als er es geschenkt bekam. Klavier muss was Gutes sein, habe ich da gedacht.

Er spielte Melodien, bei denen ich mich wohlfühlte und so viel Schwung spürte wie bei den Kölschen Liedern, nur viel komplizierter.

Das Stück, das er damals in Amsterdam anstimmte, klang, als würden mich Paps, Mama und Oma gleichzeitig fest im Arm halten und mir ins Ohr flüstern, wie lieb sie mich hatten.

BEETHOVEN: »Mondscheinsonate«

»Das ist Beethoven«, sagte Paps. »So heißt der Komponist, der sich die Melodie ausgedacht und sie aufgeschrieben hat. Es war die Mondscheinsonate.«

Ich schaute zu ihm hoch und bettelte: »Spiel noch mal!«

»Keine Zeit, muss mich noch anziehen.«

»Bitte, Henki. Nur einmal noch!«

Er tat so, als sei er böse: »Wie nennst du deinen Vater? Henki?«

»Ich sage so lange Henki, bis du noch mal spielst.«

Er grinste: »Für dich heißt das immer noch *geachte vader*!«

Tatsächlich spielte er noch mal ein paar Takte, wieder lehnte ich mich an sein Instrument und genoss die Töne.

Er unterbrach: »Ab, hol deine Schuhe, wie müssen nun wirklich los. Heute Abend spiele ich es wieder. «

»Einverstanden, Hen-ki!«

Nun stürzte er sich auf mich und kitzelte mich zur Strafe durch: »Du Luder! Mynheer van Bergen heißt das. Und sag in Zukunft *Sie* zu mir!« Wir lachten so viel zusammen, daheim ging's mir gut.

Kurze Zeit später stand ich verzweifelt am Kindergartenfenster, ich wollte Paps nicht gehen lassen. Ich weinte bitterlich und konnte mich nicht beruhigen, es war immer dasselbe Theater, wenn ich abgegeben wurde. Ich hasste den Abschied, ich hasse ihn noch heute! Paps winkte mir von der Straße aus zu. Ich hatte ja auch zwei Kindergärten! Wenn Mama mich in Köln wegbrachte, heulte ich genauso! Irgendwann mussten meine Eltern gehen. Zum Glück waren meine beiden Kindergärten voller Spielkameraden und netter Erzieher, ich habe meine gute Laune schnell wiedergefunden, erzählen meine Eltern. Ich kann mich nur an die Abschiede erinnern.

Paps hatte die Idee, dass ich Klavier lerne. Jetzt, wo eh ein schönes Instrument im Haus stand: »Du bist fünf Jahre, da kannst du es ja mal versuchen.«

Musik bildet den Charakter, davon war er überzeugt. Mama hatte nichts dagegen; alle möglichen Leute spielten Klavier, das tat sicher auch ihrer Tochter gut. Das war der einzige Grund, weshalb ich damit anfing, wie in vielen anderen Familien auch. Paps hatte bloß an Hausmusik gedacht und gehofft, dass ich später mal vierhändig mit ihm klimpern konnte. Heute schüttelt er den Kopf, wenn er daran zurückdenkt: »Das hat doch keiner ahnen können, wie intensiv man solch ein Instrument spielen kann!«

Bei der Suche nach einem geeigneten Lehrer wandte er sich an einen, der ihm als sehr gut empfohlen worden war, der stellte ihm ein paar Fragen zu unserer Familie und lehnte dann geschwind ab.

»Ja, warum? Sie sind doch Musiklehrer?!«

»Ich unterrichte so junge Kinder nur, wenn deren Eltern Musiker sind.«

Paps musste sich wundern: »Ich spiele doch auch Klavier.«

Der Musiklehrer nickte streng: »Zum Spaß.«

Paps nickte: »Ja, selbstverständlich zum Spaß.«

»Das ist der Punkt«, sagte der Mann zu ihm. »Wenn Eltern bloß aus Spaß Musik lernen lassen, fehlt ihnen der Ehrgeiz und die Konsequenz, ihr Kind so intensiv üben zu lassen, wie es nötig ist. Es muss ja was Vernünftiges dabei herauskommen. Das verlange ich nämlich. Für mich ist das *Rondo alla Turca* kein Ziel, sondern eine Zumutung. Sie verstehen?!«

Damit meinte er, dass er keinem Kind Unterricht geben wollte, das sich nicht total anstrengt. Richtig strenge Eltern schienen nur die zu sein, die mit Musik ihr Geld verdienten, Profis also, alle anderen waren wohl zu lasch. Paps hatte keine Ahnung gehabt, dass er an solch einen Lehrer geraten war. Der fragte weiter: »Wie alt ist die Kleine denn?«

»Clara ist fünf.«

»Sie kann später noch Klavier lernen, mit acht oder zehn.«

Paps fragte: »Sie denken, sie ist noch zu jung, um anzufangen?«

Der Lehrer lachte ihn aus: »Das Gegenteil ist der Fall. Ihre Clara ist zu alt.«

Paps schüttelte den Kopf: »Was denn nun?! Mit fünf Jahren zu alt oder zu jung?«

Der Grund, sehr früh anzufangen, hat mit dem Kinder-Gehirn zu tun. Das lässt nämlich kleinen Kindern immer genau dort Nerven wachsen, wo welche gebraucht werden, sagte der Lehrer.

»Beim Klavierspiel muss man sich das so vorstellen: Ein Gedanke da oben im Hirn will einen Ton, dieser Befehl muss so schnell wie möglich vom Kopf in die Finger geschickt werden – solche Signale laufen durch Nervenbahnen. Wer sehr früh ein Instrument übt, bei dem wachsen genau diese Nervenbahnen besonders gut, die man später als Musiker dringend braucht. Die Schnelligkeit in den Fingern – das bekommt keiner hin, der nicht sehr früh zu üben beginnt.«

Paps fragte: »Wann hätte denn Clara anfangen müssen?«

Der Lehrer antwortete: »Bei mir fangen die Kinder mit drei Jahren an! Clara will Klavier spielen? Für ein Hobby zu früh. Lassen Sie das Mädchen später unterrichten.«

Wenn meine Eltern auf ihn gehört hätten, wäre ich keine Pianistin geworden. Ich sollte mit fünf Jahren beinahe zu alt sein?! Komisch, oder? Paps engagierte einen jungen Lehrer, er sollte mit mir arbeiten, aber ich sollte auch nicht überfordert werden, zwanzig Minuten Unterricht für den Anfang sollten reichen.

So, und dann ging's los! Es klingelte bei uns, Paps führte einen jungen Mann in unser Wohnzimmer. Ich stand neben dem Klavier.

Paps erklärte mir, was ein Klavierlehrer gewöhnlich so tut, und ließ uns beide allein. Ich starrte den Fremden an. Was für Haare hatte er? Wie roch er? Wie klang seine Stimme? Er räusperte sich so seltsam. Weshalb war Paps nicht im Wohnzimmer geblieben? Ich hätte gern um Hilfe gerufen, hab mich aber nicht getraut.

Der Mann setzte sich mit mir ans Klavier und bat, ich solle mal diese oder jene Taste drücken. Dann spielte er drei Töne hintereinander, ich machte auch das nach. Und wieder, und ein drittes Mal. Das war langweilig! Ich sprang auf und versteckte mich, der Mann sollte mich suchen. Das war lustiger! Als er mich hinter der Gardine fand, schimpfte er mit mir: »Setz dich wieder ans Klavier!«

Er klang böse! Ich lief raus in den kleinen Garten, versteckte mich im Geräteschuppen. Er folgte mir, klopfte, bat und bettelte, ich solle herauskommen. Ich tat so, als sei ich nicht da. Er redete mir freundlich zu, er werde jetzt zum Klavier gehen und auf mich warten. Ich überlegte noch eine Weile, tauchte bei ihm auf, setzte mich neben ihn und hörte seinen drei Tönen zu.

»Eins, zwei, drei kommt auf c – d – e. Die Hände musst du so hinlegen.« Ich fand ihn komisch, er roch auch blöd. Dieser Unterricht gefiel mir nicht, ich kicherte, machte Fratzen, lief wieder im Zimmer herum. Er sollte mich fangen, das hätte mir gefallen. Ich wollte lieber mit ihm spielen, statt Klavier zu üben.

»Na super«, stöhnte Paps. Weil ich mit dem Mann machte, was ich wollte, musste jemand anderes kommen. Die Nächste war eine Studentin, Lisbeth, deutlich strenger! Das hatte Paps ihr sicher geraten. Mit scharfem Ton kommandierte sie: »Jetzt konzentrier dich mal!« Nun saß ich tatsächlich brav am Klavier, Rücken gerade durchgedrückt, und schaute sie mit aufgerissenen Augen an.

»Jetzt hier, so geht's los!«

Bei ihr konnte ich mir nicht erlauben, herumzurennen und Fangen zu spielen, Lisbeth wurde dann böse. Sie lehrte mich den Untersatz, also Tonleiter spielen, und dann zwischen dem dritten und vierten Ton den Daumen unten durch und neu ansetzen, das hat gut geklappt! Lisbeth kam einmal die Woche. Sie hatte ein Heft besorgt, extra groß gemalte Noten, bunt, für kindliche Ansprüche. Ich schüttelte den Kopf: »Ich bin schon groß. Ich will solche Noten wie Paps, keine extra für Babys.«

Lisbeth stöhnte, sie hatte es nicht leicht mit mir. Ich wollte auch keine Kinderlieder spielen, sondern Melodien, die mein Paps spielte: »Hör mal, Lisbeth. Chopin, kennste das? So was will ich spielen!«

Sie meinte, das sei viel zu schwer für mich. Ich wurde wütend: »Für mich ist gar nichts zu schwer.« Ich schimpfte sie auf Niederländisch: »*Stomme trut.*«

Sie tat, als sei sie empört: »Na na, nur nicht frech werden, du böses Mädchen!«

Ich lächelte, sie grinste zurück, wir waren quitt. Es machte Spaß mit Lisbeth am Klavier. Ich spielte bald richtige Melodien, und sie spielte mit. »Erst die Kinderlieder, und später Chopin.«

»Einverstanden.«

Sie lachte auf. Nun klapperte die Mühle am laufenden Bach.

»Es klappert die Mühle am rauschenden Bach«

Danach habe ich gelernt, beide Hände mit unterschiedlichen Tönen zu spielen, und je schwieriger es wurde, umso besser fand ich es. Klavier war cool. Ich telefonierte mit Mama, die für den Funk seit Wochen als Vertretung in Rom war. Ich erzählte ihr, wie ich meine ersten Lieder spielen konnte, ich hab das Telefon aufs Klavier gelegt und ihr *Laterne, Laterne, Sonne, Mond und Sterne* oder *Alle Vögel sind schon da* vorgespielt, sie erfreute das.

Ich konnte solche Lieder hundertmal hintereinander spielen. Paps ertrug das nicht, er fand, das sei schrecklichste Folter für jeden Menschen mit gesundem Verstand!

»Es gibt doch diese Klaviere«, warnte er mich mit einem Augenzwinkern, »bei denen man den Ton ausstellen kann, und der Spieler hört die Melodie über Kopfhörer, und alle anderen haben Ruhe. So eines sollte ich dir besorgen!«

Ich streckte ihm die Zunge heraus: »Hast ja kein Geld für noch ein Klavier. Und auch keinen Platz in deiner Wohnung.«

Er nickte lachend.

Ich hörte gern Musik auf Kassette: »Noch mal!«, rief ich. Musik fand ich so wunderschön, ich habe mir alle Melodien gemerkt, die ich hörte. Wenn Paps Ruhe brauchte und ich nicht Klavier spielen sollte und auch keine Kassette hören durfte, sang ich *Sonne, Mond und Sterne* und alle anderen Lieder vor mich hin. Mich konnte man nämlich nicht abstellen!

Paps jammerte: »Ich dreh noch mal durch.«

Mama war endlich zurück aus Rom, Paps hatte Freunde eingeladen zum Essen. Und Kinder, mit denen ich spielen konnte, das war toll. Eines der Mädchen war so alt wie ich und ging schon seit einem Jahr zur Schule. Das hat mich gewundert. Ich wollte das auch!

Am folgenden Tag fuhren wir drei von Amsterdam ans Meer und aßen in einem Windmühlen-Restaurant Pfannkuchen mit Speck oder mit Zimt und Zucker. Dort sagte ich zu Paps und Mama: »Ich gehe nicht mehr in den Kindergarten!«

Die beiden schauten mich überrascht an: »Du magst dort doch so gern mit Pia spielen, und Marleen, und Jette.«

»Ich will in die Schule. Kindergarten ist langweilig!«

»Du bist erst fünf«, sagte Paps. »In Deutschland lassen die dich noch nicht rein!«

Ich hatte andere Informationen: »Hanneke geht schon in die zweite Klasse, mit fünf!«

Paps fragte: »In den Niederlanden ist das anders. Möchtest du hier in Amsterdam in die Schule gehen?«

»Oder Köln, mir egal. Aber kein Kindergarten mehr! Es ist langweilig. Doof, blöd, Mist.«

Paps freute sich, er fand es toll, wie ich in mein Leben stürmte, statt zu trödeln. Mama schlug vor, man könne testen lassen, ob ich schulreif sei. Mit vier war in Deutschland niemand schulreif, aber vielleicht mit fünf. Wenn die Behörde zustimme, könne ich ihretwegen gern in die Schule gehen. An Paps gerichtet sagte sie mit ernster Miene: »Jetzt ist es so weit – früher als gedacht.«

Paps atmete schwer durch. Denn meinen Eltern war klar, sobald ich in die Schule käme, würden sie zusammenziehen müssen – mit einem Schulkind konnte man nicht mehr hier und dort wohnen. Paps würde mit seiner Agentur nach Köln umziehen müssen – um meinetwillen. Wir brauchten eine größere Wohnung, auch die musste in Köln erst mal gefunden werden. Und meine Eltern hatten vorher nie richtig zusammengelebt, davor hatten sie besonders Angst.

»Vielleicht werden wir streiten?«, fürchteten sie sich.

Mama schüttelte den Kopf: »Dazu haben wir gar keine Zeit, ich bin ja oft auf Reisen.«

Er schüttelte den Kopf: »Du wirst dich auch einschränken müssen, mein Schatz, ich werde nicht der alleinerziehende Vater in der Fremde.«

Mama nickte, nun ging das erst richtig los mit der kleinen Familie. Die beiden nahmen sich in den Arm und küssten sich: »Wir schaffen das schon. Wir lieben uns ja.«

Den Eignungstest für die Schule habe ich bestanden, zur Einschulung trug ich eine rote Hose und eine grüne Jacke. Mama hat mir Zöpfe geflochten, im Arm hielt ich eine riesige, selbst gebastelte Schultüte, die wie ein Schmetterling aussah.

»Da hast du Glück gehabt«, staunte Paps. »Bei mir daheim kennt man keine Schultüte, bekommt keine Süßigkeiten zum ersten Tag!«

Ich musterte die anderen Kinder ganz genau, einen Patrick mochte ich besonders, der war der Netteste in der Klasse. Alle sollten sich nach vier Wochen Schule einen anderen Sitzplatz suchen, er setzte sich neben mich und teilte mit mir seine Buntstifte. Seine Mutter war eine Zahnärztin, mit Bohrer und Spritzen! Patrick und ich prügelten uns in der Pause aus Spaß, ich lernte gern Schreiben und Rechnen, das alles war viel besser als Kindergarten.

Mama war als Urlaubsvertretung nach New York gegangen, Paps war traurig, weil sie nicht daheim bei ihm war, und dann an einem Tag war er plötzlich sehr besorgt um sie. Kurz nach drei Uhr wollte er unbedingt Mama sprechen, so schnell wie möglich, aber ihr Telefon im Studio in New York war immer besetzt. Als er sie endlich im Fernsehen als Korrespondentin live gesehen hat, weinte Paps vor Erleichterung. Ich hab mich gewundert, dass er so durcheinander war. Nach dieser Schalte rief sie bei uns an, er reichte mir den Hörer. Ich plapperte von Patrick, der so cool war, doch Mama weinte, obwohl sie es nicht wollte, aber sie konnte nicht anders.

»Mama?!«

»Clara, Liebes, ich freue mich doch so für dich, die neue Schule, und Patrick. Aber hier … ich muss hier Schreckliches berichten, Hochhäuser fallen in sich zusammen, so viele Menschen sind …«, dann weinte sie wieder: »Ich bin so froh, dass es dir gut geht.«

Das war im September 2001, und ich lag abends lange in den Armen von Paps, der mir erklärte, was Mama miterlebte, weil sie Journalistin war. Denn in New York war der Terror angekommen. Paps tröstete mich, weil ich das alles nicht verstand.

»Fällt die Mama auch vom Turm?«, fragte ich ängstlich.

»Nein«, sagte Paps. »Sie ist in Sicherheit.«

Aber ich habe gemerkt, dass er doch Angst um sie hatte. Er dachte, ich merke das nicht. Und mich nervte, dass er mir nicht genau erklären wollte, was Terror war.

Omi war nun öfter bei uns als sonst und passte auf mich auf, solange Mama fort blieb. An den Abenden haben Paps und Oma geredet und geredet über Mama und New York. Sie waren so besorgt, was aus unserer Welt werden wird. Um mich nicht zu beunruhigen, haben sie englisch miteinander gesprochen, das hat mich erst recht misstrauisch gemacht. Das taten meine Erwachsenen immer, wenn sie Geheimnisse vor mir hatten, ich kam mir ausgeschlossen vor. Und habe mir gedacht: Wenn ich holländisch kann, werde ich Englisch auch sprechen können, das geht ganz schnell. Paps hat mir einen Satz gesagt, und ich habe ihn mir gemerkt.

»Noch einen!«

Hat er getan, und ich habe auch das nachgesprochen, ohne Fehler. Und noch einen Satz und noch ein Wort. Paps wunderte sich, weil ich das alles am nächsten Tag immer noch wusste. Als Mama endlich zurück war, schien sie so anders, wollte vor allem in der Badewanne liegen und schweigen. Da hab ich sie ablenken können.

»Hau ar ju?«, hab ich sie gefragt.

»I feel fine.«

»Säts not reit.«

Sie staunte: »You speak English?«

»Jess, ei du.«

Da hat sie gelächelt, und ich war froh. Wir haben von da an in der Familie ständig englisch gesprochen, das war so cool, denn Mama vergaß auf diese Weise die schlimmen Dinge. Oder ich spielte ihr die klappernde Mühle am laufenden Bach zwanzigmal vor – selbst das fand sie gut. Ende November kam Patrick zu meinem Geburtstag und verschlang vor den Augen der staunenden Mädchen acht Stück Kuchen. Die Schule war wegen Patrick wunderbar. Ich durfte in der Klasse bleiben, ich war die Jüngste und doch eine der Besten, Lernen fiel mir leicht.

ALS ICH SIEBEN WAR …

… fand Paps endlich ein mittelgroßes Haus für uns, in der Nähe vom Stadtwald, der genial war zum Joggen und Fahrradfahren, und zugleich war die Straßenbahnhaltestelle bei uns um die Ecke, von dort war man in zehn Minuten in der Innenstadt. Meine Eltern haben keine Wohnung mieten wollen, weil wir ein Klavier hatten – das war ja laut, und in einem Mehrfamilienhaus hätten wir damit die Nachbarn gestört.

Paps fand eine richtige Klavierlehrerin für mich. Frau Bette kam nicht zu uns, ich sollte zu ihr ins Haus gehen zum Unterricht, sie wohnte ausgerechnet am anderen Ende von Köln, in Riehl.

»Wieso nehmen wir niemanden in der Nähe?«, fragte Mama.

Paps erklärte, dass man ihm Frau Bette empfohlen hatte, sie sei eine der besten Klavierlehrerinnen in Köln.

Beim ersten Mal sind wir zu dritt da aufgetaucht. Frau Bettes Wohnzimmer war vorweihnachtlich geschmückt, sie hatte einen riesigen Adventskranz mit allen möglichen Dingen darauf, dazu Sterne, Kugeln, Tannenzapfen, Glitzer. Ich ließ mir Zeit, ging beinahe andächtig durch den fremden Raum und betrachtete alles, als sei ihr Haus ein Museum. Die Kissen auf dem Sofa standen bei Frau Bette kerzengerade in Reih und Glied. Alles aufgeräumt und sorgfältig eingerichtet, als wolle man Fotoaufnahmen für einen Katalog machen. Ich drehte mich um und sagte zu meinen Eltern: »Hier ist es schön.«

Mama oder Paps brachten mich am Anfang noch jede Woche hin und warteten draußen, bis der Unterricht vorbei war. Frau Bette wollte nicht, dass sie während des Unterrichts dabei waren, das würde mich ablenken. So haben sie die halbe Stunde regelmäßig zum Spazierengehen genutzt, die Flora war um die Ecke und zu jeder Jahreszeit wunderschön.

Nach jeder Stunde hörte ich dieselbe Frage: »Was hast du denn gelernt?« Das erste Stück, das ich nach einem Monat bei Frau Bette präsentierte, war ein Volkslied, die Vogelhochzeit.

»Mit zwei Händen!«, rief ich aufgeregt. »Ich kann es schon mit beiden gleichzeitig!«

»Die Vogelhochzeit«

Ich habe die Vogelhochzeit jeden Tag etwa hundertmal gespielt und laut mitgesungen, so stolz war ich, dass es wirklich so klang wie ein Lied. Paps, der im Haus arbeitete, bekam zum ersten Mal einen Eindruck, was auf ihn zukommen würde, wenn ich fleißig blieb: permanentes Geklimper im Haus. Nach der zwanzigsten Wiederholung stöhnte er: »Man kann das Kind nicht abschalten.« Man hörte mich auch über die Gartenhecke hinweg. Neben uns wohnte Frau Papadopulos.

Paps entschuldigte sich bei ihr: »Fotini! Es tut mir so leid.«

»Ich mag, wenn Kinder am Klavier sitzen«, meinte sie freundlich. Sie war unser Glück, und meine erste Zuhörerin.

Paps kochte mittags für uns, schaute nach den Hausaufgaben und hörte mir beim Klavierspielen zu. Am Telefon berichtete er seinen Kollegen nach Amsterdam: »Sie lernt die Noten nicht, sondern – wie soll ich sagen? Fotografiert sie?! Sie macht es mit dem Klavier genauso, wie sie Englisch gelernt hat. Sie hört einfach zu – und spielt es nach.«

Weil ich vor allem durch Zuhören lernte, hat Frau Bette mir viele CDs mitgegeben. So habe ich mir die Stücke eingeprägt – ich konnte bereits Noten lesen, aber ich spielte auch gern nach Gehör.

Frau Bette kam es darauf an, das Stück zu verstehen. Sie legte im Unterricht weniger Wert auf die technischen Übungen. Paps fragte nach – so was brauche man doch, »vor allem Clara, so jung wie sie ist«?!

»Da haben Sie recht, das können Sie daheim übernehmen«, antwortete sie ihm. »Clara sollte unbedingt Fingerübungen machen.«

Paps staunte: »Ich bin ihr Vater, und nicht ihr Lehrer.«

Frau Bette ließ sich nicht umstimmen: »Besorgen Sie Literatur, was es so gibt. Ich sag Ihnen klar und deutlich: Sie sind für Claras Technik verantwortlich!«

Paps dachte, er höre nicht recht! Er wollte sich gern um mich kümmern, nun aber sollte er verdonnert werden, mich zu unterrichten!? Er hatte ja schließlich auch andere Dinge zu tun, Bücher und Manuskripte lesen, Exposés schreiben, mit seinen neuen Freunden auf der Jahnwiese kicken.

Nun ging er gehorsam in die Stadt und kaufte in einem Notengeschäft am Dom einen gewissen *Hanon*. Ein französischer Komponist, der sich Fingerübungen am Klavier ausgedacht hat. Frau Bette erklärte mir, wenn ich das übte, wüchsen meine Nervenstränge, die Finger bekämen Muskeln und könnten prima spielen. Es waren sehr langweilige Übungen. Regelrechte Turnstunden für jeden einzelnen meiner Finger. Feste Anschläge oder leise, schnelle, langsame Läufe, die an Joggen erinnern. Jeden Tag trainierte ich das, wie Volleyballspieler den Aufschlag üben, Boxer den Boxsack malträtieren, Tennisspieler einen Schlag nach dem anderen schlagen, immer gleich, immer ohne Publikum. Außer Fotini von nebenan, die fand sogar die eintönigen Übungen schön.

Paps munterte mich manchmal auf, wenn ich keine Lust mehr auf diese faden Übungen hatte. Dann stellte er sich neben das Klavier und dirigierte. Dabei tat er so, als habe er lange Haare, die er nach hinten warf wie diese berühmten, durchgedrehten Dirigenten im Fernsehen. Oder er tat, als sei er sehr streng, er schaute zumindest so grimmig. Ich hab so lachen müssen, weil er so bescheuert dabei aussah. Einmal hat er sich sogar einen Frack angezogen und so getan, als würden wir vor großem Publikum auftreten, bloß wegen einer Hanon-Etüde! Oder er war ein Fernsehmoderator, der mich ankündigte in einer Fernseh-Show als berühmte Pianistin. Am Ende hat er den Applaus des Publikums von einer CD eingespielt, und ich durfte mich verbeugen. Wir haben so viel dabei gelacht, Paps war cool.

Und er war traurig, denn Mama war zu oft weg. Filme machen. Das hat ihn geärgert, weil sie das anders abgesprochen hatten. Als Mama zurückkam, haben sie sich gestritten. Sie glaubten, ich hörte das nicht, ich hab's aber gehört, ich hab ja Ohren am Kopf.

Mama bekam mit, dass es in meinem Leben nur noch ums Klavierspielen ging. Sie fragte mich besorgt: »Wie oft übst du denn?«

Ich grinste: »Nicht so oft.«

»Wie oft denn genau?«

»Jeden Tag etwas.«

»Und wie lang jeden Tag?«

»Vor dem Frühstück ein bisschen und nach dem Mittagessen.«

Mama wurde ungeduldig: »Na, und wie lang nun genau?«

»Vielleicht zwei Stunden.«

Sie nickte beruhigt: »Zwei Stunden pro Woche, das ist fleißig.«

Ich wollte nichts dazu sagen, aber Paps kam ins Zimmer und rückte mit der Wahrheit raus: »Jeden Tag.«

Mama erschrak, sie schaute ihn vorwurfsvoll an: »Zwei Stunden jeden Tag?! Ja spinnt ihr? Das ist zu viel.«

Ich schüttelte den Kopf: »Nö, macht doch Spaß!«

Mama wandte sich an Paps: »Du kannst Clara doch nicht dauernd spielen lassen.« Er starrte sie an und schwieg. Sie meckerte weiter, machte ihm Vorwürfe. Dabei war er als Dirigent doch so lustig! Das hatte sie aber nicht miterlebt, weil sie zu oft fort war. Sie meckerte weiter, er schluckte und staunte. Sie hörte nicht auf, er wurde langsam böse, biss sich auf die Lippen. Mama merkte gar nicht, wie er sich ärgerte!

Sie fragte mich: »Und Sport? Machst du den? Und Freundinnen? Hast du die?«

Ich wehrte mich: »Klar. Mach ich alles. Hab ich alles.«

»So, so«, nörgelte sie weiter. »Ich sehe keine Sporttasche im Flur, keine Freundin in deinem Zimmer. Dein Leben dreht sich immer nur ums Klavierspielen. Verlangt Paps zu viel von dir?«

Der bekam nun einen knallroten Kopf vor Empörung. Ich dagegen musste lachen: »Aber Mama. Ich bin doch nicht mehr klein, ich spiele, so viel ich will!«

Paps sprach Mama streng an: »Brigitte, wir müssen reden. Unter vier Augen.«

Sie schaute erstaunt: »Hast du was?«

»Ja.«

»Aber es geht um Clara, lass sie dabei sein.«

Paps war das nicht recht, aber Mama wollte es nicht anders. Also sagte er: »Du unterstellst, dass ich Clara dazu bringe, ständig zu üben. Das tut sie aber von allein, sie hat einen riesigen Ehrgeiz!«

Mama wollte unbedingt streiten: »Dann musst du sie stoppen.«

Paps wurde nun richtig sauer: »Clara, geh bitte auf dein Zimmer.«

Ich schlich mich davon, hörte aber ihren Streit durch die Tür, Paps wurde richtig laut, das tat er sonst nie: »*Du* hast den größten Ehrgeiz von uns allen, nicht Clara! Du bist nie hier, du lebst nur für den WDR, du übertreibst es maßlos! Und dann kommst du nach Hause und machst mir Vorwürfe, wie ich unser Kind erziehe?!«

Womm! Die Tür knallt. Hab ich mich erschrocken. Mama bestimmt auch, Paps ist sonst nie so. Holländische Leute sind fast immer lieb, sie werden nur einmal im Jahr böse, aber dann richtig.

Er sorgt sich jeden Tag um mich, Essen kochen und Badetag und alle Fragen der Welt beantworten und Englisch reden und zum Zahnarzt bringen und Klavier üben und neue Klamotten kaufen und Friseurbesuch und Nase putzen immer noch. Mama nicht, sie drückt sich vor all der Arbeit. Wenn es was zu tun gibt, sagt sie immer, es tut ihr leid, keine Zeit, der WDR!

Paps kam noch mal zurück und schmiss ihr an den Kopf: »Ich habe auch einen Beruf, das vergisst die Gnädigste.«

Wir hatten daheim den größten Krach, denn Mama drehte trotzdem weiter einen Film nach dem anderen. Am liebsten war sie sehr weit weg, in Honolulu oder Kapstadt. Einmal flog sie sogar nach Aitutaki. Das soll in der Südsee liegen. Dort wollte sie recherchieren, wie der Klimawandel der Insel schadet. Sie erklärte uns, das seien alles sehr wichtige und interessante Themen und Aufträge, diese Chance bekäme sie nie wieder. Paps fand das unfair. Holland würde beim Klimawandel auch unter Wasser stehen, sie könne das ja mal recherchieren. Ich habe sie streiten hören, Abend für Abend. Sie haben gedacht, ich höre das nicht, aber ich habe alles mitbekommen. Es kam nämlich raus, dass Mama einen Arbeitskollegen viel zu nett fand. Der war auch mit in Aitutaki, Mama hat mit dem in einer Hütte gewohnt. Paps hat von da an geschwiegen und sogar geweint. Das hat mir noch mehr Angst gemacht. Es war die schrecklichste Zeit für uns alle. Ich schwieg in der Schule, und ich spielte nicht mal mehr Klavier, ich sagte den Unterricht bei Frau Bette ab. Hab gelogen, ich hätte eine Erkältung, vier Wochen lang.

Dann kam Plan B, so nannten das meine Eltern. Plan B sollte bedeuten, dass sie nicht mehr miteinander leben wollten. Na toll! Zwei Wohnungen in Köln, eine für Mama, eine für Paps, ich sollte mal hier und mal da sein, also wieder um- und herumziehen.

Die spinnen doch, meine Eltern! Wie soll ich das mit dem Klavier machen? Hab ich dann zwei Instrumente? Wenn ich bei Mama bin, bringt die mich zu Frau Bette nach Riehl, wie Paps das immer macht? Das tut die doch nie im Leben! Keine Zeit, WDR. Ich werde die Straßenbahn nehmen müssen, mit Umsteigen und Warten dauert das eine Stunde hin und eine Stunde zurück. Und wenn ich bei Paps bin, redet der mit mir über die Politik der Welt und was früher alles passiert ist, wie Mama das immer macht? Ne! Wie blöd ist das denn, dass sich meine Eltern trennen wollen?! Ich bin an allem schuld. Das Klavier ist schuld, dass sich meine Eltern streiten. Ich hätte nie damit anfangen sollen.

So saß ich am Küchentisch und hab geheult und geheult. Meine Eltern haben dumm geguckt, was halt Erwachsene so machen, wenn sie sich unmöglich benehmen. Jedenfalls hab ich den Streit beenden wollen, ich hatte eine Idee: »Ich spiele kein Klavier mehr, dann vertragt ihr euch wieder.«

Mama sagte: »Nein! Wo denkst du hin?!«

Paps sagte: »Nein! Wo denkst du hin?!«

Vertragen haben sie sich trotzdem nicht. Das alles hat Oma mitbekommen, sie ist über die Leverkusener Brücke gefahren und hat bei uns einen Terz gemacht. So heißt das, wenn jemand seine Meinung sagt, und zwar sehr deutlich und laut. Komischerweise bedeutet Terz beim Klavierspielen, dass zwei Töne so weit auseinanderliegen, dass ein ganzer Ton dazwischen ist. Terz bedeutet: »Die Dritte«. Der Daumen spielt etwa ein C, und der dritte Ton vom C aus ist ein E, und dieser Abstand ist eine Terz.

Jetzt machte Omi Terz mit meinen Eltern, und sie war auch die Dritte, mit den beiden zusammen. Dieser Zusammenhang ist niemandem aufgefallen, nur mir. Es wollte auch keiner hören, niemand wollte mehr wissen, was mir durch den Kopf ging, es gab ja Krach, der übertönte alles. Omi wollte den Terz beenden, sie schimpfte meine Eltern gehörig aus: »Ihr habt doch jeder einen an der Waffel.«

Omi hatte eine Idee, sie kam mit Plan C. So reden Erwachsene, Plan A, Plan B oder C – total verrückt, oder? Aber Omas C-Plan war cool: Meine Eltern sollten wegfahren und sich irgendwo so lange streiten, bis sie genug davon hatten.

»Aber kommt bitteschön versöhnt wieder«, stellte Omi klar. In der Zeit werde sie sich um mich kümmern. Ich war mit Plan C einverstanden.

Meine Eltern fuhren gemeinsam in den Urlaub. Den hatten sie seit Langem nicht mehr gehabt. Plan C war cool, nun wohnte Omi bei mir.

Omas beste Freundinnen waren nicht begeistert, dass die überhaupt keine Zeit mehr hatte für den Ruhestand. Als die alten Mädels zu Besuch kamen, das Klavier sahen und hörten, dass ich täglich übte, machten sie Omi Vorwürfe: »Du kannst doch das arme Kind nicht immer an diesem Kasten sitzen lassen! Das bekommt ja 'nen krummen Rücken davon.«

Omi fühlte sich angegriffen, sie zog ein mürrisches Gesicht und biss sich auf die Lippen, damit sie mit ihren Freundinnen nicht auch Terz machte. Eine sagte: »Wenn ein Kind gut Tennis spielen kann, muss man doch auch nicht gleich eine Steffi Graf aus ihr machen!«

Da schüttelte Omi den Kopf: »Jetzt übertreibst du aber gewaltig!«

»Ihr überfordert das Kind«, warnten ihre Freundinnen. »Wer spielt denn heute noch Klavier? Lass Clara boxen, so etwas machen die Mädchen heutzutage.«

»Spinnst du? Boxen? Krumme Nase, aufgeplatzte Lippen?!«

»Na gut, Beach-Volleyball, oder meinetwegen Klavier, das ist ja schon ganz nett. Aber doch nicht jeden Tag!«

Omi rechtfertigte sich: »Es macht Clara aber Spaß, Klavier zu spielen. Sie tut das freiwillig, niemand zwingt sie! Wenn ein Kind

Tennis spielt, tut es das doch auch regelmäßig, und keiner spricht von Überforderung. Bei Fußballern dasselbe, die Stars fangen als kleine Kinder an und trainieren ständig. Aber bei Klavier meckern sie alle.«

»Siehst du, du sagst es selbst, das Kind soll ein Star werden!«

»Quatsch, Clara spielt doch erst seit gut einem Jahr.«

Die Freundinnen aßen ihren Kuchen, tranken Kaffee oder Tee und diskutierten, was Kinder ihrer Meinung nach tun sollten und was nicht. Ich fragte dazwischen: »Soll ich mal was vorspielen?!«

Die Damen nickten mit vollem Mund. Mit der Kuchengabel in der Hand lauschten sie nun, ich spielte Erik Satie: Gymnopédie No.1.

Da meckerten sie nicht mehr, sondern applaudierten begeistert: »Wunderbar, ja wie niedlich!«

SATIE:
Gymnopédie
Nr. 1

»Wie musikalisch sie ist!«

»Sie spielt ja alles auswendig!«

»Aber da muss man schon ordentlich üben, um das zu können, oder?«

Ich schüttelte den Kopf: »So oft übe ich gar nicht.«

Das war gelogen. Ich wollte eigentlich immer spielen, und ich war extrem ungeduldig, ich wollte alles gleich sofort können. Ich mochte die Noten eines neuen Stückes nicht langsam studieren, geschweige denn in Ruhe üben, ich wollte es einfach bloß in den Fingern haben und loslegen! Omi saß bei mir am Klavier und sagte: »Geduld, mein Kleines. Mach's doch mal langsam!«

Ich wollte aber nicht, ich hasste es, wenn Omi *langsam* sagte! Frau Bette hat mich genauso genervt: »Schau dir erst mal die Noten genau an, und dann langsam …!«

Ich unterbrach sie: »Spielen Sie mir das lieber vor.«

Noten mochte ich nicht gern studieren, ich hab so lange gequengelt, bis sie es spielte – dann spitzte ich meine Ohren. Alles klar. Anschließend hatte ich es in den Fingern.

Wenn ich erst mal wusste, wie das Stück klang, welche Stelle nach der anderen kam, konnte ich es spielen. Für mich war das normal, ich hätte mich geärgert, wenn ich es nicht hinbekommen hätte.

Omi staunte ebenso, als sie das mitkriegte: »Talent hast du, und Köpfchen. Schade, dass das dein Opa nicht mehr miterlebt!«

Ich habe meinen Opi nie kennengelernt, sie war seit vielen Jahren Witwe, aber nicht, weil er so früh gestorben ist, sondern weil er viel älter gewesen war als sie.

»Wie viele Jahre?«

»Ich war zwanzig und er fünfundvierzig, als wir uns verliebten.«

»Warum hast du solch einen alten Mann genommen?«

Oma lächelte: »Es ist geschehen. Man kann sich die Liebe nicht aussuchen, sie kommt, wann immer sie will. Herzensdingen ist man ausgeliefert. Frag deine Mama, wir waren sehr glücklich.«

Solch ein Herzensding, wie Oma das nennt, muss ich erlebt haben mit dem Klavier. Ich konnte nichts dagegen machen. Von mir aus hätte es immer um Musik gehen können, es fühlte sich an, als hätte ich ein angenehmes Fieber bekommen, Klavierfieber. Für etwas fiebern war ja nichts Ungewöhnliches, in meiner Klasse sammelten gerade alle Yu-Gi-Oh! Sie sprachen über nichts anderes mehr. Yu-Gi-Oh sind Manga-Decks, Monsterkarten, Zauberkarten, Fallenkarten, was weiß ich. Ich war eine der wenigen, die auf so was keine Lust hatte. Die Karten waren ja auch teuer! Doch meine Manga-Mitschüler gaben dafür ein Vermögen aus und tauschten, spielten, regten sich auf, hüteten ihre Schätze. Sie saßen in Grüppchen zusammen, beschäftigten sich viele Stunden damit. Wenn ich vom Klavierspielen schwärmte, tippten sie sich an die Stirn: »Lern doch wenigstens Keyboard, dann kannst du später in 'ner Band spielen.« Meine Sorte Musik fanden bestimmte Leute leider total uncool. Mir egal. Ich fand, Klavier zu spielen war das Beste der Welt. Es war wohl Liebe, wie bei Oma.

Nach sechs Wochen kamen Mama und Paps zurück, sie haben

sich tatsächlich vertragen und waren wieder ineinander verliebt. Omis Plan C war aufgegangen, sie konnte wieder in ihre Leverkusener Wohnung zurückkehren. Ich war so froh, alles war wie immer, nur besser! Nun besprachen die beiden, wer was wann zu machen hatte, und teilten sich die Aufgaben. Mama kümmerte sich mehr um mich, und Paps mietete ein Büro in der Nachbarschaft an und arbeitete dort. Familie gerettet.

Am Ende des Jahres sollten die Schüler und Schülerinnen von Frau Bette zeigen, was für Fortschritte sie gemacht hatten. Es sollte ein richtig kleines Konzert geben! Mama und ich haben mehr Umstände um das Kleid gemacht, das ich zum Vorspiel tragen wollte, wir waren in einem richtigen Shoppingrausch. Ich habe mir ein blaues mit etwas Spitze ausgesucht, und sah super darin aus! Damit setzte ich mich an das Klavier und kündigte an, was ich zuletzt einstudiert hatte: Sechs leichte Variationen in G-Dur von Ludwig van Beethoven. Die ersten dreißig Sekunden klingen noch wie ein Kinderliedchen, dann variiert diese Melodie, und Beethoven kommt zum Vorschein. Es war das erste Mal, dass ich zum Ende tollen Applaus bekam. Eine Verbeugung sollten wir machen, hatte Frau Bette uns eingebläut. Dann seitlich abgehen – all das hatten wir geprobt.

BEETHOVEN: Sechs leichte Variationen

Bei diesem Vorspiel gab es natürlich andere, die viel besser spielen konnten. Frau Bette stellte dem Publikum eine ihrer Schülerinnen vor, die eben eine Sonate von Mozart fantastisch gespielt hatte. Nun wurde stolz verkündet: »Beatrice wird in Zukunft von Professor Eisenstein unterrichtet!«

Alle haben applaudiert: »Toll, bravo!«

Wir Schüler von Frau Bette kannten uns ja nicht, wir wurden jeder einzeln unterrichtet. Die begabte Beatrice glühte vor Stolz, die Eltern nickten in die Runde, überaus zufrieden. Ich fand toll, wie die Familie sich freute. Dann verkündete Frau Bette, welche Anerkennung Beatrice bekam wegen ihrer großartigen Leistungen, eine Belohnung, um die ich sie beinahe mehr beneidete, als zu einem Professor gehen zu können. Sie durfte bei Frau Bette zu Abend essen! In ihrem Wohnzimmer, wow!

Als wir aufbrechen wollten, fragte ich Beatrice: »Sag einmal, wer ist der Eisenstein?«

Sie war bestimmt einen Kopf größer als ich, etwa ein oder zwei Jahre älter. Schaute von oben auf mich herab und antwortete patzig: »Das brauchst du nicht zu wissen, du Knirps, da kommst du eh nie hin!«

Und weg war sie, ging an der Seite ihrer dünnen Mutter aus dem Haus. Meine Güte, dachte ich, ist die eingebildet. Ich hab ja bloß was wissen wollen, frag ich halt Frau Bette.

Die erklärte mir, Herr Eisenstein sei Klavier-Professor an der Universität. Ich staunte: »Darf man als Kind schon an die Universität?«

Meine Lehrerin nickte: »Musiker ja! Man muss nicht erwachsen sein, um dort unterrichtet zu werden, sondern nur sehr gut. Besonders gut.«

Das hat mir imponiert: »Und Sie sehen Beatrice nie wieder?«

»Doch«, versicherte Frau Bette. »Aber seltener.«

Mich ließ die Sache nicht los: »Kennen Sie den Eisenstein gut?«

»Aber sicher. Ich habe ihn auf Beatrice' Talent aufmerksam gemacht.«

Ich verstand nun, wie es lief: Wer sehr gut ist, darf zu Eisenstein. Und der fragt Frau Bette und andere Klavierlehrer, ob sie ein Kind entdeckt haben, das was kann. Das ist wie beim Fußball. Oder beim Reiten. Wer was kann, muss entdeckt werden, sonst nutzt das Können wenig. Ich hatte nun ein Ziel, mir kribbelte es regelrecht im Bauch, so aufregend fand ich das. Das strebte ich nun an, kniete mich gründlich in die Arbeit, Eisenstein hin oder her, ich hatte ein Ziel: eine Einladung zum Essen bei meiner Lehrerin!

ALS ICH NEUN WAR …

… merkten meine Eltern schon, dass ich große Fortschritte machte und viele Stücke gut spielen konnte. Aber sie hatten ja keinen Vergleich, sie konnten nicht einschätzen, ob das jetzt gut war oder besonders gut. Omi freute sich einfach, wenn ich ihr vorspielte – genauso wenn ich Gedichte aufsagte oder meine Zeichnungen herzeigte. Paps liebte die Abende mit mir, wir spielten vierhändig, dieses Miteinander genoss er sehr. Es gab aber auch anderes, was wir gemeinsam taten, Schach spielen oder Fernseh gucken oder schwimmen gehen.

An einem Abend waren Gäste da, und ein Kollege von Paps fragte mich: »Clara, ich hab gehört, du hast Klavierunterricht. Kannst du uns was vorspielen?«

»Lass doch das arme Kind!«, sagte seine Frau.

Ich fragte nach: »Wieso arm?«

Sie erklärte: »Ich musste daheim immer vorspielen, das war so grausam.«

Ich schüttelte den Kopf: »Mir gefällt das.«

»Dann lass mal hören.«

Ich setzte mich an das Klavier und spielte die *Sechs Variationen von Beethoven*. Meine Zuhörer waren begeistert. Ich liebte den Applaus.

»Großartig, wunderbar! So jung und schon so gut. Was willst du mal werden?«

»Pianistin.«

»Das ist ja herrlich!« Sie klatschten noch einmal. Meine Eltern vertrugen sich viel besser, sie küssten und schmusten, ich war so froh.

Einen Tag später reichte mir Paps eine CD: »Vielleicht magst du das?«

Ich schaute auf das Cover, eine Pianistin, die Matilda hieß.

»Diese Frau kann dir zum Vorbild werden, nicht nur berühmte Männer wie Kissin oder Brendel, es gibt auch großartige Pianistinnen. Hör mal rein.«

Wenn ich Matilda spielen hörte, juckte es mich regelrecht in den Fingern, ich wollte sofort ans Klavier und es selbst versuchen. Aber das konnte ich noch lange nicht. Ich betrachtete diese Matilda auf dem Cover und fühlte mich wohl. Sie sah stark und zart zugleich aus. Sie kam mir beinahe bekannt vor, als seien wir verwandt.

In meiner Fantasie lud ich mich bei ihr ein. Klingelte, sie öffnete ihre Haustür, bat mich hinein. Ich saß neben ihr, wenn sie spielte. Ich spielte ihr vor, und sie hörte zu. Das haben wir so oft getan, dass wir beste Freundinnen wurden. Wir gingen miteinander spazieren, wenn sie an die frische Luft wollte. Und wenn sie weinen musste, weinte ich mit. Ich kämmte ihr die Haare, wusch ihre Hände, lebte mit ihr in einem Haus … all das erträumte ich mir, obwohl ich Matilda gar nicht kannte. Zum Geburtstag bekam ich eine weitere CD von ihr und zu Weihnachten eine dritte. Und immer blieb der Traum derselbe, wenn ich ihr zuhörte.

Meine Mutter hatte sich verändert in dieser Zeit. Sie reiste nicht mehr jedem Thema hinterher, um einen Film darüber zu machen, stattdessen tanzte sie mit anderen Frauen irgendwas, keine Ahnung, aber sie war viel besser drauf.

In der Schule wurde Charlotte meine beste Freundin, mit ihr habe ich die Pausen immerzu im Schulgarten verbracht, wir haben Unkraut gerupft oder Salat gepflanzt und gewässert, wir haben uns dabei über Tiere unterhalten, über moderne Musik natürlich auch, oft auch über Serien im Fernsehen. Oder wir haben auf der Bank gehockt und über den Kanzler oder die Atomenergie nachgedacht, weil es uns halt interessierte. Ganz normal haben wir uns gefühlt, aber die anderen Mädels aus der Klasse hielten uns vor, wir beide seien bescheuert. Sie schüttelten den Kopf und zeigten uns den Vogel, weil wir jede Pause einträchtig im Garten saßen.

»Clara und Charlotte sind zurückgeblieben, Babys. Nicht ganz dicht.«

Alle anderen redeten über Jungs und Klamotten, wir beiden nicht, wir stöberten lieber in Büchern, haben uns vorgestellt, wir lebten im alten Rom, zur Zeit von Cäsar! Klar wussten wir Bescheid, was angesagt war, also ob man zum Beispiel jetzt Leggings trug oder nicht. Für uns war das aber nicht wichtig. Man zog sie an oder nicht – aber man redete nicht darüber. Warum auch?! Ob sie nun schwarz oder bunt sein sollen, oder was? Das hielten wir für superblöd. Und doch wurden wir abgestempelt als die Deppen der Klasse, weil wir andere Interessen hatten. Das hat mir Angst gemacht.

Ich will ja schon, dass man mich mag. Aber leider war das nicht so, ich kapiere bis heute nicht warum. Mir wurde richtig elend, wenn sie uns den Vogel zeigten; arglos fragten wir: »Was haben wir euch getan?«

»Ihr macht da rum wie unsere Oma. Scheiß Garten! Scheiß Bücher, scheiß Politik, scheiß Rom, scheiß Klavier.«

»Das kann euch doch egal sein.«

Einige versuchten wenigstens, mein Klavierspiel zu verstehen, sie verglichen es mit ihren eigenen Hobbys: einmal Ballett in der Woche, Schwimmkurs, vielleicht intensives Volleyballtraining. Niemand von den Mitschülern konnte begreifen, dass ich jeden Tag mindestens eine, aber auch mal drei Stunden übte. Sie bekamen nur mit, dass ich nie Zeit hatte. Charlotte maulten sie an, weil sie ständig nur lesen wollte, sie las irrsinnig viel, lieh sich alles in der Bücherei aus. Bestimmt einen Stapel jede Woche, das war echt krass. Dazu kam, dass ihre Eltern beide arbeitslos waren, sie konnte nicht shoppen gehen, sie hatte nicht mal Geld fürs Kino, und ihre Klamotten waren *second hand*. Charlotte war ihren Eltern nicht böse deswegen: »Klar ist das doof, sie suchen und suchen Arbeit und finden nichts!«, erklärte sie. »Dafür haben sie immer Zeit für mich, wir unternehmen schöne Dinge, die nichts kosten.«

Sie wurde von den anderen angemacht, weil sie ärmlich rumlief. Das tat mir leid, ich habe mich mehr geschämt als sie selbst, deshalb hab ihr was von meinen Klamotten abgeben wollen, aber sie lachte mich aus: »Du bist klein, ich bin groß. Was von dir soll ich tragen?!«

»Ich kann ja mal schauen, was meine Mutter so hat?«

»Clara, spinnst du? Dann laufe ich lieber nackt rum, als Sachen von alten Leuten zu tragen. Kannst ja gleich deine Oma fragen.«

Sie hatte recht. Dann lästerten die anderen noch mehr an ihr rum. Doch wenn einer seine Hausaufgaben vergessen hatte, waren wir Zurückgebliebenen plötzlich wieder die Allerbesten: »Clara, lass mich bloß nicht im Stich. Hast du Mathe? Hast du Englisch? Du bist die Größte, danke! Charlotte?! Hast du Deutsch? Und Bio? Gib mal her!«

Wir haben jeden abschreiben lassen, sie haben uns besser behandelt, doch Freunde haben wir so nicht gewinnen können.

»Was hast du gegen mich, konkret?«, hab ich Melanie mal gefragt. Die hat geantwortet: »Du bist so … weiß nicht.«

Melanie schaute in die Luft, suchte nach Worten: »Wie soll ich das sagen? Es ist nicht nur dein Klavier. Wenn wir was machen wollen, willst du immer sagen, wo's langgeht, dabei weißt du nichts.«

»Was meinst du jetzt genau?«

»Deine Vorschläge, die sind doof. Die klingen, als würde meine

Mutter was vorschlagen. In den Zoo?! Geht's noch? Da gehen Babys hin.«

Ich fragte: »Was interessiert dich denn? Welches Thema?«

Melanie antwortete gequält: »Weiß nicht, chillen, nichts Bestimmtes.«

Sie waren auch neidisch, weil mir in der Schule alles leichtfiel. Andere schleppten sich mit dem Unterrichtsstoff herum, schrieben schlechte Noten, ich nicht. Das ging bei mir wie von allein, ich hab nicht mal lernen müssen. Ich hab meine Hausaufgaben schon unter dem Tisch während des Unterrichts gemacht, wenn die Lehrer da vorn zum x-ten Mal den Stoff wiederholten. Weil wieder einer nicht hingehört hat. Mich hat so genervt, wie langsam das alles voranging. Ich hab auch gestöhnt und gelästert, wenn einer schon wieder was gefragt hat, was wir Minuten davor schon durchgenommen hatten. Die Stimmung drehte sich irgendwann gegen mich. Die Mitschüler zogen mich auf: »Clara Klugscheißer kann alles, die braucht nicht lernen.«

»Die lernt den Unterrichtsstoff vor, damit sie in der Schule damit prahlen kann.«

»Deshalb hat sie keine Zeit, diese Streberin.«

Selbst den Lehrern war ich nicht geheuer. Die dachten wohl: ›Clara macht immer nur Musik, da stimmt doch was nicht. Daran sind sicher die Eltern schuld, die zwingen das arme Kind.‹ Sie hätten ja auch sagen können, Charlotte liest dauernd Bücher. Daran sind ihre Eltern schuld. Machte aber keiner, alle gingen auf mich los.

Es konnte den Lehrern doch egal sein, welche Hobbys ich hatte, solange ich in der Schule mitarbeitete und beste Noten schrieb. Aber sie piesackten mich, ich begriff nicht wieso. Mein Mathelehrer kam mal vor der ersten Stunde zu mir und fragte mit einem abschätzigen Unterton: »Na, heute früh schon am Klavier geschuftet?«

Ich antwortete: »Aber Herr Schalow, ich spiele doch nicht so früh!«

Ich zog meinen Kopf ein und ging weiter, über den Schulhof zur Turnhalle. Ich musste zugeben, Herr Schalow hatte sogar richtig gelegen, ich hatte tatsächlich eine halbe Stunde Hanon geübt, allerdings nur mit der linken Hand. Mit der rechten hatte ich gefrühstückt. Vielleicht übertrieb ich es doch?! Ich wollte immerzu üben, immer, immer.

An diesem Nachmittag hatte ich wieder Unterricht bei Frau Bette, und die kannte auch keine Grenzen. Wenn meine Lehrer und Lehrerinnen hätten hören können, was sie mir vorschlagen wollte, wären die umgekippt vor Schreck.

»Wenn du wirklich mal auf eine Musikhochschule gehst, braucht es ein zweites Instrument, das du spielen kannst. Jetzt oder nie, später ist zu spät.«

Ich staunte: »Ich gehe mal auf eine Musikhochschule?«

Sie nickte: »Ja, sicher.«

Ich war mächtig aufgeregt: »So wie Beatrice?«

»Ja. Begabt und fleißig wie du bist.«

»Wann geht's denn los? Morgen?«

»Nein. Noch nicht, aber bald.«

Ich hab doch nicht vergessen, wie hochnäsig diese Beatrice mir gegenüber war, Knilch hat sie mich genannt. Wenn ich nun in dieselbe Hochschule gehe wie sie, und auch von Eisenstein unterrichtet werde, dann bin ich kein Knilch mehr. Dann bin ich so gut wie sie. Und wenn ich noch mehr übe als sie, werde ich eines Tages besser sein. Was für ein geiler Gedanke! Ich werde mich rächen, das spüre ich deutlich. Wer mich mal Knilch genannt hat, wird das bereuen! Der Kampf geht los. Das erzähle ich keinem, dieser Wettlauf mit Beatrice bleibt mein Geheimnis.

Ich fragte Frau Bette möglichst arglos: »Spielt Beatrice auch ein zweites Instrument?«

Frau Bette nickte: »Cello.«

Dann würde ich das schon nicht wählen. Alles, nur das nicht.

Dass Frau Bette meinte, dass ich mal Musik studieren würde, habe ich brühwarm Mama erzählt. Sie war dafür! Zur Hochschule könne ich gehen, sicher. Sie hat nicht geahnt, dass das bald losgehen könnte und nicht erst in vielen Jahren. Aber als sie von einem zweiten Instrument hörte, das ich jetzt schon lernen sollte, legte Mama ihren Kopf wahrhaftig auf die Tischplatte und verzweifelte: »Spinnt die jetzt völlig?«

»Das muss man doch machen, wenn man studieren will.«

Nie hätte ich gedacht, dass ich zwei Instrumente gleichzeitig lernen kann, ich fand die Idee fantastisch! Ich ging in Gedanken ein Orchester durch … Flöte? Nein! Trommel? Oder sollte ich Trompete lernen?! Ich hab laut gelacht vor Glück. Worauf hatte ich Lust?

Frau Bette hatte meinen Körperbau begutachtet, meine Hände, meine Haltung: »Ein Cello passt meiner Meinung nach nicht zu dir, ich schlage die Geige vor.«

»Die meint das jetzt nicht ernst?«, stöhnte Mama weiter. »Du hast doch schon so viel mit dem Klavier zu tun!«

Ich erklärte ihr: »Beatrice spielt auch ein zweites Instrument, Cello.«

Ich war total aus dem Häuschen. Eine Geige hatte ich noch nie in den Händen gehabt. Geschweige einen Bogen geführt. Omi fand es durchaus sinnvoll: »Wenn ein Musikstudium das verlangt?! Das machen scheinbar alle Musiker so, zwei Instrumente spielen.«

Mama raufte sich die Haare: »Später, ja. Vielleicht. Wie kann man denn heute schon von einem Studium sprechen?! Die Süße ist neun!«

Ich mischte mich ein: »Aber Mama, wir haben doch schon beim Flügelkauf davon gesprochen, dass ich Musik studieren könnte.«

Meine Mutter flippte beinahe aus: »Wir haben von Klavier gesprochen, und nicht noch eine Geige dazu.«

»Aber Frau Bette sagt, man muss ein zweites Instrument spielen, wenn man studieren will.«

»Dann fang später damit an, wenn du in der zehnten Klasse bist.«

»Oder jetzt. Beatrice tut das doch auch, erinnerst du dich?«

»Oder später.«

Ich ließ nicht locker und rief fast: »Oder jetzt!«

Mama fragte: »Wer ist eigentlich Beatrice?«

»Die Schülerin von Frau Bette, die jetzt an der Uni Unterricht hat.«

Mama wollte Zeit schinden: »Warten wir erst mal ab, was Henk dazu sagen wird, er kommt nächste Woche aus den USA zurück, dann reden wir weiter. Ausgerechnet Geige! Das Instrument ist so kompliziert.«

Omi saß dabei, sie spitzte ihre Lippen und murmelte schließlich grimmig: »Das muss sowieso das Kind entscheiden, nicht du und auch nicht Henk.«

Mama schaute Omi streng an: »Und du schon gar nicht! Misch dich bloß nicht ein.«

Dann wandte sie sich so freundlich wie möglich an mich, fletschte ihre Zähne, es sollte so aussehen, als lächelte sie mich sanft an, ihre Frage klang aber wie eine Drohung: »Willst du tatsächlich Geige lernen?« Mit anderen Worten meinte sie: ›Ich erwürge dich, wenn du Ja sagst.‹

Ich antwortete mutig: »Geige ist cool.«

Oma wiederholte sich: »Ich finde das auch!«

Mama atmete schwer: »Ich hab hier gar nichts mehr zu melden.«

»Ach, Mama.«

Omi bot an: »Ich bezahle auch das Instrument.«

Mama schüttelte den Kopf: »Darum geht's doch nicht. Ich mache mir Sorgen, dass Clara die Welt da draußen verpennt, weil sie immer nur musiziert.«

Da hab ich laut aufgelacht! Und Mama klargemacht, was für großartige und wichtige Dinge die meisten anderen ach so abwechslungsreichen Mädels in meiner Klasse unternahmen. Shoppen, labern, fernsehen, Computer spielen, über Jungs reden, schminken, Klamotten an- und ausziehen.

»Nichts davon interessiert mich. Nichts.«

Mama nickte ernst: »Das sind wunderbare Dinge, shoppen, labern, über Jungs reden. Hab ich auch gemacht.«

»Ich aber nicht. Verschwendete Zeit!«

»Du weißt ja gar nicht, wie viel Freude die Mädchen daran haben, weil du nie dabei bist.«

Selbst Oma fiel mir in den Rücken: »Ich rede noch heute mit meinen Freundinnen über Jungs, auch wenn sie über siebzig sind. Hihi!«

Mama hielt mir einen langen Vortrag zum Thema Freizeit und Arbeit, Anstrengung und Erholung. Sie nannte das Work-Life-Balance, was halt Erwachsene sich aus den Rippen schneiden. Ich hörte mir alles aufmerksam an und sagte ihr anschließend: »Ich will die Geige mal probieren, bitte. In meiner Freizeit.«

Mama hat nicht Ja gesagt, aber auch nicht Nein. Sie schnaufte nur tief, wenn wir auf das Thema Geige zu sprechen kamen, ich habe beinahe jede Stunde davon gesprochen. Omi wartete nicht mal die Rückkehr von Paps ab, es interessierte sie nicht, dass allein die Eltern über mich bestimmen durften. Sie hörte sich einfach um und kaufte doch tatsächlich in der Nähe von Aachen eine gebrauchte Dreiviertel-Geige. Eine Ganze wäre für meinen kleinen Körper zu groß gewesen. Anschließend telefonierte sie mit einem Geiger, bei dem ich lernen sollte. Oma machte einfach mal einen Termin für die erste Unterrichtsstunde und bezahlte die auch.

Ich öffnete den Geigenkasten, den sie auf den Tisch legte. Ein hellbraunes glänzendes Instrument, ein Bogen, ein Kissen für das Kinn, Ersatzsaiten, Kolophonium. Alles da.

»Und wie hast du den Geigenlehrer gefunden? Aus den gelben Seiten?«

Sie war empört: »Wofür hältst du mich denn? Ich habe Kontakte und habe den Besten gefunden, den es gibt. Den Allerbesten! Du wirst staunen.«

Das war aufregend! Ich hatte plötzlich zwei Instrumente und zwei Lehrer. Als Mama das rausbekam, war sie stinksauer auf Oma, es war der Wahnsinn! Die haben sich so richtig gestritten. Nicht nur wegen der Geige. Die beiden haben sich ihr ganzes Leben um die Ohren geworfen: »Du hast schon immer ... schon damals warst du ...!« Mama hat sich so geärgert, dass ihre Mutter einfach Tatsachen geschaffen hatte.

»Ich bin Oma, ich darf ja wohl was Gutes für meine Enkelin tun.«

»Nein. Darfst du nicht.«

»Darf ich doch!«

Dann kam Paps zurück. Er hat sich total geärgert, dass niemand der beiden überhaupt mit ihm darüber gesprochen hatte. Es gab ja schließlich Telefone, SMS und Mails. Sie haben sich alle drei so richtig in die Haare gekriegt deswegen. Ich stand daneben und grinste. Die können reden, was sie wollen, ich gebe die Geige sowieso nicht mehr her.

Oma rechtfertigte sich Henk gegenüber: »Ich hab gedacht, Brigitte hat mit dir über den Gedanken gesprochen.«

»Liebe Monika, alles will gut überlegt sein, auch mit mir!«

»Ich habe ja gut überlegt! Frau Bette hat es empfohlen, eine meiner Bekannten kennt den besten Lehrer dafür, und Clara ist begeistert von dem Instrument.«

»Das kann ich mir vorstellen, aber ich bin der Vater, ich entscheide mit!« Mama gleich hinterher: »Ich habe auch nicht zugestimmt. Und ich will nicht, dass Mama das Instrument bezahlt. Immer mischst du dich in mein Leben ein!«

So ging das weiter und weiter. Sie haben tagelang gezankt. Das ist der Nachteil, wenn man Einzelkind ist, jedes Thema wird von den Erwachsenen x-mal durchgekaut! Wann hörten die endlich auf, an mir herumzuerziehen, hab ich mich gefragt. Jetzt hatte ich schon eine Geige in den Händen, und Paps wollte sie mir wieder ausreden, wie doof war das denn?! So eine Geige war riesig, ich hatte sie schon ausprobiert, konnte schon mit dem Bogen streichen, es klang aber noch nicht wirklich gut. Es kratzte. Paps schaute mich flehend an: »Clara, ist das nicht zu viel?«, fragte er besorgt, als er mich zum ersten Mal mit der Geige hantieren sah. »Du musst das nicht machen!«

»Ich will aber!«, nörgelte ich. »Wir haben sie doch schon gekauft.«

Er schüttelte den Kopf: »Nicht wir. Oma hat sie gekauft, und man kann sie sicher zurückgeben.«

Dann erklärte er mir lang und breit seine Bedenken: »Es ist mir alles zu ähnlich. Klavier spielt man allein, Geige spielt man allein. Du übst und übst stundenlang, bis was funktioniert oder sogar gut klingt, aber bei allem bist du allein. Das ist das Problem, verstehst du? Ich finde, du kannst meinetwegen Klavier spielen, das machst du schon sehr intensiv! Aber mit dem bisschen Rest an Zeit solltest du dich entspannen, mit Gleichaltrigen rumhängen oder Handball spielen, aber bitte nicht noch ein Instrument!«

Ich schüttelte den Kopf: »Was soll ich spielen, Handball? Paps! Hast du mal darüber nachgedacht, dass ich mir dabei meine Finger verletzen könnte?«

Er stöhnte auf: »Oder geh in einen Chor. Du solltest auf jeden Fall öfter mit anderen zusammen sein und nicht immer allein, das meine ich.«

»Ich gehe jeden Tag in die Schule, Paps. Da sehe ich Gleichaltrige, und die meisten sind doof.«

Paps streichelte mir freundlich über den Kopf: »Es gibt bestimmt irgendwo Leute in deinem Alter, die nicht doof sind, du musst sie nur kennenlernen. Dafür brauchst du Zeit! Und du musst lernen, auf Leute zuzugehen. Menschen sind interessant, nicht nur Instrumente!«

Ich musste zugeben, dass mich die meisten anderen Leute langweilten. Jungs sowieso, aber Mädchen auch. Bis auf Charlotte. Und Patrick. Paps schaute mir lange richtig traurig in die Augen, streichelte dabei meine Hand: »Wann war mal ein Patrick hier? Vor Jahren.«

»Ich seh den in der Schule.«

»Ich meine richtige Freundschaften. Du bist eine Solistin. Nicht wahr?«

»Meinst du am Klavier oder der Geige?«

»Nein, ich meine es allgemeiner. Du magst Zuhörer, das ja. Aber du meidest die Beziehung zu deinesgleichen. Du bist gern allein.«

»Charlotte ist meine Freundin.«

»Wie oft triffst du sie? Außerhalb der Schule?«

Ich brauchte gar nicht nachzudenken, Paps hatte recht. Ich traf sie nicht. Ich ging nicht zu ihr nach Hause und sie kam nicht zu mir.

»Warum?«, fragte Paps.

»Ich hab schon so wenig Zeit, die will ich nicht vertrödeln.«

Paps schüttelte den Kopf: »Die Gesellschaft von Menschen kann glücklich machen.«

»Na hör mal, ich hab doch euch. Ihr seid meine wichtigsten Menschen, euch liebe ich, ihr macht mich glücklich, aber sonst nee. Andere Leute mag ich nicht so.«

Paps nickte traurig: »Ich weiß, Clara. Deshalb warne ich davor, noch mehr Musik zu machen. Du solltest deine Zeit nutzen, Menschen kennenzulernen, ihnen zu trauen oder zu misstrauen – je nachdem. Du wirst Kameraden im Leben brauchen, nicht nur Familie und Publikum.«

»Mich interessieren Menschen nicht so.«

»Ich bemerke das. Das ist aber nicht gut für dich. Denn von anderen Menschen lernt man, wie man sich benimmt. Wenn du das nicht lernst, könnte es sein, dass du irgendwann rücksichtlos wirst.«

Ich wollte das leidige Thema endlich loswerden: »Frau Bette sagt, wenn ich zur Hochschule gehen will, brauche ich ein zweites Instrument.«

»Das willst du wirklich?«, Paps lächelte gequält.

Ich streckte meine Arme auseinander: »Heißt das ja, oder ja?«

Er nickte still. Ich fiel ihm übermütig um den Hals und rief laut: »Geige ist so geil.«

Er schien nicht begeistert zu sein: »Ich komme mit zur ersten Stunde.«

Darüber war ich sehr froh, ich kannte ja weder die Wohnung von dem Geigenlehrer, noch hatte ich ihn je gesehen. Und Paps wollte wissen, wen Oma da aufgegabelt hatte. Ich drückte ihm noch mehrere dicke Küsse auf die Wange: »Danke! Danke!«

Karl Pistorius hieß der Neue, sein Haus lag mitten in Köln, doch die Umgebung sah aus, als stände es in einem Dorf. Er wohnte im Stadtteil Sülz, mitten im Studentenviertel, Paps und ich gingen von der engen Straße durch eine Hausdurchfahrt, an Garagen vorbei, und jenseits einer morschen Gartentür lag ein verwilderter Garten, darin rostige Stühle und weiter rechts sein Haus. Hinter der Haustür kam man nicht in einen Flur, sondern stand direkt in einer riesigen Wohnküche, es roch nach Suppe und Gewürzen. Links davon war sein Musikzimmer, im oberen Stockwerk wohnte er mit seinem Sohn. Der hieß Tim, ging aufs Gymnasium und war doch zugleich schon ein richtiger Fotograf, mit Atelier im Haus und Website und Kunden, die er fotografierte: Bands, Autoren und Schauspieler, so was. All das erzählte uns der Lehrer, als wir in seiner Wohnküche standen und uns kennenlernten. Er strahlte, so stolz schien er auf seinen Jungen zu sein. Der hatte sogar schon in den Ferien ein Praktikum in New York gemacht – das fand ich nun toll. Ich war also nicht die Einzige, die viel tat! Tim stand irgendwann mal verlegen in der Küche und trank eine Cola. Er hat mich leider überhaupt nicht bemerkt, für ihn war ich ein Kind.

Mein neuer Geigenlehrer hatte lange lockige Haare, spielte im WDR Symphonieorchester und in einem Quartett für moderne Musik. Paps war von ihm begeistert, die beiden mochten sich vom ersten Moment an. Nun machte er sich überhaupt keine Sorgen mehr, dass ich vereinsame beim Spielen. »Was für ein inspirierender Mensch«, berichtete er Mama am Abend: »Da ist Clara gut aufgehoben, eine glänzende Atmosphäre, wunderbar.«

Herr Pistorius unterrichtete mich nicht mit vielen Worten, mochte keine Erklärungen abgeben, wie man eine Geige benutzte, sondern er spielte mir einfach nur meisterhaft vor.

»Hör einfach zu, du verstehst das schon!«

Ich hörte nicht nur, ich schaute ihm genau zu: Wie versunken er während des Spielens war, so glücklich! Als sei er in Gedanken in der Südsee oder verliebt! Er hielt die Geige nicht etwa mit der linken Hand, sondern mit dem Kinn. Man drückte damit in eine Art Schale, die an der Geige montiert war. Dazwischen legte er ein Tuch, um den Schweiß aufzufangen. Sein linker Arm fand die Töne: um mit den Fingern von oben die Saiten zu treffen, war der Arm stark eingedreht, beinahe um den Hals der Geige geschraubt. Das sah irgendwie ungesund aus, ich musste lange üben, um das zu schaffen. Die Daumenkuppe legte er links an den Hals an, ich tat es ihm nach. Von der anderen Seite sollte ich nun zugleich die vier Finger extrem spreizen, die Fingerkuppen mussten eine kerzengerade Linie bilden, damit sie später auf die jeweilige Saite drücken konnten. Was hab ich verbissen trainiert, die Finger meiner linken

Hand so auseinanderzuziehen. Selbst im normalen Unterricht habe ich das heimlich unter dem Tisch geübt: Rechts geschrieben und links die Finger auseinandergerissen, tausendmal. Work-out mit einer Hand, versteckt vor allen.

Die Finger von Herrn Pistorius hatten sich seit Jahren an das Instrument gewöhnt, arbeiteten wie von selbst und wussten genau, an welcher Stelle sie mit der Fingerkuppe auf einer Saite zu landen hatten, damit der richtige Ton erklang. Doch für mich war das schwer, denn es waren ja keine Bundstäbe auf der Geige wie bei einer Gitarre. Man musste millimetergenau immer wieder die richtige Stelle erwischen für jeden Ton, und zwar mit aller Kraft und mit Geschwindigkeit. Das war es, was man mit der linken Hand üben musste. Rechts sollte der Bogen gleichzeitig auf genau der richtigen Saite streichen, auf die man drückt, sonst hörte man gar nichts. Es waren immer nur winzige Veränderungen in der Haltung. Wenn ich den Bogen nur einen Hauch weiter neigte, landete er auf einer anderen Saite, oder auf zwei Saiten gleichzeitig, schon kam ein falscher Ton. Und der Hammer: Beide Arme mussten zusammenarbeiten, absolut koordiniert werden. Das würde ewig dauern, bis ich das konnte. Diese Vorstellung machte mich nicht mürbe, ganz im Gegenteil! Endlich hatte ich mal eine harte Nuss zu knacken! Beim Klavier hatte ich die Töne automatisch, brauchte bloß die Taste drücken, bei der Geige musste man darum kämpfen, das fand ich toll!

Der Bogen rutschte mir zuerst bloß quer über die Geige, ich wusste nicht, wie ich ihm eine andere Richtung geben sollte, dazu den richtigen Druck, damit er meinem Instrument lautere oder leisere Töne entlockte. Der Zeigefinger der rechten Hand war für den Druck zuständig, erklärte mir mein Lehrer, aber das war nicht leicht zu bewerkstelligen. Es entstand ein Kratzen und Kreischen, ich habe üble Geräusche produziert, von denen einem schlecht werden konnte. Paps war völlig fertig: »Wie übel so eine Geige klingt, wenn ein Anfänger übt.«

Ich hab sie ihm hingehalten: »Kannst du es besser?«

Er hat es versucht und auch nur Kratzen herausgeholt. Davon hat der Hund von Fotini nebenan herzzerreißend geheult und geheult. Ich musste wegen ihm längere Pausen einlegen.

Wenn mein Lehrer mal so richtig loslegte, und herrlich gut und auch laut spielte, dann konnte so ein Geigenton in der Nähe seines Ohrs bis zu 105 Dezibel erreichen, das ist der Krach einer Kreissäge! Das zum Thema Geige! Ein Mörderinstrument.

Was hatte ich es gut mit meinem Klavier! Leise oder laut, schnell oder langsam, man kann ein Tasteninstrument viel leichter steuern als ein Streichinstrument. Und stimmen musste ich mein Klavier nie, das machte jedes halbe Jahr der Stimmer. Ich habe Herrn Pistorius nie gefragt, wie ich die Geige stimmen musste. Ich wollte das allein schaffen, dafür brauchte man keinen Lehrer. Meine Ohren hörten genau, wann es richtig war.

Ich warf mich in das Geigenspiel rein, als sei es ein Fest. Zugleich ließ ich mit dem Klavierspiel nicht nach. Doch bei beiden Instrumenten behinderten mich meine kalten Finger, das ärgerte mich mehr und mehr! Ich konnte sie kneten oder in warmes Wasser legen, es wurde nicht besser. Manchmal waren die Fingerkuppen so eiskalt, dass ich nicht mal mehr gespürt habe, ob ich die Saite getroffen hatte oder nicht. Ich fühlte auch nicht mehr, wenn ich zu viel geübt hatte und meine Fingerkuppen verletzt waren. Ich hatte es mal wieder übertrieben.

Die Schule war ja auch noch da. Ich hatte irrsinnig viel zu tun und fand genau das gut. Am Morgen früh aufstehen, um vor der Schule wenigstens eine halbe Stunde zu üben, weil ich das unbedingt wollte, und nachmittags und abends nach dem Abendbrot weiter, bis ich eine schwere Stelle fand, bei der ich nicht weiterkam – mit so einem Gefühl konnte ich glücklich schlafen. Schwieriges machte mir Spaß, bloß das Abgedroschene war stressig.

Wenn uns im Unterricht eine Sache dreimal hintereinander erklärt wurde, wurde mir beinahe übel davon. Wie soll ich das erklären?! Es ist so, als müsste der Lehrer mit vielen Worten beschreiben, was Feuer ist, und bei mir brannte es längst! Ich wollte raus aus dem Unterricht, rein in mein Musikzimmer, ich war süchtig.

Beim Musikmachen war alles total logisch und doch schwer zu bewerkstelligen. Erst musste das Hirn es verstehen und dann der Körper mitmachen, ich musste es in die Finger bekommen! Und fühlen, wie die Melodie gemeint war. Deshalb habe ich so oft geübt, ich wollte, dass es mir schnell gelang. Ich kann es überhaupt nicht aushalten, wenn es nicht schnell vorwärtsgeht.

Ich könnte dauernd weiterschwärmen! Mein Geigenlehrer hatte eine ganz eigene Art des Vibrato, sehr schnell, ich schaute ihm zu und fand das wunderschön. Vibrato ist, wenn ein Ton regelrecht hin- und herschwingt. Streicher drücken dafür mit ihren Fingerkuppen auf die Saite und das Griffbrett und bewegen ihre Hand hin und her, sodass diese Schwingung durch den Finger den Ton erreicht. Wenn man aber zu stark schwingt, trifft man den Ton nicht mehr genau. Man muss also starr und beweglich zugleich sein – saumäßig schwer.

Beim Klavier gibt es kein Vibrato, es gibt nur den Ton – vielleicht gedämpft, laut oder leise, aber sonst nichts. Auch kein so schönes Legato wie bei der Geige. Legato ist, wenn ein Ton sanft in den anderen übergeht. Hab's versucht, wieder und wieder geübt, hundertmal und mehr, bis es saß. Vorher gab ich nicht auf, auch wenn meine Fingerkuppen noch so schmerzten oder das Handgelenk. Oh, und mein Nacken. Bei der Geige muss man aufpassen, dass der Körper nicht leidet, durch falsche Haltungen kann man sich alles Mögliche kaputt machen. Ich hatte ewig Schmerzen im Nacken. Na ja, und die Fingerkuppen der linken Hand waren wund. Manchmal haben sie sogar geblutet. Nach einer Weile bekommt man an den Stellen Hornhaut, Gitarristen kennen das. Aber bei mir war noch keine Haut gewachsen, die mich schützte.

Mama wollte meine Geige auch mal probieren, hat es aber nicht hinbekommen. Entweder sie hat den Bogen mit dem rechten Arm ganz gut über die Saiten gezogen – schon das war schwer! –, oder sie schaffte es, mit der linken Hand die Fingerkuppe auf eine Saite zu drücken. Aber beides gleichzeitig schaffte sie nicht.

»Verflixt noch mal!«, schimpfte sie. »Das sieht so leicht aus, wenn man zusieht.« Sie hat es schnell wieder aufgegeben: »Und das geht ja ins Kreuz, dies verkrampfte Stehen.«

Ich hab mich schiefgelacht: »Du darfst halt nicht verkrampfen.«

»So was lernt man nur in jungen Jahren, ich bin zu alt dafür.«

Herr Pistorius spielte mir CDs von anderen Geigern vor, damit ich mich einhörte und die Künstler kennenlernte. Am tollsten von allen war für mich Anne Sophie Mutter. Von ihr habe ich alles gehört, was ich kriegen konnte. Oder Itzsak Perlman – der hat so dicke Finger und findet doch seinen Ton. Keine Ahnung, wie der das schafft. Er war als Kind an Kinderlähmung erkrankt, muss immer an Krücken auf die Bühne gehen, eines seiner Beine schaukelt regelrecht an ihm, das andere tritt auf. Er kann darum nur im Sitzen musizieren. Er ist Israeli und lebt in Amerika. John Williams, der die Filmmusik zu *Schindlers Liste* komponiert hat, hat ihm das berühmt gewordene Geigensolo gewidmet, die Titelmelodie. Perlman hat es höchstpersönlich eingespielt für den Film, deshalb haben ihn Millionen spielen gehört, und nicht nur die, die in klassische Konzerte gehen. Wenn ich dieses Motiv höre, muss ich immer weinen. Ich habe so lange geübt, bis ich wenigstens einigermaßen diese Melodie spielen konnte, natürlich nicht so gekonnt wie Perlman, aber in einer einfacheren Version bekam ich es hin. Die Geige kann so wunderbar Gefühle ausdrücken: großes Leid und große Liebe. Das ist wunderschön.

WILLIAMS: »Schindlers Liste«

In der Schule haben sie mitbekommen, dass ich nun auch Geige lerne. Die Lehrer schlugen die Hände über dem Kopf zusammen: »Ja um Himmels willen!« Deren Reaktion nervte mich irrsinnig, sie verstanden meine Freude daran nicht. Sie waren fest davon überzeugt, dass meine Eltern mich überforderten. Mal ehrlich: Lehrer, die nicht gut finden, wenn man was lernt – wie absurd ist das denn?! Sie begriffen nicht, dass ich selbst bestimme, was ich tue. Dass ich musikalisch erwachsen bin, nur eben als Mädchen versehentlich noch in der Grundschule. Ich wusste genau, was ich machte und warum ich es tat. Was erlaubten die sich, mein Leben zu beurteilen?! Ich fand das so bescheuert, begann andere Leute zu verachten, weil sie nichts kapierten. Da kam allen Ernstes mal ein Lehrer nach der Stunde auf mich zu und fragte beinahe flüsternd: »Na ja, wie ist das bei euch daheim? Sind deine Eltern sehr … wie soll ich das sagen?«

Er suchte nach Worten, ich starrte ihn an. Nun fragte er anbiedernd: »Wollen Papa und Mama immer, dass du übst? Sei da ruhig ganz offen, du kannst mir das schon erzählen, hab keine Angst!«

Ich wunderte mich, wie der mit mir redete … so schleimig irgendwie, es klang, als würde ich daheim geschlagen oder irgendwas Schlimmeres? Ich wusste gar nicht, was ich sagen sollte.

»Schimpfen deine Eltern, wenn du nicht übst?!«

Ich hatte Tränen in den Augen, so beschissen fand ich sein Gequatsche. Ich hielt es einfach nicht mehr aus, darum lief ich ohne Antwort davon. Weil ich aber geweint habe und weggerannt bin, hat der Lehrer gedacht: ›Aha! Da haben wir's! Die arme Clara steht total unter Druck!‹

Deshalb wurden meine Eltern zu einem Gespräch in die Schule bestellt, doch Paps hatte an dem Tag dringend in Amsterdam zu tun, also ging Mama allein hin. Ich hab mir nicht nehmen lassen mitzukommen.

Der Rektor und der Lehrer schauten kritisch: »Wir wollten mit den Eltern sprechen, ungestört.«

Ich antwortete: »Ich störe nicht, keine Angst.«

Mama antwortete: »Und mein Mann ist gerade nicht abkömmlich.«

Meine Klassenlehrerin kam mit dazu, sie sah mich freundlich an. Ihr gefiel, wie mutig ich war. Dennoch bat sie mich, vor der Tür zu warten, man wolle unter Erwachsenen die Dinge klären. Ich schüttelte den Kopf: »Es geht ja um mich, da will ich dabei sein.«

Nach einigem Hin und Her haben sie mir erlaubt zu bleiben. Man hielt nun Mama vor, dass ich zu viel Musik mache und überfordert werde. Sie schüttelte den Kopf.

»Eine Überforderung habe ich nicht festgestellt«, antwortete sie kühl.

Der Lehrer sagte: »Clara scheint nichts anderes zu tun als üben.«

Mama nickte: »Sie hat so viel Freude am Spiel, allein wie sie die Geige zum ersten Mal in Händen hielt, das hätten Sie mal sehen sollen.«

Der Lehrer maulte: »Das ist doch keine normale Kindheit!«

Mama widersprach: »Knöpfen Sie sich auch die Kinder vor, die jeden Tag für Stunden vor der Glotze sitzen? Ist das etwa eine bessere Kindheit als die meiner Tochter?! Clara ist an vielen Dingen interessiert. Wir reden über Raumfahrt oder Atomkraft, oder sie mag diese blöden Figuren in der Kinderüberraschung, ja, auch mit so etwas gibt sie sich ab. Es deutet nichts darauf hin, dass sie unglücklich ist. Und ihre Schulnoten – sind Sie etwa unzufrieden?«

Die Pädagogen schüttelten den Kopf. Die Klassenlehrerin sagte freundlich: »Clara übt doch eindeutig zu viel.«

Mama erklärte freundlich: »Wissen Sie, Clara lernt so schnell. Sie muss gar nicht viel üben, sie ist tatsächlich sehr begabt. Haben Sie Clara schon mal gehört? Wissen Sie, wie sie spielt?«

»Nein.«

»Soll sie mal in der Schule was vorspielen?«

Der Rektor wollte das nicht gestatten: »Stellen Sie sich das mal vor. Wenn sie damit so deutlich heraussticht – fühlen sich die Kinder, die nicht so viel können wie Clara, unwohl.«

Nun wurde Mama zänkisch: »Ich drehe den Spieß mal um. Stellen Sie sich vor, Clara kommt im Rollstuhl in die Klasse – und da fühlen sich die Kinder, die laufen können, auch gleich unwohl? Inklusion gilt auch für die, die zu viel können, statt eingeschränkt zu sein!«

Sie haben immer weiter über das Thema geredet: wie es ist, wenn einer was sehr gut kann und der andere nicht, bis Mama noch saurer geworden ist und den Rektor irgendwie beleidigt hat. Da meinte der eingeschnappt, er wolle lieber mit Paps sprechen. Mama ging stinkwütend mit mir heim.

Ich musste grinsen: »Super, Mama, jetzt lieben sie uns noch mehr.«

Sie schimpfte: »Das sind solche Holzköpfe!«

Wir starteten nach ein paar Tagen einen neuen Versuch. Nun ging Paps also in die Schule, weder ich noch Mama durften dabei sein. Er sprach mit dem Rektor, die Männer verstanden sich wohl besser. Der Rektor berichtete: »Clara ist oft unaufmerksam im Unterricht, manche Kollegen glauben, das seien Anzeichen von Erschöpfung. Aber wir haben uns nach dem Besuch Ihrer Frau in der Konferenz noch mal beraten.«

Paps hörte interessiert zu: »Und was glauben sie nun?«

»Clara ist abwesend, weil sie unterfordert scheint, sie langweilt sich im Unterricht.«

Paps nickte dankbar: »Das ist das erste Mal, dass man unsere Tochter versteht. Danke dafür.«

Von da an nahmen meine Lehrer Rücksicht auf mich, mir ging es viel besser, ich durfte schwerere Aufgaben lösen, wenn es für andere Wiederholungen gab, das war toll. Und ausgerechnet als es mir endlich in der Schule gefiel, musste ich da raus, die Grundschulzeit war vorbei.

Meine Eltern fanden, ich solle auf ein musisches Gymnasium gehen, die würden meine Lebensweise besser verstehen. Das einzig infrage kommende war auf der anderen Seite vom Rhein, alle anderen Klassenkameraden wechselten an Schulen in unserem Bezirk, bloß ich nicht. So wurde ich nicht nur von den Schulkameraden getrennt, die mich genervt haben, sondern auch von denen, mit denen ich befreundet war, wie die tolle Charlotte. Oder Patrick. Und der Weg zur Schule war weit, ich musste mit der Straßenbahn eine halbe Stunde hin-, eine halbe Stunde zurückfahren. Doch meine Eltern hofften, dass dort Lehrer waren, die Musik liebten und nicht meckerten, wenn ich viel übte. In solch einer Schule würden Mitschüler sein, die selbst Instrumente lernten.

Ich wurde also Gymnasiastin und ging weiter zu Frau Bette in den Klavierunterricht. Doch mich begann bald sogar deren Unterricht zu langweilen, Herr Pistorius war so toll, aber Frau Bette nicht mehr. Sie selbst spürte diese Veränderung: »Clara, du verschlingst die Musikstücke, aber du brauchst eine anspruchsvollere Anleitung. Einen Pädagogen, der deinem Talent gewachsen ist und dich auch zu bändigen weiß.«

Ich wusste, was nun passierte: »Eisenstein. Soll ich zu dem? Wie Beatrice es getan hat, ja?«

Frau Bette lächelte: »Wenn du ihm vorspielen willst, musst du was richtig Tolles vorweisen.«

Sie wollte mich herausfordern. »Haben Sie eine Idee?«

Sie lächelte: »Ich schlage ›Die Wut über den verlorenen Groschen‹ vor, op.129. Das ist so herrlich schnell, wird dir gefallen. Und impulsiv. Wie für dich komponiert.«

BEETHOVEN: »Die Wut über den verlorenen Groschen«

»Von wem?«

»Ludwig van Beethoven. Wir erarbeiten das, und du spielst ihm das vor.«

Ich habe es verschlungen, es ist herrlich schnell! Endlich konnte ich mal richtig in die Tasten hauen!

ALS ICH BEINAHE ZEHN WAR …

… habe ich Professor Eisenstein kennengelernt. Frau Bette hatte ihm eine Nachricht geschickt, so nach dem Motto, es gäbe da ein Talent, das er kennenlernen sollte. Wie bei Beatrice! So wurde ich zum Vorspiel eingeladen, am Abend um acht in seinem Zimmer in der Universität. Ich kann ja froh sein, in Köln zu wohnen, wo alles gleich um die Ecke ist, auch einer der besten Lehrer für Klavier. Glück muss man haben!

Mama und Paps kannten sich mit solchen Leuten nicht aus, sie vertrauten Frau Bette, dass sie den Richtigen für mich findet, und ich wusste schon gar nicht, was das bedeutet, wenn ausgerechnet Eisenstein mich in seinen Kurs nimmt. Ich sollte ihm bloß vorspielen, das tat ich sowieso gern, also machte ich mir keinen Kopf. Aber meine Mutter war am Tag des Vorspiels richtig hibbelig. Meckerte vor sich hin, zupfte an meiner Kleidung herum, fragte mich, ob ich auch die Zähne geputzt hätte.

»Ich putze mir doch jeden Tag die Zähne!«

Meine Haare seien auch nicht richtig gekämmt, und ob meine Fingernägel geschnitten seien. »Und sind sie auch sauber?«

Ich musste mich wundern: »Was regst du dich so auf? Da geht doch Beatrice auch hin, die früher bei Frau Bette war.«

Meine Mutter nickte beruhigt.

Meine Eltern glauben, wir werden in Eisensteins Kurs dicke Freundinnen. Das können sie vergessen. Ich verrate den beiden nicht, dass Beatrice eine eingebildete Kuh ist – oder zumindest mal war. Würde mich sehr wundern, wenn die inzwischen netter geworden ist. Auf jeden Fall kommen nur die besten Schüler zu Eisenstein. Bin ich jetzt wirklich so gut wie Beatrice? Ich weiß es nicht. Ich spüre bloß, wie ich es machen kann, damit es schön klingt. Aber reicht das für den Professor? Ich bin aufgeregt, aber Angst hab ich keine. Am Klavier nicht.

Mama begleitete mich da hin, Paps war an dem Tag wieder mal in Amsterdam. Wir betraten Eisensteins Zimmer und sahen einen sehr alten Herrn. Weiße kurze Haare, der Anzug schlotterte an seinem hageren Körper. Er hatte überhaupt nicht solch fröhliche Augen wie Herr Pistorius, sondern wirkte streng und kühl. Ich hätte allen Grund gehabt, mich vor ihm zu fürchten, aber ich tat das nicht. Ich setzte mich an seinen Flügel, während Mama mit ihm sprach, und testete mit meinen Fingerspitzen, wie stark poliert die Tasten waren. Ging so. Ich hatte einen Titan vor mir, das beruhigte mich.

Er bat mich, ihm etwas vorzuspielen. Ich habe den verlorenen Groschen von Beethoven fehlerlos und mit prima Tempo präsentiert. Während ich das vortrug, war meine Mutter vor lauter Schreck erstarrt, weil die Melodie so raste. Ich war noch nie so gut.

»Hast du noch was?«, murrte er streng. So, als ob es ihm nicht gefallen hat. Ich hätte mich nun aufregen können, hab ich aber nicht. Ich merkte, dass ich sehr gut darin bin, mich nicht aufzuregen. Was sollte ich noch spielen?! Er bemerkte mein Zögern. Mama auch.

Sie erklärte ihm stolz: »Clara hat in Düsseldorf einen Klavierwettbewerb gewonnen. Das ist aber schon eine Weile her.«

Er fragte kühl: »Womit?«

Ich hob meine Hände und spielte einfach den Mozart. Das Stück, bei dem der Flügel so wunderbar klingt, die goldenen Tropfen.

Eisensteins Gesicht entspannte sich, und anschließend der ganze klapprige Körper – ich nahm das alles wahr und konzentrierte mich zugleich auf mein Spiel, bis zum letzten Ton. Er schaute mich zufrieden an und sagte: »Ich hätte nicht gedacht, dass ich heute noch mal so was Schönes hören darf.«

Mama war ganz ergriffen, was hatte er da gesagt? Hören darf?! Er war doch ganz andere Künstler gewohnt, ich bloß ein Kind.

Er fuhr fort: »Beethoven hast du anständig geübt, aber dafür braucht man kein Talent, sondern nur Geschick und Fleiß. Aber dein Mozart, der war besonders.«

Ich nickte zufrieden.

Mama stotterte demütig: »Wir kennen nicht ... also wir können ja nicht beurteilen ... wir wollten nur wissen, ob Clara ...« Mama brachte vor Aufregung den Satz nicht zustande. Der Journalistin fehlten doch tatsächlich die Worte!

Eisenstein erklärte: »Ich spüre, wenn ich eine Begabung entdecke. Dann springt ein Funke über.«

Ich grinste stolz: »Und ich funke?«

Er nickte.

Ha! Wie cool – aber ich wusste genau, wer den Funken ausgelöst hatte. Das war nicht ich, das war Mozart! Ich konnte da solch eine Sehnsucht hineinlegen. Ich fühlte mich wohl, wenn einem das Herz aufging beim Zuhören. In der Klaviermusik lag so viel Hoffnung drin, dass alles besser wird. Egal was. Für mich muss wirklich ein Licht aufgehen, Eisenstein hörte es auch ganz genau.

»Spiel es noch mal.«

Das tat ich so gern. Mama hatte hier gar nichts zu sagen, sie durfte nur ehrfürchtig nicken. Sonst war sie immer wer weiß wie mutig, sie hat schon mit Merkel gesprochen, mit Putin, mit Boris Becker, mit Lagerfeld, sogar mal mit Madonna, aber Eisenstein gegenüber verhielt sie sich geradezu schüchtern – ich hatte Mama noch nie so erlebt.

Er entschied, dass ich erst mal alle zwei Wochen von ihm unterrichtet werde. Er verlangte fünfzig Euro, jedoch war diese Klavierstunde zu Anfang auch nicht länger als dreißig Minuten.

»Clara wird darüber hinaus zukünftig meine Meisterkurse besuchen. Die dauern eine Woche und kosten 300 bis 500 Euro plus Unterkunft.«

Blöd war, dass ausgerechnet Mama das zu hören bekam, die so ungern Geld ausgab. Er zählte auf, was ich in Zukunft tun werde, und Mama rechnete zusammen. Er betonte: »Die Aufsichtspflicht während der Meisterkurse obliegt einzig und allein den Eltern, ich möchte da nicht belangt werden.« Unterkunft also für zwei, einer der Eltern wird mich begleiten müssen.

Mama fragte: »Aber dann verpasst Clara viele Stunden den Schulunterricht?«

»Sie müssen Ihre Tochter natürlich in dieser Zeit vom Unterricht befreien lassen. Das machen all meine Schüler so.«

Der nächste Meisterkurs sollte gleich im November in Neustadt stattfinden. Wir verabschiedeten uns verschüchtert von dem berühmten alten Mann und schnauften erst durch, als wir auf der Straße standen.

»Mensch, Clara!« Mama hatte mal kurz das Geld vergessen, war nur noch stolz auf mich, sie stieß wahrhaftig einen Schrei aus. »Du bist eben entdeckt worden, so nennt man das, glaube ich.«

Sie nahm mich in den Arm und drückte mich ganz fest: »Deutschland sucht den Superstar! Hier ist sie!! Du bist ein Supertalent! Hat er gesagt.«

Mir war das so peinlich! Sie lachte laut. Ich aber schüttelte den Kopf: »Er sagt, ich kann etwas werden, wenn ich in seine Kurse gehe. Noch kann ich ja nicht viel.«

Mama legte ihren Arm um mich, so gingen wir zur Straßenbahn: »Er hat versichert, du hast Talent! Wie findest du deinen neuen Lehrer?«

»Er ist alt. Nett. Und er weiß, was er will.«

Jetzt fiel es Mama wieder ein: »Ach herrje! Das kostet alles 'ne Menge Geld.«

Ich schaute sie besorgt an: »Und was, wenn er einfach nur verdienen will an uns?«

Sie schüttelte den Kopf: »Ne, so sieht er nicht aus. Der entdeckt Talente, fördert seine Schüler.«

Daheim angekommen, riefen wir Paps an und erzählten alles haargenau. Er fühlte sich etwas unbehaglich, warf Mama vor: »Du hast dir nicht mal eine Bedenkzeit erbeten, dieser Eisenstein hat alles entschieden.«

Sie schüttelte den Kopf: »Ich habe keinen Vertrag und nichts unterschrieben.«

»Du hast dich geehrt gefühlt, eine talentierte Tochter zu haben. Richtig?« Man konnte hören, wie kritisch er war.

Mama nickte: »Ja.«

Paps meinte besorgt: »Das sagt er bestimmt allen.«

»Du bist immer so misstrauisch.«

»Aber ist der wirklich gut für Clara? Und dann diese Kurse auswärts. Ich dachte, der unterrichtet in Köln? Und dafür die Schule vernachlässigen? Gefällt mir gar nicht.«

Ich winkte ab: »Paps, die wiederholen in der Schule alles so oft!«

Paps warnte: »Das Gymnasium wird dich mehr fordern als die Grundschule. Es geht nicht nur um ein paar Kurse, mein *Meisje*. Es ist womöglich unsere allerletzte Chance, die ganze Sache zu stoppen!«

»Was denn für eine Sache?«

»Deine Musik. Bleibt das ein Hobby, oder wirst du Profi?«

Oma war gerade bei uns, sie hatte das Gespräch bisher nur schweigend verfolgt, nun stimmte sie überraschend Paps zu, sie warnte sogar: »Clara. Willst du nicht lieber was anderes machen, mit weniger Stress und mehr Zeit für dich?«

Langsam nervten sie mich: »Wie oft höre ich das noch?! Ich spiele doch so gern Klavier.«

»Das kannst du ja auch. Spiel einfach weiter, auch auf dem Flügel, aber nicht in dieser intensiven Form. Noch bist du ein Kind, ein kleines!«

»Ich bin schon groß.«

Mama schlug sich nun auch noch auf deren Seite: »Eisenstein scheint viel zu fordern, er wird streng unterrichten, da bin ich mir sicher. Du hast diesen schnellen Groschen gespielt und er hat dich kein bisschen dafür gelobt! Du wirst stundenlang üben müssen, bis ihm gefällt, was du spielst.«

Ich schüttelte den Kopf, langsam wurde ich sauer: »Macht doch nix.«

Oma und Mama rollten die Augen. Paps stöhnte am Telefon auf: »Wir werden immer an diesen Moment denken, an diesen Nachmittag: Wir können es jetzt noch stoppen.«

Ich kapiere nicht, was mit meinen Leuten los ist. Erst ist Mama stolz, dass ich Talent hab, sie hat gehört, wie ich den Beethoven und Mozart gespielt habe, und nun will sie mir das wieder ausreden? Beatrice ist doch auch bei Eisenstein. Als man das damals bei Frau Bette bekannt gegeben hat, haben meine Eltern applaudiert! Nun bin ich ausgewählt, und sie meckern! Sie können ruhig auch mal klatschen! Frau Bette wird das bald vor ihren Schülern bekannt geben, und ich werde genauso hochnäsig daherkommen wie damals Beatrice. Und ich darf endlich mit Frau Bette essen!! Ich muss mich jetzt wehren, sonst wird das nichts mit Eisenstein.

Ich sagte einfach: »Es ist meine Sache. Ich entscheide das.«

»Du bist erst neun.«

Ich gab nicht auf: »Ihr dürft mich gar nicht stoppen!«

Betroffen sahen mich Mama und Oma an. Ich hatte genau das

Richtige gesagt. Paps schnaufte am Telefon: »Du willst das unbedingt?«

»Ja«, sagte ich, obwohl ich mich auch fürchtete, aber das verriet ich nicht. »Ja, ich will!«

Das klang wie das ›Ja‹ bei einer Hochzeit, so feierlich und ernst gemeint.

Paps räusperte sich: »Wenn das so ist, gehen wir mit dir, Clara. Mit solch einem Vornamen ist es kein Wunder, dass du Klavier spielen willst. Unsere kleine Pianistin!«

Ich hatte alles mit neun Jahren entschieden und gewollt, und sie respektierten mich. Das war cool.

Oma stand auf: »Dann hole ich uns mal einen Sekt. Darauf stoßen wir an!«

»Wie organisieren wir das?«, fragten sie sich. Meinen Eltern war klar, dass sie nun ihre Arbeitszeit mit meinen Kursen koordinieren müssten.

Mama stöhnte: »Das schaffe ich nie – wenn irgendwo auf der Welt etwas passiert? Dann muss ich los.«

Paps klagte: »Als ob ich mit der einzigen Reporterin des WDR verheiratete wäre! Es wird auch andere geben, die berichten wollen. Ich bin unabhängiger als du, das ist mir schon klar, aber ich will nicht alles übernehmen, das wäre ungerecht.«

Omi füllte die Gläser, ich bekam einen Fingerhut voll. Wir stießen auch mit Paps an, am Telefon.

Mama fragte Omi: »Kannst du dich um Claras Kurse kümmern?«

»Vergesst es«, wehrte sie sich gleich. »Ich habe endlich Zeit für mich, die will ich nutzen. Ich übernehme nur solche Termine, wo gar nichts mehr geht, also nur selten.«

Mama war ein wenig verschnupft, weil Oma nicht tat, was sie wollte, trotzdem stießen wir fröhlich an: »Auf Clara! Auf die Musik.«

Am schlimmsten war Paps dran. »*Getverderrie*!«, fluchte er. »Ihr glaubt, ich habe die meiste Zeit, was? Bloß weil ich keinen Chef habe.«

Er schluchzte vor Schreck, mir tat das so leid: »Da ist dann ja auch noch die Geige!«, stöhnte Paps.

Wir beendeten die Unterhaltung, er musste in seine Besprechung. Mama ging in die Redaktion, und Omi und ich kochten Spaghetti. Ich war glücklich. Ich hatte einen neuen Lehrer.

Von nun an fühlte sich mein Leben an wie ein schwerer Güterzug, der langsam ins Rollen gekommen war und nun schon Fahrt aufgenommen hatte. Er würde sich nur noch schwer stoppen lassen – wenn überhaupt.

Ich hatte solch einen Spaß an den vielen Aufgaben, Klavier und Geige! Der Unterricht bei Pistorius blieb toll! Allerdings gab es einen großen Unterschied zwischen Klavier und Geige. Eines Tages nämlich klingelte ich an seiner Tür, kam zum Unterricht, er öffnete. Schaute mich fragend an, runzelte die Stirn und ließ mich nicht rein.

»Darf ich?«, fragte ich schüchtern. Was war denn los mit ihm?

Er schüttelte den Kopf: »Mensch, Clara! Du hast was vergessen.«

Ich dachte nach, es war der richtige Tag, die richtige Uhrzeit. Ich hatte Geigenunterricht. Ahnungslos versicherte ich: »Ich hab nichts vergessen.«

Ich grinste ihn breit an, er schimpfte mürrisch: »Diese blöden Klavierspieler lernen es nie!«

»Was denn?«

»Ihr Instrument mitzubringen.«

Jetzt erst bemerkte ich es, lieber Gott! Ich stand ohne Geige vor seiner Tür! Ich hatte sie in der Schule stehen lassen.

Ich zog grinsend den Kopf ein: »Ups!« Ich war einfach nicht gewohnt, mein Instrument herumzutragen.

Die Stunde musste ausfallen, ich trottete zurück zur Schule, schnappte meine Geige und fuhr heim. Ein paar Mal hab ich auch meinen Bogen zu Hause liegen lassen. Ein Klavier stand ja doch immer dort, wo ich hinkam. Alle Musiker schleppten ihre Instrumente herum, bloß wir Pianisten nicht, logisch!

Umgekehrt war es auch mal passiert, ich kam gerade vom Geigenunterricht nach Hause, schloss fröhlich die Haustür auf. Im Flur stand meine Mama und fragte alarmiert: »Wo ist deine Geige?«

Ich schlug die Hand vor den Mund: »Ach du Schreck!«

Ich hatte sie in der Straßenbahn liegen lassen! Mama rief sofort die KVB an, sie kannte den Pressesprecher dort. Der ließ, ohne zu zögern, sofort seine Leute nach dem Instrument schauen, ein Kontrolleur fand sie tatsächlich, sie stand in einer Ecke der Linie 1, niemand hatte sie mitgenommen. Mama holte sie in der Zentrale ab, spendierte der KVB AG ein Pittermännchen zum Dank, so heißt bei uns ein 10-Liter-Kölschfass. Spätabends saß sie müde im Sessel und schüttelte den Kopf: »Was macht man nicht alles mit.«

Der Unterricht bei Eisenstein war gar nicht so anders als der von Frau Bette. Er sprach mit mir über die Stücke, die ich lernte. Erklärte mir, was der Komponist sich womöglich gedacht hat, als er diese oder jene Melodie erfand, das war interessant für mich. Der Unterschied zu ihr war, dass er mir keinen einzigen Ton vorspielte, sondern nur sprach. Frau Bette hatte immer alles am Klavier anklingen lassen. Ich musste von da an ausschließlich nach Noten spielen, wenn ich übte. Das fand ich blöd.

Zum Abschied sagte er dann bald: »Wir sehen uns in Neustadt.«

Dort sollte mein erster Meisterkurs stattfinden.

»Was macht man da genau?«, fragte ich.

»Üben in den Übungszimmern und Unterricht bei mir. Mit dem Unterschied, dass auch andere anwesend sind.«

»Sind dort Leute in meinem Alter?«

Er dachte nach, schüttelte den Kopf: »Jana vielleicht. Alle anderen sind älter als du.«

Mehr kam nicht vom ihm zu dem Thema. Ich war gespannt. Meister – ein tolles Wort. Beim Fußball gab's den Deutschen Meister, der Bäcker war ein Bäckermeister, wenn er gut war, also war ein Meister immer der Beste. Eisenstein war mein Meister. Und seine Schüler sollten die Besten werden. Ich war gespannt, wie das werden würde.

Ich brauchte für diese Woche eine Befreiung vom Unterricht. Doch der Schulleiter meines Gymnasiums machte Stress. Er wollte mich dafür nicht freistellen, sagte er zumindest am Telefon. Meine Eltern waren völlig überrascht. Sie redeten beim Abendessen darüber: »Wieso gibt er Clara nicht frei? Wir haben doch extra diese Schule gewählt, weil die dort behaupteten, Verständnis für ihre Musik zu haben.«

Mama nahm es sportlich: »Dann fährt sie halt zum nächsten Kurs.«

Paps war dagegen: »Man kann nicht gleich beim ersten Mal fehlen! Sie soll ja die Gruppe kennenlernen.«

Meine Eltern haben den Schulleiter noch mal persönlich gefragt, er lehnte weiter ab. »Wir haben wunderbare Kurse für Klavier am Nachmittag, das bietet sonst keine andere Schule in ganz Nordrhein-Westfalen an.«

Mein Vater lachte auf, meine Mutter schüttelte den Kopf.

Er hatte ja recht, es gab Kurse. Doch meine Mitschüler begannen eben erst, Instrumente zu spielen, darum fragte Paps ihn: »Auf was für einem Level? Tonleitern, oder doch schon *Es klappert die Mühle*?!«

Meine Eltern wirkten hochnäsig, das hat dem Schulleiter nicht gefallen. Nun war er beleidigt und wollte mich schon gar nicht freistellen. Wir verabschiedeten uns schweigend.

Draußen auf dem Flur meinte Mama sauer: »Der hat uns gar nichts zu sagen! Clara fährt zum Meisterkurs, punktum. Ich suche ein Quartier.«

Ich fragte überrascht: »Soll ich etwa schwänzen?«

Mama druckste herum: »Nein, ich rede noch mal mit dem Schulleiter.«

Meine Mama hat am folgenden Tag mit ihm telefoniert. Hat ihm erklärt, dass ich die Chance bekomme, bei einem der besten Klavierpädagogen des Landes zu lernen. Ich sei wirklich hochbegabt! Da gehörten solche Meisterkurse dazu.

»Wir bitten Sie herzlich, Clara muss dahin.«

Er blieb hartnäckig: »Nicht im ersten Jahr der Gymnasialzeit. Sie soll erst mal hier bei uns ankommen. Nächstes Jahr meinetwegen, wenn ihre Leistungen stimmen.«

Mama gab nicht auf: »Clara ist seit Monaten an der Schule, sie ist bereits angekommen. Sie will ja nicht blaumachen, sie braucht die Befreiung für zusätzlichen Unterricht! Sie wird alle Hausaufgaben, die in der Woche anfallen, erledigen.«

Er bestand stur darauf, dass ich in dem Alter in die Schule gehöre und sonst nirgendwohin. Meinen Eltern fehlten die Worte. So saßen wir wieder am Küchentisch, Omi war dabei. Nach langer Diskussion machte Mama kurzen Prozess: »Ich frage Elke!«

»Was hast du vor?«, fragte Paps.

Sie antwortete: »Ich hab Clara eben husten gehört!«

»Nicht im Ernst?!«

Mama nickte: »Elke schreibt sie krank.«

»Das ist Betrug«, sorgte sich Paps.

Oma schüttelte den Kopf: »Schau dir das Kind genauer an, es glüht vor Fieber, das sieht doch jeder!« Sie kicherte.

Paps hielt den Kopf schräg: »Also wirklich?! Bringen wir Clara nun bei, dass man lügen und betrügen muss, um weiterzukommen?«

Ich grinste breit: »Das weiß ich bereits.«

Mama und Omi kicherten, beide nickten frech, Paps verzweifelte.

ALS ICH ZEHN WAR …

… begleiteten mich meine Eltern zum ersten Meisterkurs nach Neustadt in Bayern. Der Kurs fand in einer musikalischen Bildungsstätte statt, die etwas außerhalb der kleinen Ortschaft lag, dort trafen sich das ganze Jahr über Kinder und Jugendliche, um miteinander Musik zu machen. Ich freute mich darauf, andere junge Musiker kennenzulernen, und ich war mir sicher, dass wir uns prima verstehen würden, weil alle leidenschaftlich gern und intensiv übten; endlich würde ich keine Ausnahme mehr sein.

Und ich sah auch schon ein bekanntes Gesicht: »Beatrice!«

Ich rannte los, als ich sie entdeckte. Hatte ganz vergessen, dass sie mich nicht mochte. Ungestüm lief ich auf sie zu und umarmte sie fest, was irgendwie blöd aussah, sie war mindestens einen Kopf größer als ich, mein Gesicht landete bei der engen Umarmung zwischen ihren Brüsten: »Wie schön, dass du hier bist!«, murmelte ich in ihren Ausschnitt. Sie schob mich von sich weg und machte dabei ein Gesicht, als hätte sie ein Hund angefallen.

Ich wollte mich nicht abwimmeln lassen: »Du wirst mir alles zeigen, nicht wahr? Ich bin zum ersten Mal …«

Sie zischte mich an: »Verpiss dich!«

Ich floh zu meinen Eltern und nahm Mama bei der Hand, so erschrocken war ich. Die beiden hatten nicht bemerkt, wie fies Beatrice mich angemacht hatte. Sie nickten all den fremden Leuten zu, lächelten übertrieben nach links und rechts und wurden dennoch kühl abgewiesen. Sie hätten hier Tänzchen vorführen können, und keiner hätte gelacht. Weshalb wollte niemand etwas mit uns zu tun haben? Warum war die Stimmung so mies?

Paps flüsterte: »Von den Eltern sind viele selbst große Künstler, hat Professor Eisenstein mir verraten. Vielleicht sind wir denen nicht aufregend genug?«

Mama schüttelte den Kopf: »Na hör mal, wir müssen uns doch nicht verstecken! Du Literaturagent, ich berühmte Fernsehjournalistin!«

Ich staunte. Hatte nie darüber nachgedacht: »Du bist berühmt, Mama?«

Sie schaute mich grinsend an, zwinkerte mir zu, damit ich es nicht zu ernst nehme: »Klar. Mich kennt jeder.«

»Brigitte!«

Paps hasst nichts mehr als Angeberei. Er behauptet, das ist in seiner Heimat verpönt, selbst deren König darf alles, bloß nicht angeben. Paps fand, dass viele Deutsche ständig angeben, da sollte wenigstens Mama bescheiden bleiben.

Sie hatte hier schon den vollen Durchblick: »Der Mann da hinten hat erzählt, die dünne blonde Mutter mit dem Zopf sei früher Tänzerin am Bolschoi gewesen.«

»Was ist Bolschoi?«, fragte ich.

»Das wichtigste Theater in Moskau. Du kannst mir glauben, die weiß bestimmt, was Disziplin ist, denn der Unterricht dort ist hammerhart, hört man. Und der Mann mit dem Bart ist Bratschist bei den Münchner Philharmonikern, stellt euch das mal vor! Das ist schon was! Die wollen, dass aus ihren Kindern was wird. Die sind Leistungsdruck gewohnt.«

Paps nahm mich in Schutz: »Clara übt ja auch täglich.«

Mama winkte ab: »Die meisten dieser Kinder haben viel früher angefangen zu spielen als Clara, und sie übt längst nicht so viel wie die anderen!«

Paps schaute Mama an und war bestürzt: »Mach mal nicht so einen Stress. Es geht doch darum, ob sie gern spielt und gut, und nicht wie oft! Wir sind doch keine Kinderschinder! Oder sind wir das?«, fragte Paps. »Wollen wir Clara in eine Karriere zwingen, Bolschoi, Philharmoniker? Ich will das sicher nicht.«

Ich selbst machte mir keinen Kopf, wie das hier laufen würde, ich hatte selbst die Abfuhr von Beatrice bereits vergessen.

Paps stöhnte: »Wir bringen Clara in Kontakt mit solchen Leuten! Das ist gar kein guter Einfluss. Und wir haben ihre Schule angelogen, das geht bereits zu weit.«

Mama nickte schuldbewusst: »Hast ja recht, Henk. Das war nicht gut.«

Ich schaute weiter herum, ein Mädchen etwa in meinem Alter schien nett zu sein, ich bin mit ihr ausgebüxt, wir rannten lachend in den Garten, es war feucht und nass, aber das machte uns nichts. Es gab hier ein richtiges Labyrinth aus immergrünen Hecken, durch das wir tobten.

Als wir verschnauften, erzählte sie: »Eisenstein hat uns schon gesagt, dass du kommst. Er hat uns von dir erzählt.«

»Was hat er denn über mich gesagt?«

Sie antwortete: »Dass du eine große musikalische Begabung bist.«

Ich lachte: »Du bist sicher auch eine Begabung, sonst wärst du nicht hier.«

Sie schüttelte den Kopf: »Er sagt immer, er kann uns was beibringen, und wir können sehr fleißig sein und schön spielen. Aber die Musikalität ist ein Geschenk der Natur, oder von Gott. Die hat man oder hat man nicht. Die kann er uns nicht geben.«

Ich staunte: »Und ich hab die, hat er gesagt?«

Sie nickte.

»Cool!« Ich war ganz stolz. »Und du?«

Sie lächelte: »Ich lerne auf jeden Fall schnell.«

Wir rannten wieder durch das Labyrinth, kreuz und quer, meinetwegen hätte das Tage dauern können, so viel Spaß hat das gebracht. Doch ihre Mutter tauchte auf und kassierte meine neue Freundin schimpfend ein, sie solle jetzt reingehen.

Ich rief ihr nach: »Wie heißt du eigentlich?«

Kurz bevor sie durch die Hauptpforte verschwand, hörte ich sie gerade noch rufen: »Jana!«

Meine Eltern waren währenddessen durch das Haus gegangen, um es zu erkunden, nun kam ich vom Garten zurück und traf sie im Konzertsaal. Ich erzählte ihnen gleich von Eisensteins Satz über mich, Begabung und so. Mama schaute sorgenvoll: »Mit solch einer Bemerkung schürt er von Beginn an Missgunst. Deshalb diese Blicke …«

»Jana ist nett!«, erzählte ich glücklich. »Muss aber üben.«

»Ich will auch, dass du übst«, gab Mama mir zu verstehen. »Du bist nicht zum Toben hergekommen, sondern zum Arbeiten.«

Sie selbst musste zurück nach Köln, Paps würde bei mir bleiben. Sie umarmte uns beide zum Abschied und wünschte uns viel Freude.

Paps und ich mussten zuerst herausfinden, was man so macht in einem Meisterkurs. Listen hingen aus, in welchem Raum wer um welche Uhrzeit üben wollte, man musste sich darin eintragen. Paps schaute nach, alle Teilnehmer hatten sich bereits eingetragen, nur ich hatte noch kein Musikzimmer.

Paps studierte den Aushang: »Es sind nur noch ganz blöde Zeiten frei.«

»Ist doch egal, wann ich übe.«

»Egal?«, fragte Paps. »Hier ist noch eine Einheit von acht bis zehn Uhr am Morgen.«

»Nehmen wir das.«

»Das ist sehr früh.«

»Was ist noch frei?«

»Von neunzehn bis einundzwanzig Uhr am Abend. So ein Mist! Oder mittags, wenn die anderen essen. Aber dann haben auch wir Hunger!«

Man musste sich also rechtzeitig eintragen, das sollten wir uns in Zukunft merken. Wir wussten auch noch nicht, dass die Instrumente in den Zimmern von sehr unterschiedlicher Qualität waren. Es gab in Neustadt nur drei wirklich gute Klaviere, nur die Eingeweihten, die länger dabei waren, wussten davon. Paps ahnte nun, was auf ihn als Begleiter zukam, sobald wir an einem Meisterkursort angekommen waren: die Listen suchen und Clara eintragen.

Als ich endlich in einem der Übungszimmer saß, zu einer schlechten Zeit, an einem schlechten Klavier, fühlte ich mich elend – was sollte ich hier? Saß da mit meinem Paps und fragte: »Und nun?«

Eisenstein hatte mir neben Etüden gewisse Übungen aufgegeben: Finger aufstellen, mit der anderen Hand das Gewicht draufdrücken und zehn Sekunden aushalten, um die Finger zu stärken.

Paps gab den Ton an: »Dann mach das, jeden Finger einzeln.«

Diese Übungen nervten mich und taten weh: »Das hätte ich auch daheim machen können, ohne so ein beschissenes Zimmer und so einen miesen Kurs mit beknackten Leuten.«

Paps schimpfte, ich solle meine Worte besser wählen und hier nicht so scheußlich schimpfen: »Dann nimm dir die Etüde vor.«

Ich war pampig: »Welche denn?«

»Czerny natürlich, was sonst.«

Ich wollte nicht: »Hab ich schon hundertmal gespielt!«

Paps motzte: »Die anderen haben die Technik, du hast sie nicht!«

Ich patzte ihn an: »Wer hat mir denn die Technik beigebracht?!«

»Das ist der Dank!« Er war beleidigt.

»Ich bin sehr musikalisch, hat er gesagt, und die anderen nicht!«

»Bitte gib nicht so an!«

Ich motzte weiter: »Weshalb soll ich so lang auf meine Finger drücken?«

»Krafttraining für die Finger, damit sie Muskeln bekommen.«

Ich habe Jana gefragt, alle machten das, also tat ich es auch, notgedrungen. Aber darüber hinaus – ich wollte ausbüxen, wieder mit Jana im Garten toben, Paps erlaubte mir das nicht. Wie blöd der in dieser Umgebung geworden ist! Er war der mieseste Vater aller Zeiten. Und ich war hier, zugegeben, die mieseste Clara aller Zeiten. Wir beide meckerten herum, ein paar Stunden ging das so. Ich war zickig ohne Ende, sein Ton mir gegenüber war blöder Mist, ich fing an zu weinen. Und endlich schämte er sich dafür.

»Was tue ich dir nur an?« Er legte seine Hand auf meine Schulter, zog mich an sich und drückte mich fest an sein Herz: »Entschuldige!«

Ich nickte zustimmend: »Entschuldige auch, mir gefällt es hier gar nicht.«

Wir versicherten uns, dass Frau Bette an allem schuld war. Wir waren in diesem Zimmer eingesperrt, fern von Mami, von unserem schönen Haus und meinem perfekten Flügel. Wann kam Professor Eisenstein zu mir und zeigte mir was Interessantes? Wie ging das hier weiter? Was taten die anderen Leute den ganzen Tag?

Mir waren die üblichen Etüden zu langweilig. Ich hatte das schwierigere Etüden-Buch von Czerny gekauft und mitgenommen, weil sie viel schöner waren. Nun zog ich diese Noten aus meiner Tasche. »Hier, Paps. Hab schon damit angefangen.«

Er schaute sich das an. »Wow! Lass mal hören.«

Ich spielte ihm die erste aus dem Heft vor.

»Du hast ja doch eine super Technik, du Huhn! Weshalb hast du mir verschwiegen, dass du diese Etüden schon übst?«

»Ich dachte, du schimpfst.«

Da nahm er mich noch mal ganz fest in den Arm: »Eins sage ich dir. Ich schimpfe nie wieder. Vergib mir!«

Ich drückte ihn auch ganz fest: »Ich bin ein Huhn?«

Da ging mein Paps in die Hocke und gackerte los. Er watschelte wie eine fette Henne im Kreis und rief, er sei ein dummes Huhn, ich hab mich weggeschmissen vor Lachen. Ausgerechnet in diesem Moment kam Eisenstein rein und fragte erschrocken: »Herr van Bergen?!«

Ich musste meinen Mund fest zuhalten, damit ich nicht losprustete, war das peinlich! Paps stand auf und setzte sich in die Ecke und las Manuskripte, mit hochrotem Kopf! Und Eisenstein unterrichtete mich endlich.

»Neue Etüden? Na gut. Gehen wir sie an und machen deine Finger mal geschmeidig.«

Das Üben hat mir Spaß gemacht, ich wollte mit meinen Fingern so schnell wie niemand sonst sein, ich habe mich wund gespielt und es genossen! Als der Professor aus der Tür war, haben Paps und ich uns schiefgelacht, ich habe im Laufe der Woche immer mal gegackert, damit er seinen peinlichen Auftritt nicht vergisst.

Nach dem Abendessen am ersten Tag trafen wir uns alle im Konzertsaal. Es kamen auch Gäste von außerhalb, Musiklehrer, andere Interessierte, die hier anwesend sein wollten und dafür sogar Eintritt zahlten, obwohl wir keine Konzerte gaben. Es war einfach nur Unterricht, schon das schien den Zuhörern lehrreich. Eisenstein arbeitete mit einem seiner Schüler oder Schülerinnen auf der Bühne, wir saßen im Publikum und hörten seinem Unterricht brav zu. Er hatte die Noten jeweils vor sich und schrieb etwas hinein, damit jeder Einzelne wusste, wo was zu verbessern war.

Vor allen Leuten kritisierte Eisenstein ohne Rücksicht: »Das ist miserabel!« Das hat er Beatrice an den Kopf geworfen, sie hatte keinen Grund, hochnäsig zu sein. Sie tat mir leid. Manchmal lobte er auch, aber nur sehr selten. So ein Abend zog sich hin, ich war immer noch nicht dran, wollte gern ins Bett, es wurde immer später, ich rutschte auf meinem Stuhl hin und her und schaute müde auf die Uhr. Paps fluchte vor sich hin, wann verdammt noch mal seine kleine Clara endlich dran wäre, sie müsse ins Bett! Aber er wagte nicht, sich gleich am ersten Abend vor allen Leuten laut zu beschweren. Also warteten wir ab. Um 23 Uhr bat mich Eisenstein als Letzte von allen auf die Bühne. Er ließ mich die 12. Czerny-Etüde Nr. 39 in Des-Dur spielen, die Töne mussten rasen bei der *Schule der Geläufigkeit*!

CZERNY:
Etüde Nr. 39

Er bemängelte meine Technik und lobte meine Anschlagkunst, es klinge weiterhin schön, sehr musikalisch, jedoch seien die anderen weitaus geübter. Logisch, ich war ja zum ersten Mal da. Der Tag endete um 23:30 Uhr. Paps beschwerte sich nun doch: »Lassen Sie die jüngeren Kinder zuerst spielen«, bat er Eisenstein. »Dann quälen die sich nicht so und kommen rechtzeitig ins Bett.«

Er schüttelte ungerührt den Kopf: »Ich mache das seit Jahrzehnten so, die Jüngsten sind zuletzt dran. So trainiert Ihre Tochter, sich über lange Zeit mental bereitzuhalten. Sie soll lernen, auch hundemüde konzentriert zu bleiben.«

Mein Paps fand das unmöglich, miesgelaunt gingen wir in unsere Pension, ein billiges enges Zimmer, das Klo auf dem Flur. Paps sagte kurz vor dem Zubettgehen: »Das lange Wachbleiben ist gegen das Gesetz, er beachtet nicht den Jugendschutz.«

Ich wollte davon nichts hören, lenkte ab: »Dieses Zimmer riecht nach kaltem Zigarettenrauch.«

»Kinder dürften nicht so spät spielen.«

»Wenn du ihm das vorwirfst, kann ich mich gleich verabschieden.«

Er nickte: »Gute Idee! Fahren wir heim, wir müssen ja hier nicht sein.«

»Ich will aber!«

Paps war verzweifelt: »Ich bin für dich verantwortlich, weil ich anwesend bin. Ihm kann man darum keinen Vorwurf machen wegen dem Jugendschutz, aber mir.« Er war ganz blass, schüttelte den Kopf und sagte leise zu mir: »Clara, also ich weiß wirklich nicht, ob das gut für dich ist, ich kann das nicht verantworten, es …«

Ich fiel ihm ins Wort: »Mir macht es nichts, so lang wach zu bleiben.«

Er blieb mürrisch: »Es ist unerträglich, was hier passiert. Anderswo dürfen Kinder nicht so belastet werden, beim WDR oder so. Da gibt es klare Bestimmungen. Zum Beispiel die Kinder, die beim Hörspiel Sprecherrollen übernehmen, da sind die Einsatzzeiten klar geregelt, damit die Kinder sich nicht überanstrengen. Ich sollte einfach klipp und klar sagen: »Das ist zu viel, du musst ins Bett, wir gehen!«

Ich wollte, dass er damit aufhört. Niemand beschwerte sich im Kurs, keiner ging weg! Warum sollte ich das tun?! Da war ich endlich in der Meisterklasse des Professors – und sollte fort? Weil es abends später wurde?! Ne.

»Paps, ich schaff das schon.«

Er schüttelte besorgt den Kopf: »Wenn es zu arg wird, gehen wir. Das letzte Wort habe ich.«

»Und Mama!«

»Mama«, lächelte er müde. »Die hat ein Abo auf das letzte Wort.«

Wir Schüler, die dort oben auf der Bühne vor allen Leuten unterrichtet wurden, wollten uns nicht blamieren. Deshalb übten wir alle so eifrig, wie wir konnten, um von Eisenstein nicht angeschnauzt zu werden. Wenn er nicht böse wurde, ging es uns gut. Zugleich versuchten einige Eltern, den Professor bei Laune zu halten, damit er mit ihrem Kind gnädig umging. Das habe ich in den nächsten Kursen beobachtet. Ein Vater zum Beispiel fuhr Eisenstein im Auto nach Hause, damit er es gemütlich hatte. Viele Mütter luden ihn zum Essen ein, eine wusch ihm wahrhaftig die Wäsche, eine andere besorgte ihm Flugtickets. Die Eltern dachten sich viele freundliche Sachen aus, damit Eisenstein es bequem hatte und ihr Kind gut behandelte. Ob es genutzt hat, weiß ich nicht. Mein Vater hatte nicht mal Lust, ihn zum Essen einzuladen. Als er davon daheim berichtete, meinte Mama, so eine Geste sei doch ganz nett.

»Henk, was glaubst du, mit wem ich schon alles gegessen habe.«

Er schaute sie staunend an: »Um zu bestechen?«

Sie druckste herum: »Das ist doch keine Bestechung, ich bitte dich! Man bedankt sich mit einer netten Geste für eine Unterstützung.«

Er murrte: »Unterstützung?! So heißt also *Bestechung* auf Deutsch?«

Mama konterte: »Als ob es in den Niederlanden keine netten Gefallen gäbe. Das machst du doch auch mit deinen Autoren oder Verlegern, zum Essen einladen ist doch keine Bestechung.«

Paps passte das nicht: »Ich weiß nicht, ich werde ihn zu gar nichts einladen.«

Jeder Meisterkurs endete mit einem Abschlusskonzert. Die Schüler durften zeigen, was sie in dieser Woche gelernt hatten. Dazu lud man Publikum aus der Umgebung, der Eintritt war umsonst. Es war die große Bewährung und Belohnung nach einer Woche harter Arbeit. Aber ausgerechnet bei mir schüttelte Eisenstein den Kopf: »Du nicht.«

»Warum? Ich möchte auch zeigen, was ich kann.«

»Du kannst ja noch gar nichts.«

Nun fing ich beinahe an zu weinen: »Ich spiele die Etüde doch so schön, mein Anschlag! Sie haben das selber gesagt!«

Er wandte sich ab, ließ mich einfach stehen. Ich war wie vor den Kopf gestoßen. Erst liefen Tränen, dann wurde ich sauer, zuletzt stinkwütend. Da lässt dieser Mensch mich nicht mitmachen. Wie gemein war das denn?! Schließlich war ich sehr ernüchtert. Was bildete ich mir ein?! Kam her und glaubte, hier groß rauszukommen mit meiner angeblich so tollen Musikalität. Ich durfte nicht vorspielen! Ich war verzweifelt.

Jana tröstete mich: »Kein Anfänger spielt beim Abschiedskonzert.«

Ich stampfte regelrecht mit den Füßen auf: »Ich will aber! Ich kann toll spielen. Wirklich großartig.«

Jana wiegte ihren Kopf hin und her: »Eine Czerny-Etüde. Clara! Das ist doch nichts zum Vortragen, es sind Fingerübungen.«

»Nächstes Mal spiele ich die Etüde 15, die klingt gigantisch.«

»Bleibt trotzdem bloß eine Fingerübung.«

Ich bin so sauer. Czerny ist nichts für ein Konzert! Obwohl … Jana hat ja irgendwie recht. Und sie darf auch nicht vorspielen, da bin ich wenigstens nicht allein mit dieser Schande. Ist wohl immer so, dass man zu Beginn nicht mitmachen darf beim Abschlusskonzert. Jana macht das nichts aus, aber ich sitze hier stinkig im Publikum, und mein Bauch tut weh vor Wut. Ich werde geduldig sein müssen. Ich kann das aber nicht, Geduld ist Mist! Alle spielen gut heute. Beatrice hat sogar stürmischen Applaus bekommen. Tut mir das weh! Sie wird da oben bejubelt, und ich muss hier unten hocken und darf nicht vorspielen. Würg.

Paps und ich waren froh, als wir endlich wieder nach Hause fahren durften! Ich habe mir selbst ein kleines Konzert gegeben und mir danach eigenhändig auf die Schulter geklopft: ›Gut gemacht, Clara. Spitzenleistung!‹

Beim Abendessen habe ich Mama alles erzählt. »Es war das erste Mal«, tröstete sie mich. »Du bist halt Anfängerin. Sei geduldig.«

»Ich fahre da nicht mehr hin!«, maulte ich.

Paps war bedient: »Brigitte, du kannst dir nicht vorstellen, wie schrecklich es war. Ich will da auch nicht mehr hin.«

Mama nickte: »Dann fahre ich das nächste Mal mit. Einmal noch soll Clara es versuchen, und wenn es dann immer noch schrecklich ist, soll sie es lassen.«

Sie schaute mich an: »Wollen wir das so machen? Ein Mal noch?«

Ich nickte.

»Hut ab!«, lobte mich Paps. »Du bist zäh.«

Ich bin nach meiner sogenannten *Erkältung* wieder zur Schule gegangen. Sie konnten nicht beweisen, dass meine Krankschreibung eine Notlüge war, aber die Lehrer ahnten, dass ich zum Meisterkurs gefahren war, sie kamen sich veräppelt vor. Meine Musiklehrerin begrüßte mich mit überdreht hoher Stimme: »Ach, unser Wunderkind ist wieder gesund!«

Die Klasse lachte.

Ich fragte nach: »Wieso denn Wunderkind?«

»Wer zu Meisterkursen eingeladen wird.«

Ein Junge meinte: »Da ist die bloß, weil ihre Mutter beim WDR ist!«

Ich schüttelte den Kopf. Was sollte der WDR mit einem Musikprofessor zu tun haben? Die sind so blöd, diese Leute. Kurz vor Ende der Stunde nahm sich die Lehrerin mich wieder vor: »Na gut, dann wollen wir doch mal schauen, was du außer Klavierspielen noch draufhast!«

Ich fühlte mich unbehaglich, ich war die Jüngste in der fünften Klasse, wir kannten uns noch nicht so lange.

»Was versteht man unter einer Quinte?«, fragte die Lehrerin mich.

Sie meinte den Fachbegriff aus der Musik. Die Frage war so leicht, dass sie mich beinahe beleidigte.

»Quinta ist lateinisch und bedeutet die Fünfte. Eine Quinte ist die Lücke zwischen fünf Noten, zum Beispiel der Abstand vom C zum G.«

»Ich bitte um die korrekte Definition, die aus dem Schulbuch.«

Die Klasse kicherte. Ich musste passen; sie hatte das vermutlich in meiner Abwesenheit durchgenommen.

Die Lehrerin erläuterte: »Eine Quinte bezeichnet die fünfte Stufe einer diatonischen Tonleiter und das Intervall zwischen fünf benachbarten Stufen einer diatonischen Skala.«

Ich fand, so etwas brauchte man nicht auswendig zu können. Es hatte Frau Bette nie interessiert, was eine Quinte per Definition ist, Hauptsache man wusste, was es praktisch war. Die Lehrerin trug mir allen Ernstes eine Vier ein, weil ich ihre bescheuerte Definition nicht herplappern konnte. Ich war stinksauer. Sie wollte mir eine zweite Frage stellen, da unterbrach ich sie frech: »Singen Sie mir bitte in gleich welcher Tonart einen neapolitanischen Sechstakkord vor!«

Da klingelte es zur Pause.

Sie grinste mich schief an: »Da habe ich ja noch mal Glück gehabt!«

Ich fühlte mich mies. Musik war doch mein Lieblingsfach. Mein Verhältnis zu der Lehrerin war danach richtig schlecht. Sie hielt mich für hochnäsig und triezte mich mit weiteren Definitionen, die ich aufsagen sollte. Das stresste mich so! Von da an bekam ich vor jeder Stunde Bauchschmerzen. Wenn ich der Frau im Flur begegnete, blaffte sie mich mit ihrer knatternden Stimme von der Seite an: »Da ist ja Clara Schumann.« Oder sie nannte mich ›Flügelflitzer‹. Die war voll durchgedreht. Ich habe nicht begriffen, weshalb sie das tat! War sie auf mich neidisch? Musiklehrerin zu sein ist vielleicht ein blöder Job, wenn man eigentlich im Orchester hätte spielen wollen. Oder gar solo?! War sie vielleicht deshalb so gemein zu mir? Sie hatte ja schließlich Musik studiert! War sie gescheitert?

Ich war ja auch selbst schuld, ich geh bei jeder Kleinigkeit gleich an die Decke. Das weiß ich wohl, ich bin eine richtige Mimose. Doch diese dünne Haut kommt mir auch zugute, wenn es um Musik geht. Da höre ich jeden kleinen Pieps. Spüre jeden Ton, jedes

Gefühl, das ich im Spiel ausdrücken möchte. Dass mich auch sonst jede kleine Uneinigkeit quält, ist blöd.

Wegen der schlechten Stimmung in der Schule schlief ich schlecht. Ich sagte im Traum alle möglichen Definitionen auf, es wurde nicht besser. Nach einigen quälenden Wochen gestand ich meinen Eltern: »Ich halte es in dieser Schule nicht mehr aus.«

Jetzt hätten die beiden aufschreien können: ›Bloß wegen der Musiklehrerin?! Nun reiß dich mal zusammen, das wird schon wieder!‹

Aber meine Eltern haben mir nie vorgehalten, dass ich zu empfindlich war oder den Lehrern gegenüber zu pampig. Sie haben mich ernst genommen, wenn ich von meinem Kummer erzählt habe, auch wenn ich vielleicht sogar übertrieb. Das fand ich so toll!

Bin ich froh, dass Paps und Mami mich schützen. Wenn ich Stress habe, kuschle ich mich nachts immer noch an meine Mama, und Paps ist echt immer da, wenn ich heimkomme. Und er kocht so lecker! Ich finde es total super, dass er nicht mehr in Amsterdam wohnt. Ist ihm schwergefallen, alles dort aufzugeben, das weiß ich. Ganz ehrlich, ich glaube, ich werde einem anderen zuliebe nicht auf so vieles verzichten können, nicht mal für mein Kind. Ich bin zu egoistisch.
Ich glaube, ich werde erst gar kein Kind bekommen. Klar, das entscheide ich erst als Erwachsene – aber ich habe eine ziemlich klare Vorstellung, dass ich das gar nicht schaffen kann. Ich will in jeder Stunde, an jedem Tag in meinem Leben machen, was ich will: Üben, auf der Bühne stehen, CDs produzieren. Alles, was ich tun will, hat mit mir zu tun, nicht mit anderen. So bin ich eben, Solo-Künstlerin halt – allein. Total auf sich bezogen. Aber das muss ich auch sein. Ja, ich weiß: Ich bin eine Egoistin. Und ich kenne noch eine, die hundertprozentig so ist: Beatrice. Ich erschrecke bei dem Gedanken. Bin ich so?

Als wir am Abend miteinander am Tisch saßen, sagte ich meinen Eltern: »Ich gehe nicht mehr in diese Schule, ich will diese Musiklehrerin nie mehr sehen.«

Wenn ich einmal jemanden gefunden habe, der mir scheinbar was angetan hat, vergebe ich das mein Lebtag nie mehr. Es gibt doch Tiere, die solch ein Gedächtnis haben, Elefanten, genau. Sensibel, sie vergessen nichts, und zerstörerisch, wie im Porzellanladen. Und total süß!

Meine Eltern waren auch der Meinung, dass wir eine neue Schule für mich finden mussten. Denn es stand wieder ein Meisterkurs an. Das Rektorat würde mich nicht befreien, und ich konnte ja nicht jedes Mal behaupten, krank zu sein, wenn ich fortwollte.

Wo gab es ein Gymnasium, das mich während des laufenden Schuljahres nahm, dazu Verständnis hatte für meine Extrawünsche und mich zu den Meisterkursen beurlaubte, wann immer es nötig war. Paps schüttelte den Kopf: »Das finden wir nie!«

Meine Mutter: »Ich bin Journalistin, ich kann alles!«

Paps stöhnte auf: »Bitte, Brigitte! Gib nicht so an.«

Mir fiel ein, dass Charlotte auf eine prima Schule ging. Keine spezielle Schule für Musik, aber immerhin mit musischem Zweig. Vielleicht sollten wir es da versuchen, dann würden wir uns wieder öfter sehen.

»Mama, wie wäre es damit?«

Nun recherchierte sie wieder. Und tatsächlich, eine Kollegin von Mama hatte eine Nachbarin, deren Sohn dort war: »Da müssen Sie hin mit Ihrer Clara! Die haben eine tolle Schulleiterin.«

Wir haben einen Termin gemacht. Mir gefiel die neue Schule schon von außen, moderner Bau, und der Grüngürtel gleich daneben. Bei gutem Wetter würde es toll sein, in der großen Pause auf der Wiese zu chillen, dachte ich mir. Und staunte über mich selbst – was hatte ich da gerade gedacht? Chillen? Was war denn mit mir los?!

Wir sind alle drei dort angetanzt. Meine Mutter war im Büro der Rektorin die Wortführerin, sie schilderte meine Situation an der anderen Schule. Die Meisterkurse. Ich brauchte häufig Befreiungen vom Unterricht. Frau Dr. Jünger nickte verständnisvoll, schaute mich an und sagte: »Wir würden uns freuen, dich als Schülerin bei uns zu haben, du bist mit deiner Begabung in unserer Schule eine Bereicherung.«

Mama und Paps nickten erleichtert, hier waren sie richtig. Dr. Jünger unterstützte mich von der ersten Minute an. Doch sie hob auch den Zeigefinger und warnte: »Unter einer Bedingung! Deine Leistungen im Unterricht müssen stimmen. Wenn die Noten schwach werden, darfst du nicht fort.«

Ich sagte ihr: »Ich liege im Durchschnitt immer um die zwei.«

Sie nickte zufrieden: »Das ist eine prima Richtschnur. Die Schule geht immer vor. Wenn dir diese Doppelbelastung gelingt, werde ich dich für alle nötigen Kurse und auch Konzerte freistellen. Es gehört ja zu deiner Berufsausbildung dazu, du fängst damit eben viel früher an als andere.«

Meine Eltern und ich atmeten erleichtert durch, endlich gab es einen Menschen, der uns verstand und mir half. Ich durfte mitten im Schuljahr wechseln. Als wir im Flur standen, kam Charlotte angelaufen, wir sind uns regelrecht in die Arme gefallen, so haben wir uns gefreut, wieder zusammen zu sein!

ALS ICH ZEHNEINHALB WAR …

… war es herrlich sonnig und warm, ich lag mit meinen neuen Mitschülern im Gras, wie erhofft, und hatte manche gut kennengelernt. In jenem Sommer hatte ich sowieso meine vollständige Ruhe: Eisenstein war nämlich für viele Wochen nach Asien gegangen, um seine japanischen und koreanischen Schüler zu unterrichten und mit ihnen auf Tournee zu gehen. So hing ich tatsächlich mit Charlotte und anderen Leuten im Grüngürtel herum, wir organisierten ein Picknick, jeder brachte etwas mit, wir sprachen über Bands oder Bücher, gingen ins Café, Eis essen, oder lagen einfach nur rum und guckten in den Himmel. Alles Dinge, die ich zuvor blöd fand – so kann man sich ändern. Bloß wenn Basketball oder Volleyball gespielt wurde, hielt ich mich zurück, ich musste ja auf meine Hände aufpassen.

Frau Dr. Jünger organisierte zum Schuljahresende ein Konzert, ich wurde ausgewählt, ein Klavierstück zu präsentieren und dazu noch Geige zu spielen, was ich super fand. Aber ich machte mir auch Sorgen: »Werden die anderen nicht alle denken, ich will angeben?«

Die Rektorin schaute verwundert: »Machst du Musik, um anzugeben?«

Ich schüttelte den Kopf: »Nein.«

Heimlich dachte ich: Na ja. Ich zeige schon gern, was ich kann.

»Dann bin ich gespannt auf dein Geigenspiel. Und ohne eins

deiner Klavierstücke mag ich erst gar kein Konzert organisieren. Unser Schulflügel freut sich schon, dass ihn endlich mal jemand richtig fordert.«

Ich werde diese Etüde von Czerny spielen.

Mit Herrn Pistorius überlegte ich, was für ein Stück ich auf der Geige vortragen könnte. »Sollen wir gemeinsam spielen«, schlug er vor.

Da horchte ich auf: »Zusammen? Was denn?«

Er nickte: »Ein modernes Stück, *Stairway to Heaven*, als Duo. Ich begleite dich auf der Gitarre. Was meinst du?«

Ich staunte: »Sie spielen Gitarre?«

Er nickte: »Kein Musiker spielt nur ein Instrument.«

Er zwinkerte mir zu, ich übte ja deswegen Geige. Was war das überhaupt für ein Stück, das er vorschlug? Nie gehört.

»Von Led Zeppelin, einer Rockband aus England, von 1971. Also uralt, beinahe so lange her wie Mozart. Haha!«

Ich war überrascht: »Das soll ich spielen? Rockmusik?«

»Das ist mal was anderes, es wird dir gefallen.«

Wir haben es eingeübt, es war gar nicht so rockig, sondern wunderschön. Ich musste mich nur daran gewöhnen. Sein Sohn Tim hat uns zugehört und bei den Proben Fotos von uns gemacht, wir sehen darauf absolut glückselig aus! Hier im Haus von Pistorius herrschte kein Konkurrenzkampf wie im Meisterkurs, hier gab es kein ›Einer gegen alle‹, hier saß ich nicht ständig allein an meinem Instrument und suchte nach meiner Höchstform, der Geigenunterricht entspannte mich. Hier ging's darum, Spaß zu haben. Und ich spielte mit ihm zusammen, das tat mir gut. So wurde die Geige meine kleine liebste Schwester, mit der ich keinen Stress hatte.

»Mach mit der Geige andere Musik, modernere«, sagte Herr Pistorius. »Pop oder Jazz, was du willst, werde frei im Kopf. Das wird dir guttun, ganz bestimmt. Und wird auch deinem Klavierspiel nutzen, da bin ich mir sicher.«

Ich habe es geübt. Hab die Töne manchmal sogar absichtlich kratzen lassen, Himmel! Es klang unglaublich.

Ich grinste ihn an: »Meine alte Klavierlehrerin wird auch kommen. Wenn sie mich so hört, bekommt sie einen Schock!«

Er gab zurück: »Dein alter Geigenlehrer wird auch da sein, der bekommt vielleicht auch einen Schock, wenn er dich am Klavier hört.«

Wir lachten beide, er fragte: »Was spielst du?«

Ich antwortete: »Eine kurze rasante Czerny-Etüde.«

»Wie lang ist die?«

»Zwei Minuten.«

»Das ist alles?«

»Ich will ja nicht angeben.«

»Du musst doch was anbieten. Hör mal, du bist Musikerin!«

Ich dachte nach: »Das Air von Bach habe ich kürzlich geübt. Mit Frau Bette.«

Er nickte: »Schön. Spiel das nach der Etüde. Ich bin sehr gespannt. Tu mir einen Gefallen, wenn ich das überhaupt anmerken darf: Hör dir das Air mal in der Interpretation von Friedrich Gulda an. Er war klassischer Pianist, der zugleich eine große Nähe zum Jazz genoss. Es klingt, als beschreibe er den Himmel. Und wenn du in sein Gesicht schauen könntest – wie er es genießt, geradezu ein Prediger der Zärtlichkeit zu sein und nichts wissen will von Ordnung und Disziplin.«

»Haben Sie ihn live gehört und gesehen?«

Herr Pistorius nickte: »Er ist einfach unglaublich.«

Ich habe mir das angehört und war fassungslos. Seine Interpretation beschrieb die Melodie tatsächlich so leicht wie Luft. Ich versuchte, meine Spielweise zumindest ein ganz klein wenig in diese Richtung zu ändern, aber es war sehr schwer, leicht zu spielen.

Der Tag des Schulkonzertes sollte mein bester Tag ever werden. Ich habe extra für dieses Konzert ein neues Kleid bekommen, zarter Baumwollstoff, auf dem kleine Kreise in hell- und dunkelrot gedruckt waren, dazu ein weißer Kragen, ärmellos und knielang mit einem Unterrock wie in den Fünfzigern, ich sah richtig besonders aus.

Die Schüler, deren Eltern und Verwandte, meine Eltern, Omi, die Nachbarin, und Frau Bette – alle waren gekommen. Und das Allerbeste war: Beatrice war nicht dabei. Sie ging ja nicht auf diese Schule, was war das für ein Glück. Ich saß am Klavier und spielte eine rasante Czerny Etüde, und dann das Air.

BACH: »Air« aus der Ouvertüre Nr. 3

Was Friedrich Gulda aus dem Stück machen konnte, war mir noch sehr fremd. Er hatte etwas geschafft, was ich nicht verstand, aber später mal verstehen will. Ich konnte es nur so abliefern, wie ich es gelernt hatte, systematisch und glasklar. Aber ich versuchte, so zärtlich zu spielen, wie ich es eben hinbekam. Und ich tat in der zweiten Hälfte etwas, was ich noch nie davor getan hatte: Ich improvisierte. War das aufregend! Die Zuhörer waren alle so leise, das war das beste Kompliment! Der Applaus war indessen laut. Was war ich stolz! Frau Bette starrte mit rotem Kopf an die Decke, dann nach unten, dann wieder an die Decke. Ihr wurde von allen Seiten gratuliert, was für eine prima Schülerin sie da ausgebildet hatte.

Nach der Pause holte ich die Geige hervor und spielte mit Herrn Pistorius unseren Led Zeppelin, alle haben getobt, mich gefeiert, als sei ich ein Rockstar. War das toll.

Frau Bette schnaufte entsetzt durch: Led Zeppelin! Na so was! Pistorius hat später drei neue Schüler gewonnen, die nun unbedingt Geige lernen wollten wie ich. Dann kam Tim als Gratulant: »Cool!«, er boxte mir

ZEPPELIN: »Stairway To Heaven«

an den Oberarm. Ich blickte schüchtern zu Herrn Pistorius: »Ich bin halt kein Gulda.« Er lächelte mich an: »Clara. Du bist noch nicht mal elf. Du hast das wunderbar gemacht. Was du am Klavier ablieferst, ist mehr, als ich erwartet hatte. Du bist so begabt, und fleißig dazu, aus dir kann was werden.«

Ich wurde knallrot. Er öffnete seine Arme: »Ach komm her!« Tim schoss in dem Moment ein Foto von uns beiden, Arm in Arm, das ich seitdem immer bei mir trage.

Es sollte mein letzter bester Tag werden. Es sollten furchtbare Tage kommen, schreckliche Jahre sogar, aber das hier war wunderbar und sollte mich über vieles hinwegtrösten. Das Foto vom ergriffenen Pistorius – im Hintergrund meine verheulten Eltern – schaue ich seither immer an, wenn ich verzweifelt bin, und mache mir damit Mut.

ALS ICH ELF WAR …

… fuhr ich im kalten Januar ins hessische Wendra, es ging zum nächsten Meisterkurs mit Eisenstein. Ein langweiliger Ort, ein Kaff! Es lag nicht mal Schnee, alles grau in grau. Für mich war zumindest das Haus schön, in dem wir übten, denn es gab im Keller einen Aufenthaltsraum mit einem Fußballkicker. Ich hab abends gern mit den Jungs gespielt. Viele Mädchen hatten daran keine Freude, die saßen nur rum und tranken Cola. Einzig Jana war eine Ausnahme, wir beide waren ein Traumpaar am Kicker.

Aber sonst durfte man im Haus nichts anfassen, das Gemäuer stand mitsamt der Einrichtung unter Denkmalschutz. Es gab immerhin einen schönen Park, aber was nutzte der?! Es war viel zu kalt, um draußen herumzulaufen, es war einfach nur schrecklich! Ich konnte bloß Klavier üben und Hausaufgaben machen.

Und ich wurde nur noch angemeckert. Eisenstein kritisierte mich ununterbrochen: Meine Handhaltung, die Finger seien nicht gleich stark, ich solle die Muskeln meiner Hand weiter trainieren. Dabei hatte ich enorme Fortschritte gemacht, fand ich jedenfalls, das musste er doch merken?! Wenn ich meine Finger in den Nacken von Mama drückte, um sie zu massieren, schrie sie laut auf vor Schmerz. »Was hast denn du für Finger, Kind?! Fühlen sich an wie Schraubzwingen!«

Also. Die waren super trainiert! Aber Eisenstein forderte noch größere Anstrengungen. Meine Finger seien wahrscheinlich so bleich und kalt, weil ich sie zu wenig trainierte. Aber das stimmte nicht! Sie waren halt grundsätzlich schlecht durchblutet.

Er lobte mich so gut wie nie, daran werde ich mich nie gewöhnen, es war niederschmetternd. Ich hab ihm von dem tollen Schulkonzert erzählt, bei dem ich so großen Erfolg hatte.

»Hattest du ein schönes Kleid an?«, hat er mürrisch gefragt.

Begeistert plapperte ich los: »Ja! Ich habe extra ein neues bekommen, auf dem Stoff kleine Kreise in hell- und dunkelrot, ärmellos und knielang mit einem ...«

Er unterbrach mich und meinte zynisch: »Die Leute applaudieren gern, wenn Mädchen in ihren niedlichen Kleidchen am Instrument sitzen.«

Er war so gemein! Ich sagte trotzig: »Das war ein sehr anspruchsvolles Konzert, ich habe mit meinem Geigenlehrer gemeinsam *Stairway to Heaven* gespielt.«

»Wie ich schon sagte: Kindereien.«

Er sollte jetzt bloß nicht Herrn Pistorius beleidigen! Ich habe mich weiter verteidigen wollen, doch er verbat sich die Gespräche, die Unterrichtsstunde sei dazu da, um zu arbeiten.

»Weiter im Text.«

Eisenstein war ein Klaviergenie ohne Herz. Herr Pistorius war so ganz anders! Ein richtiger Freund. Ich übte in den Übungszimmern, morgens zwei Stunden, nachmittags zwei Stunden, abends mit den anderen. Mama hatte mich prima in die Listen einzutragen, damit ich gute Zimmer und Instrumente erwischte. Während des Tages versuchte sie, ihre eigene Arbeit parallel zum Meisterkurs zu erledigen. Sie las Zeitungen und Sachbücher, wenn sie mich begleitete, und arbeitete an ihren Konzepten für neue Filme. Papa dagegen würde von morgens bis in die Nacht ein Buch oder Manuskript nach dem anderen lesen. Wer hat Eltern, die so was tun? Ich könnte heulen vor Dankbarkeit.

An den Übungsabenden wurde ich von Eisenstein genauso

scharf vor den anderen angemeckert. Das war echt peinlich, aber ich war damit nicht allein, alle im Kurs wurden kritisiert. Das war seine Methode: »Soll ich euch ständig loben? Davon lernt ihr nichts. Ich suche eure Schwächen, die gehen wir an. Meine Meisterkurse müssen schleifen. Sie machen aus unscheinbaren Klumpen Edelsteine. Das tut weh, zugegeben. Wer das nicht verträgt, soll daheimbleiben.«

Die Zuhörer am Abend konnten einen leider auch nicht aufmuntern, das waren keine wohlwollenden Konzertbesucher, sondern Eltern und Konkurrenten. Oft freuten die sich über jeden Fehler, der da oben gemacht wurde, Hauptsache, ihr eigenes Kind kam gut weg. Ich musste schrecklich viel einstecken. Das ging allen anderen auch so. Jana zum Beispiel wollte an einem Abend partout nicht vorspielen, vielleicht war sie zu erschöpft, oder sie hatte Angst. Sie wollte überhaupt nicht mehr.

»Mir ist gar nicht gut, ich kann nicht. Und will auch nicht.«

Eisensteins Stimme donnerte auf sie runter, es klang diesmal nicht bedrohlich, sondern beinahe lustig: »Swjatoslaw Richter«, hielt er ihr vor und meinte damit einen berühmten russischen Pianisten, der schon lange tot war. »Der hat erst nach drei Tagen ununterbrochenen Klavierspielens gespürt, dass er nicht geschlafen hat! Gegessen hat er auch nichts, tagelang, und er hatte Fieber! Aber er hat gespielt wie ein Gott. Und du willst nicht spielen?! Hast kein Fieber, hast geschlafen und gegessen! Und drückst dich?!«

Wir haben uns schiefgelacht, Jana sagte daraufhin: »Dann spiele ich halt.«

»Wusste ich's doch«, triumphierte Eisenstein, »immer diese Ausreden, immer diese Wehwehchen!«

Nach den abendlichen Vorspielen gingen die einen zu Bett, und die anderen spielten noch eine Runde Kicker oder unterhielten sich. Die Erwachsenen trafen sich zu einem Dämmerschoppen, meine Mama saß zu Anfang noch mit den anderen Müttern zusammen, später hat sie sich gedrückt. Es fiel auch Paps schwer, den Gesprächen zu folgen. Sei es, dass er als Niederländer nicht alles verstand, sei es, dass er sie nicht verstehen wollte. Die ausgelassene Fröhlichkeit irritierte ihn, denn manche Gesichtszüge der Damen erschienen ihm gar nicht so heiter. Am liebsten verzog sich Paps hinter seine Bücher. Und Mama hinter ihre Zeitung, oder sie legte sich in die Badewanne.

Am letzten Abend meines zweiten Meisterkurses fand wieder das Abschlusskonzert statt. Die Gäste kamen aus dem Ort oder der Umgebung angereist. Ich hatte nun keine Etüde von Czerny zu bieten, sondern eine von Chopin, immerhin. Ich freute mich auf den Abend.

»Du nicht«, verkündete mir Eisenstein in der letzten Übungsstunde.

»Warum?«, fragte ich schockiert. Diese Nummer konnte er doch nicht zweimal bringen?!

»Du bist noch nicht so weit«, antwortete mein Meisterlehrer.

Was für eine miese Zurücksetzung, ich fühlte mich schrecklich. Logisch, ich spielte vielleicht noch nicht Weltklasse, aber doch gut. Pistorius hatte gesagt, ich sei sehr gut! Weshalb hörte Eisenstein das nicht, er musste mich vorspielen lassen, ich hatte so hart daran gearbeitet! Aber ich durfte ihn ja nicht mal anmeckern deswegen, nicht mit ihm diskutieren, immer nur gehorchen.

Es kotzt mich an, was ist das für ein blöder Scheißdreck! Mir fallen noch viel schlimmere Ausdrücke ein, aber ich darf sie nicht rauslassen. Ich darf mich nicht mal bei ihm beschweren. Über meinem Kopf schwirren explodierende Sterne wie bei einer Comic-Figur, gekreuzte Knochen, glühende Zündschnüre an Bomben. Ich könnte ihn erwürgen! Anschreien, bespucken, vors Schienbein treten. Wie groß ist der Unterschied zwischen Eisenstein und Pistorius! Vielleicht ist das Kleid schuld, das ich ihm beschrieben hab, viel-

leicht ist er auf Pistorius neidisch, der mich fördert, der mich spielen lässt, der lieb ist. Eisenstein ist nicht lieb, sondern ein Mistkerl.

Stinkwütend saß ich am letzten Abend des Meisterkurses im Publikum, die Lippen aufeinandergepresst und tief enttäuscht, während die anderen den Applaus einheimsten. Jana spielte auch nicht vor und machte sich nichts draus, sie war beinahe froh! Das kapierte ich nicht. Beatrice kam groß raus mit der Waldsteinsonate von Beethoven, leider hervorragend gespielt, man musste ihr gratulieren, es war ihr Abend, die Vorstellung war gelungen, sie strahlte vor Glück, ich dagegen erbrach die halbe Nacht vor Enttäuschung und Neid, ganz im Ernst, ich habe mich mehrfach übergeben, so hat mich das mitgenommen. Mama war entsetzt: »Du gehst noch mal daran zugrunde, Kind. Was bist du empfindlich!«

Beim dritten Meisterkurs fuhr ich mit Paps nach Waldseeheim, ich habe dort heftig geübt und gearbeitet, habe alles getan, was Eisenstein von mir wollte, aber ich durfte trotzdem nicht vorspielen, sondern wieder bloß zuhören. Der einzige Trost war, dass der Ort so schön war, ein nettes Städtchen. Und vor allem, dass in deren Keller eine Tischtennisplatte war, an der haben wir in unserer Freizeit Turniere gespielt. Da war Bernd, ein echt dicker Junge, der aber sehr flink spielte und dabei so sehr ins Schwitzen kam, dass sein Hemd schon nach Minuten nass war, richtig übel. Deshalb bekam er den Spitznamen Pfütze. Dann die Zwillinge Benedikt und Alexander, die immer schwarz gekleidet waren und total gleich aussahen. Auch ihr Klavierspiel war auf einem Niveau, hatte ein und denselben Anschlag und Klang, nur Eisenstein konnte blind hören, wer gerade spielte. Wir haben oft Wettbewerbe veranstaltet, wer es sonst noch hörte, es gelang uns nicht. Wir haben auch Melodien gesummt, und die anderen sollten raten, wie das Stück heißt und der Komponist. Mit der Zeit wurde das zu einfach, also haben wir Fortgeschrittenen die Melodie nicht mehr gesummt, sondern nur noch geklatscht oder auf den Tisch geklopft. Das war schon schwerer. Bester war in dieser Disziplin Manuel aus Bonn, und bei den Mädchen eine Lonja aus Nördlingen. Diese Spiele konnten wir nur unter uns spielen, niemand aus unserem Freundeskreis kannte all diese Stücke.

Das Musikquiz haben die Mädchen gemocht, aber Tischtennis spielten ausschließlich die Jungs und ich. Es gab immer mal welche, die sich ineinander verknallt haben, ich aber kam nie auf die Idee. Was sollte ich mit Pfütze? Oder mit Pickel-Bernhard, oder gar Brutus, der den übelsten Namen aller Zeiten trug. Wie kann einer sein Kind nur so nennen?

Ich lernte nach und nach meine Mitschüler besser kennen, und manchmal vergaßen wir die Konkurrenz untereinander. Aber ich wurde nicht wirklich Teil des Meisterkurses, weil ich auch diesmal zum Abschluss nur im Publikum saß! Um meine unendliche Wut darüber zu beschreiben, reichten die Vorstellungen von Comicbomben über meinem Kopf nicht mehr aus. Ich hätte Eisenstein nun allen Ernstes umbringen können. Ich hatte es doch drauf, ich konnte was, ich wollte es auch zeigen. Wozu war ich sonst hier?! Meine Musik schwirrte bloß in der stickigen Luft eines Übungszimmers herum oder am Abend beim Unterricht vor allen Schülern, aber nie vor richtigen Zuhörern! Das war nicht zum Aushalten! Paps tröstete mich, irgendwann werde das schon klappen, sagte er. Er hatte ja keine Ahnung. Ich schwieg.

»Sollen wir morgen mal nach einem neuen Kleid schauen?«

»Nein, Paps«, blaffte ich ihn an, »ich scheiß auf neue Kleider.«

»Also bitte, *Liefje*. Nicht dieser Ton.«

»Sorry, mir geht es schrecklich!«

Wie sollte ich das erklären?! Ich existierte nicht! Ein Maler konnte seine Bilder auf die Leinwand bringen, ausstellen oder aufhängen und freute sich, wenn sie betrachtet wurden. Ein Schauspieler braucht die Bühne oder die Kamera, ich habe als Klavierspielerin nichts als Töne. Meine Leinwand ist sozusagen der Konzertsaal. Erst wenn mich andere hörten, war ich Musikerin. Ohne die lauschenden Ohren fremder Leute war unsereins nichts. Ich wollte endlich gehört werden, man sollte mir applaudieren, aber Eisenstein ließ es nicht zu. Das hat mich vollkommen verrückt gemacht, ich habe geheult und geheult, gebeten und gebettelt, aber er hat mich nicht spielen lassen! Ich hätte laut schreien können: »Aarrrrgrrr!!!« Es nutzte alles nichts. Wir fuhren heim.

Danach bin ich wochenlang mit miesester Laune durch die Gegend geschlurft. Charlotte kapierte nicht, was mich so sauer machte, ich erzählte ihr erst gar nicht die Einzelheiten. Ich konnte niemandem aus der Klasse deutlich machen, was ein Meisterkurs war, wie streng es da zuging. Was für Forderungen da gestellt wurden – wie sollte ich das Leuten erklären, die wegen der paar Hausaufgaben stöhnten?! Die hatten alle keine Ahnung, wie schwer es in einem Meisterkurs war. Da wurden Leistungen erwartet, die viele Erwachsene nicht bringen würden.

Ich mochte kaum noch mit den Mädels zusammen sein, die so unbeschwert waren, stattdessen saß ich da, starrte vor mich hin, sagte kaum noch was. Ich sprach auch nicht mit Frau Bette und erklärte nicht mal Herrn Pistorius, was mit mir los war. Er war so nett, nicht nachzufragen, sondern übte mit mir ein trauriges Stück nach dem anderen, das tröstete sogar.

Die Tortur ging weiter, man glaubt nicht, dass dieses Gewürge noch zu toppen war. Denn beim vierten Meisterkurs Anfang November wurde Eisenstein von einer Assistentin vertreten. Diese Frau hatte von Beginn an extrem schlechte Laune, ich hätte ihr etwas geben sollen, eine Schokolade vielleicht, damit sie sich entspannte. Ich spielte ihr was von Brahms vor, sie meckerte gleich los: »Das macht man so nicht, das macht man so, hör zu.«

Sie spielte mir vor, ich war damit nicht einverstanden: »Das hat Herr Eisenstein so nicht gesagt.«

Sie erwiderte: »Doch, er hat das bestimmt so gesagt, mach das so!«

Sie spielte mir wieder etwas vor, ich hörte ihr wirklich genau zu, es klang einfach nicht gut, was sie mir da empfahl. Da war ich mir sicher, darum widersprach ich: »Ich mach das so nicht!«

Da schrie die Frau mich plötzlich an, richtig laut: »Was fällt dir ein! Du spielst, was ich sage, hast du mich verstanden?!«

Paps saß mit im Zimmer. Er war eigentlich nicht dran, aber Mama konnte nicht. Wenigstens war ich hier nicht allein, er war vom plötzlichen Ausbruch dieser Frau richtig erschüttert. Er legte seinen Stift aus der Hand und fragte mich: »Zullen wij er vandoor gaan?«

Sollen wir abhauen? Ich schüttelte den Kopf und antwortete ihm:

»Laat ze maar rustig schreeuwen, maakt me niets uit.« Soll sie brüllen, mir macht das nichts aus. Aber Paps wurde ganz elend davon.

Er sagte: »Vreselijk! Ik ga naar buiten!«

Schrecklich! Ich gehe nach draußen! Sagte er, und schwupps, stand er wahrhaftig auf. Mein Vater ergriff die Flucht. Ich wollte auch weg, ihm hinterher! Blieb aber tapfer sitzen.

»Was ist denn jetzt?«, fragte sie.

Ich log: »Er muss telefonieren, mit Amsterdam.«

Nun musste ich die Stunde allein mit ihr durchstehen, es war nicht angenehm. Fünfmal hintereinander hat sie mir gesagt, dass Beatrice viel besser spielt als ich. Wie schrecklich konnte es noch werden?!

Nach der Stunde sah ich Jana im Speisesaal. Ich wollte schon losplappern, ihr von meiner Stunde berichten. Ihre Mutter saß bei ihr, ich platzte wohl mitten in ein wichtiges Gespräch. Beide schauten sehr ernst.

Jana sah mich müde an: »Hallo Clara.«

»Hey Jana! Alles gut?«

Sie fragte mich ohne Umschweife: »Hast du bemerkt, dass ich letztes Mal gar nicht dabei war? In Waldseeheim?!«

Ich erschrak: »Jetzt, wo du es sagst. Ich hatte solchen Stress. Du warst gar nicht da, genau. Wo warst du denn? Krank?«

»Du hättest mich mal anrufen können.«

Das war mir total peinlich: »Ich hab nicht mal deine Nummer.«

Sie nahm einen Stift, riss ein Blatt aus ihrem Notenheft, schrieb ihre Nummer drauf und reichte sie mir.

»Ich hab deine. Komisch, oder?«

Ich spürte, dass mein Kopf rot glühte, ich schämte mich: »Es tut mir echt leid«, sagte ich. »Du weißt doch, wie stressig hier alles ist, und daheim ist auch so viel …«

Jana mühte sich um ein Lächeln: »Ja ja, ich weiß. Alles zu viel. Darum höre ich hier auf. Mir ist das zu blöd. Diese Assistentin ist das Allerletzte.«

Ihre Mutter flehte mich an: »Rede ihr das aus, Clara, bitte.«

Mir war richtig elend. Ich hatte hier nur eine einzige Freundin gehabt, und ausgerechnet die hatte ich vollkommen vergessen.

»Na ja, die Assistentin ist kaum auszuhalten.« Zögernd setzte ich mich: »Ich schäme mich, Jana! Bitte bleib hier, du bist im Kurs der einzig nette Mensch.«

Jana nickte: »Und damit das so bleibt, muss ich hier raus.«

Dann schwiegen wir eine Weile. Ich fragte: »Wo wohnst du eigentlich?«

»Starnberger See«, antwortete sie. »Komm mich mal besuchen.«

»Das ist weit weg.«

Jana grinste bitter: »Von was?«

Sie hat in diesem Moment schon gewusst, dass ich sie nicht besuchen würde. Unsereins berechnet bei einer Reise nicht die Kosten, sondern die Zeit, die verloren geht … um zu üben. Wir sind alle bescheuert.

Sie hat den Kurs noch an diesem Tag verlassen. Wir standen draußen und winkten hinter Jana her, die im Auto ihrer Mutter saß und uns ein letztes Mal sah. Die Reaktion von Beatrice war hammerhart, sie sagte nur: »Wieder eine weniger.«

Ich hätte ihr eine reinhauen können – doch ich war auch nicht besser. Ich hatte in meinem Herzen auch sehr wenig Platz für andere Menschen. Solo. Klavier. Ich. Ende. Ich hätte mich vielleicht ändern müssen, aber ich war noch nicht fähig dazu.

Diese Assistentin bestand weiter darauf, dass ich Brahms so spielte, wie sie es vorschrieb. Na gut, dachte ich. Wenn sie das partout wollte, spielte ich das halt, obwohl es aus meiner Sicht falsch war. Ich tat also genau, was sie wollte, ihr gefiel auch die neue Art des Spiels nicht.

Sie ätzte: »Das war grottenschlecht!«

Ich nickte: »Sie auch. Wegen Ihnen ist Jana ausgestiegen.«

Sie brüllte mich an, wie ich es wagen könne, bla bla, ich murmelte leise vor mich hin: ›Du blöde Tusse!‹

Das hat sie gehört! War mir doch egal. Ich saß also wieder mal beim Abschlusskonzert im Publikum. Langsam gewöhne ich mich daran, dachte ich sarkastisch. Ich hatte die Nase so voll von dem Mist. Alle Mitschüler bedauerten mich inzwischen, selbst Beatrice, das muss man sich mal vorstellen! Ich war am Ende meiner Kraft, habe die Nacht in den Armen meines Paps geweint, auch wegen Jana, um die ich mich nie gekümmert hatte. Eigentlich habe ich vor allem um mich geweint; hatte ich wirklich kein Herz für andere? Machte das die Musik, oder war ich schon immer so, eben egoistisch? Ich ätzte mich selber an.

Paps meinte: »Jana hat recht, diese Kurse sind eine Tortur für uns alle. Lass uns das stoppen! Jana hat den Schritt doch auch gewagt.«

Ich wollte aber nicht aufgeben, ich wollte bloß von ihm getröstet werden, legte meinen Kopf an seine Schulter, und er streichelte meinen Kopf. Am nächsten Tag fuhren wir nach Hause.

Ich beruhigte mich am Klavier mit einem schönen Stück, der Transkription einer Bachkantate. Wäre ein Chor in unserem Wohnzimmer, würde er mich mit folgenden Worten begleiten: »Schafe können sicher weiden, wo ein guter Hirte wacht.« Ich stellte mir vor, ein armes kleines Schaf zu sein, das wenigstens daheim keine Feinde hat, auf der Wiese im Wohnzimmer sicher weiden kann, von den Eltern wie von guten Hirten bewacht.

BACH:
»Schafe können sicher weiden«

Die regelmäßigen Töne beruhigten mich. Auch Paps atmete durch, als er mir zuhörte. Bach wirkt wie ein Kamille-Wickel auf wunde Nerven, jedem zu empfehlen.

Beim letzten Meisterkurs in meinem ersten schweren Jahr wollte ich es mit Eisenstein genau andersrum versuchen, um endlich beim Abschlusskonzert dabei sein zu dürfen. Ich gehorchte ihm zu hundert Prozent und tat alles, was er sagte. Aber wirklich alles! Hab mich benommen wie eine Soldatin. Und?! Meine Mama war dabei, sie war Zeugin, er hat mich im Unterricht tatsächlich gelobt.

»Clara, du hast deine Technik deutlich verbessert. Prima.«

Ich atmete durch, nun würde ich endlich beim Abschlusskonzert dabei sein, er konnte gar nicht anders. Inzwischen wusste ich, dass man Eisenstein deswegen nicht anbetteln durfte, sondern seine Entscheidung gehorsam abwarten musste. Und vor allem schweigen.

»Vielleicht kannst du bald ein Stück vortragen.«

Ich strahlte: »Heute Abend?« Ich hatte doch dazwischengeplappert, Mist!

»Im nächsten Jahr, oder übernächstes. Wir werden sehen, wie du dich entwickelst.«

›WAS?!‹ Seine Worte schneiden wie ein Messer in mein Fleisch. Ich darf wieder nicht auftreten, das kann doch nicht wahr sein, ich muss bis nächstes Jahr warten. Oder übernächstes Jahr? Das sagt

er allen Ernstes. Oder übernächster Meisterkurs? Will der mich fertigmachen? Das hab ich nun von meinem Gehorsam. Hab geübt, bin bescheiden geblieben, habe mich nicht gewehrt. Übernächstes was? Ich bin so sauer. Alles in mir schreit wie ein krankes Baby. Ich schwöre mir, dass das ein Ende haben wird. Ich werde nur noch ein einziges Mal im Publikum sitzen, danach nie wieder! Wenn er mich beim nächsten Mal nicht vorspielen lässt, werde ich seinen Kurs für immer verlassen. Wie Jana. Aber hundertprozentig! Dann fahre ich zu ihr an den Starnberger See, und wir schwimmen darin, bis meine Finger blau werden. Ist ja dann eh alles egal. Muss ich erst Eisensteins Füße küssen, bis er mich vorspielen lässt? Soll ich seine Wäsche waschen, soll Mama mit ihm essen gehen, Paps in seinen Hintern kriechen oder umgekehrt? Soll ich im durchsichtigen Nachthemd vor seinem Zimmer tanzen? Ich denke vor Verzweiflung alles. Der Abend der Entscheidung wird kommen, Jana hat es auch gewagt! Noch sitze ich ohnmächtig im Publikum. Noch.

Das Jahr war vorbei, ich feierte Geburtstag, ich feierte Weihnachten. So war mein Jahr, als ich elf war. Schrecklich.

ALS ICH ZWÖLF WAR …

… kam dieser miese Wettbewerb im Januar auch noch dazu, der in Göttingen, Gänseliesel und so. Wenigstens konnte ich dort vorspielen, es war ja ein Wettbewerb, da ist Bedingung, dass man zeigen darf, was man draufhat. Das konnte selbst Eisenstein nicht verhindern. Aber er wusste ja von vornherein, dass ich nicht gewinne. Das hat er mir ins Gesicht gesagt. Ich hatte tatsächlich den miesen zweiten Preis gemacht und gedacht: »Was soll der Mist, ich hör auf!«

Der erste Preis war an Beatrice gegangen. Ausgerechnet die hatte eine noch größere Ermunterung nötig gehabt als ich. Sie hatte nämlich auch keinen Bock mehr auf ständiges Üben, das hatten wir im Kurs mitbekommen. Sie wollte auch hinschmeißen, so wie Jana, lieber chillen, statt sich jeden Tag am Klavier die Finger wund zu üben. Vielleicht haben sich ihre Eltern nicht damit abfinden können wie bei Jana, sondern Druck gemacht, und Eisenstein musste sie mit einem Preis aufmuntern? Keine Ahnung.

»Warum?«, fragten sich natürlich auch meine Eltern. Warum bekommt Clara keine Chance bei ihm?! Ist sie wirklich nicht so begabt wie angenommen? Hatte sich Frau Bette getäuscht, und Eisenstein auch? Warum sagte er es dann nicht ganz deutlich? Wollte der Professor einfach nur Geld machen? Nein, das passte nicht zu ihm, er war Musiker durch und durch. Geld interessierte ihn nicht.

Mama meinte mitfühlend: »Clara, du bist zwölf. Der Mann vom

Klavierhaus hat gesagt, wir können den Flügel in Zahlung geben. Du kannst getrost …«

»Nein, Mama. Nein!«

Ich war sauer, weil mir Mama nichts zutraute: »Ich gebe nicht auf, noch nicht!«

Es musste einen Weg geben. Da klingelte das Telefon, Paps nahm an, horchte, stockte, fragte ungläubig: »Wer bitte ist da?«

Er bat um einen Augenblick, starrte mich erstaunt an und flüsterte: »Beatrice.«

Ich wunderte mich. Was wollte ausgerechnet sie? Paps gab mir das Telefon: »Hallo.«

Sie klang ganz anders als sonst: »Hi. Also, hör zu. Ich sag dir jetzt mal was. Eisenstein gibt viel mehr Meisterkurse, nicht drei oder vier im Jahr, sondern sechs bis acht. Du fehlst bei den anderen. Vielleicht ist das der Grund, dass du …«

»Wo denn?«

»Benelux und Österreich, da laufen auch welche.«

»Das wussten wir nicht.«

»Hab ich mir gedacht. Versuchs mal so. Vielleicht hört er dann auf, dich zu triezen. Tschüss dann.«

»Danke!«

Sie hatte schon aufgelegt, meinen Dank nicht mehr gehört. Ausgerechnet Beatrice? Seltsam. Will sie mich reinlegen?

Paps grübelte: »Vielleicht bekommt Clara tatsächlich Chancen, wenn sie auch diese Kurse bucht!?«

Mama schüttelte den Kopf: »Um noch mehr Absagen zu kassieren?«

Ich rief: »Das ist die Lösung, sonst hätte Beatrice das nicht gesagt! Vielleicht hat Eisenstein genau darauf gewartet, dass ich mehr Kurse buche.«

Mama war empört: »Hat er es drauf angelegt? Der Mann verdient damit einen Haufen Geld. Er lässt dich so lange schmoren, bis du endlich alle Kurse belegst. Wetten, dass er dich dann spielen lässt?! So ein Halunke!«

Paps schüttelte den Kopf: »Du denkst immer viel zu schlecht von den Menschen. Das tut er doch nicht aus Berechnung. Clara ist einfach noch nicht gut genug.«

Mama schauderte: »Acht Kurse im Jahr?! Wie viel Geld das kostet, doppelt so viel, wie wir im Moment bezahlen. Das mache ich nicht mit! Finanziell nicht, aber auch wegen ihr. Dann fehlt Clara ja noch häufiger in der Schule. Das geht doch nicht. Und wie sollen wir das organisieren? Ich muss mich beim WDR blicken lassen, die geben mir sonst keine Aufträge mehr! Und dir, Henk, springen die Kunden auch ab, wenn du deine Arbeit vernachlässigst.«

Mir war im Moment völlig egal, wie mühsam meine Eltern ihr Geld verdienten, ich wollte um jeden Preis meinen Willen durchsetzen: »Mama! Bitte! Ich muss mehr Kurse besuchen, wenn ich Erfolg haben will!«

»Clara, es kann nicht immer nur nach dir gehen. Wir sind hier zu dritt. Paps ist wegen dir nach Köln gezogen.«

»Nach Deutschland!«, betonte er. Was gewissermaßen schlimmer war. Köln ging ja noch, aber Deutschland setzte ihm zu.

Mir kamen die Tränen, und ich wurde nun richtig stinkig. Die beiden dachten nur an sich! Was juckte mich, dass Paps ein Problem mit Deutschland hatte, wenn es um mein Fortkommen ging? Wie kann man ein Problem mit einem ganzen Land haben, das ist doch unlogisch. Mama sprach auch nur von sich selbst: »Ich mache mindestens zwei Filme weniger als sonst im Jahr, um dich begleiten zu können. Mehr ist nicht drin, bei aller Liebe.«

Ich bekam einen Wutanfall, kreischte herum wie eine Irre: »Ja, aber was soll ich denn machen?! Ich muss zu allen Meisterkursen, ich muss weiterkommen, ich will endlich vorspielen!«

Ich hab geheult, total hysterisch; hab gegen den Tisch getreten, Teller und Tassen sind zerbrochen. Wenn meine Eltern sich stur stellten, brauchte ich unbedingt jemanden, der mich zusätzlich begleitete, sonst konnte ich eine Karriere vergessen. Da fiel mir die rettende Lösung ein, und ich beruhigte mich ein bisschen.

»Und wenn ich Omi frage?«

Mama verneinte: »Omi hat genug gegeben in ihrem Leben. Sie braucht im Alter ihre Freiheit für einen schönen Ruhestand.«

Ich ließ nicht locker: »Ich kann ja mal fragen, ob sie zwei- bis viermal im Jahr mit mir geht. Und die anderen vier Termine teilt ihr euch auf.«

Stille. Paps hat lang geschwiegen. Mama auch. Dieses Nichts tat beinahe in den Ohren weh. Ich hab durchgeatmet und mich während des Schweigens dann langsam eingekriegt.

»Entschuldigung wegen dem Geschirr. Es tut mir wirklich leid.«

»Du führst dich unmöglich auf!«, fuhr mich Mama an. Ich musste ihr recht geben: »Kommt nicht wieder vor.«

Paps nahm die Hand von Mama, streichelte sie: »Brigitte, wir sind hier gefordert. Clara macht einen Weg, den wir uns nicht so vorgestellt haben. Aber sie ist genauso ambitioniert wie du und ich. Sie will ihre eigene Karriere machen, fängt eben früh an. Vielleicht hilft Monika ja gern, fragen kostet nichts. Und finanziell …?«

Er schaute mich ernst an: »Machen wir einen Vertrag, Clara. Wenn du später tatsächlich Geld verdienst als Pianistin und wir beide arme alte Rentner sind, gibst du uns einen Teil unserer heutigen Kosten zurück. Was hältst du davon?«

Mama fiel ihm ins Wort: »Ja Henk, spinnst du denn? Willst dem eigenen Kind Geld abknöpfen?«

Ich fühlte mich jedoch in diesem Moment ungeheuer erwachsen. Paps nahm mich ernst, ich nickte ihm zu, sein Angebot war ein fairer Deal: »Abgemacht. Du schreibst auf, wie viel das sein wird?«

Er grinste beinahe unbemerkt, ihn schien unsere geschäftliche Verhandlung zu belustigen: »Nicht alles, nur die Mehrkosten, die von nun an fällig werden.«

Dann schaute er auf den Boden, auf das zerbrochene Geschirr: »Das brauchst du nicht zu bezahlen, ich konnte die Tassen eh nicht leiden.«

Wir lachten wieder gemeinsam und besiegelten das mit einem Vertrag, den Paps aufsetzte und wir drei unterschrieben.

Danach habe ich die Scherben zusammengekehrt und in den Müll geworfen. Anschließend rief ich Omi an. Die wollte mich tatsächlich bei den zusätzlichen Kursen begleiten. Ich war so froh darüber: »Das tust du für mich? Du bist die Allerbeste!«

Sie nickte: »Bist schließlich die einzige Enkelin, die ich hab! Und wenn nur ich helfen kann, mache ich das. Wir hatten ja noch nie eine Künstlerin in der Familie. Das ist schon was Besonderes.«

Also haben mich meine Eltern überall angemeldet. Ich war von nun an sehr sparsam, schließlich sollte ich das später alles zurückbezahlen! So habe ich von den anderen Teilnehmern gehört, dass sie während der Meisterkurse keine Hotels oder Pensionen buchten, sondern Privatquartiere nahmen. Die Leute in den Orten boten diese Übernachtungen an, manche sogar umsonst, weil sie die Musik liebten – und uns helfen wollten. Das fand ich so nett! Dass ich tatsächlich sparsamer wurde, hat meine Eltern beeindruckt und noch mehr überzeugt.

Von da an waren wir wirklich oft unterwegs, Frau Dr. Jünger staunte nicht schlecht, verbot es mir aber nicht. Ich verpasste viele Wochen Schulunterricht und musste bloß meinen Notendurchschnitt halten.

Eisenstein hat nach meinen Anmeldungen mit Interesse wahrgenommen, dass ich öfter komme. Er nahm mich in der Meisterklasse nicht wirklich ernst, ich war immer noch eine Anfängerin. Das hat mich so an meiner Ehre gepackt, Herrgottnochmal. Nun wollte ich unbedingt was erreichen, ich musste es schaffen, mich durchzusetzen! Aber wie? Ich dachte lange nach.

Was hatte Paps gesagt nach dem bescheuerten zweiten Platz in

Göttingen? Ich könnte ja schwerere Stück lernen, solche wie Beatrice. Das war nun mein Ziel, ein sehr schweres Stück zu beherrschen, das ganz viel Eindruck macht. Das man nicht überhören kann! Aber ich konnte das nicht beeinflussen, wir durften ja doch nur spielen, was der Professor uns reichte. Das Musikzimmer war kein Parlament, hier herrschte der Professor allein. Nur er suchte die Stücke für uns aus, konnte mich mit Spektakulärem fördern – oder am langen Arm verhungern lassen. Er hatte mir aber nie ein besonderes Stück gegeben, weil er wahrscheinlich dachte, ich bringe das nicht. Doch ich widersetzte mich. Klammheimlich habe ich mir selbst ein Stück ausgesucht, mir Noten besorgt und geübt. Ich musste was wagen, selbst auf die Gefahr hin, dass mich Eisenstein in der Luft zerreißt.

Wir fuhren nach Belgien in eine Musikakademie, Mama begleitete mich, und wir genossen diese innige Zeit miteinander, schliefen wie zwei Freundinnen im großen Gästebett eines verwitweten Studienrates. Heute wollte ich Eisenstein umstimmen, Mama saß in ihrer Ecke, spitzte die Ohren, kreuzte ihre Finger und drückte die Daumen, alles zugleich!

»Ich möchte gern ein großartiges Stück lernen«, bat ich ihn.

»Warum?«

»Weil ich beim Abschlusskonzert zeigen möchte, was ich kann.«

Er sagte nicht Nein, auch nicht Ja. Er blätterte ohne Grund in den Etüden und fragte nach langem Schweigen mit leiser Stimme, ohne mich anzusehen: »Großartig willst du also spielen?«

»Ich bin Pianistin. Die brauchen aufsehenerregende Stücke.«

»Du bist keine Pianistin, Kind, du willst allenfalls eine werden. Nach langem Schmerz und Leid willst du endlich siegen?«

Ich dachte: ›Rede nicht so einen Stuss, ich habe hier ein Stück, das sich gewaschen hat. Ein Stück, mit dem ich alle an die Wand spiele.‹ Doch ich nickte bloß schweigend und demütig.

Bitte, lieber Gott, lass ihn endlich nett zu mir sein, ein Mal nur.

Ich würde jetzt alles wagen: »Ich hab einen Wunsch, Herr Eisenstein. Die Polonaise As-Dur …« Weiter kam ich nicht, er fiel mir direkt ins Wort: »Du bist völlig übergeschnappt!«

»In As-Dur, von Frédéric Chopin«, wagte ich noch anzumerken. Ich hatte die Noten daheim verschlungen, es war so aufregend, so schnell! Viele Stücke der Romantik sind in As-Dur komponiert. Vier Bs! Klingt traumhaft.

Er schüttelte zweifelnd den Kopf: »Technisch eines der anspruchsvollsten … wie ist es inzwischen mit der Belastbarkeit deines linken Handgelenkes bestellt?«

»Gut, sehr gut.« Die Polonaise beanspruchte die linke Hand enorm.

»Du magst Helden?« Nun schmunzelte er beinah, oder täuschte ich mich?

»Ja. Helden sind cool.«

»Das kannst du eh nicht in einer Woche einüben.« Nun schaute er mich an, ich wurde rot.

»Oder hast du etwa …?«

Ich nickte verlegen. Ja. Ich hatte! Ich habe es wochenlang daheim geübt. Eigentlich konnte ich es sogar schon, ich brauchte nur seine letzten Korrekturen. Er hat das alles in meinem Blick gelesen. Nun wurde er richtig sauer!

»Das darf doch nicht wahr sein! Weiß Frau Bette davon? Hat sie?! So eine Sauerei.«

Ich schaute ihn so unterwürfig wie nur möglich an: »Frau Bette hat keine Ahnung. Ich habe das ganz allein … hören Sie doch mal kurz rein.«

Eisenstein murrte und brummte böse, aber lehnte sich zurück und ging in Zuhörerstellung, Arme vor der Brust gekreuzt. Er war ja doch ein begeisterter Musiker! Ich suchte einen letzten Blick zu

Mama, die mir beide Daumen drückte. Dann legte ich los mit Chopins aufregender Polonaise. Schon in der ersten Minute unterbrach er mich: »Nein, nein, so geht das nicht, beim Übergang ins Romantische mehr *ritardando*, und dann bitte zärtlich, eindringlicher. Noch mal!«

Er ließ mich machen! Dann schimpfte er wieder. Wir arbeiteten so hart und intensiv wie nie, er nahm keine Rücksicht auf meine Handgelenke, das Stück war schwer, wirklich schwer. Zum Ende der Stunde war er verblüfft: »Du hast inzwischen eine wirklich virtuose Hand.«

Ich atmete durch: »Machen wir morgen weiter damit? Ich brauche Sie doch!« Er nickte kurz und ging.

Ich war so glücklich! Stürmte zu Mama, umarmte sie, sie mich. Mama imitierte Eisenstein mit donnernder Stimme: »Ritardando! Zärtlicher, verdammt!« Wir lachten uns halb tot.

Ich probte also die Polonaise, und wenn ich nicht im Übungszimmer sein durfte, spielte ich die Läufe auf dem Tisch, auf der Fensterbank, im Restaurant.

»Hör damit auf!«, mahnte Mama. »Schon deine Gelenke!«

Ich konnte die Geschwindigkeit richtig hochtreiben, je schneller, desto mehr konzentrierte ich mich. Eisenstein ging mit mir in den nächsten Stunden jeden Takt durch, jeden Übergang, jeden Lauf. Korrigierte, mahnte und lobte sogar. Es schien ihm Spaß zu machen. Das Ende des Stückes lud regelrecht dazu ein, dass ein donnernder Applaus folgen musste. Weil ich mir das so wünschte, machte mir die schwere Arbeit nichts aus. Keine Ahnung, es ging einfach alles leichter, ausgerechnet die Technik war plötzlich das Beste an mir geworden. Er selbst schien überrascht davon. Mehr aber noch kam es ihm darauf an, das Stück zu empfinden.

»Und wenn du es spielst? Was geht dir durch den Kopf?«

Ich antwortete: »Dass ich alles kann, wie ein Held, wenn ich nur will.«

Ich saß neben ihm am Klavier und strahlte ihn stolz an: »Wenn Sie mir helfen, kann ich alles schaffen!«

Endlich war er mir wohlgesonnen. Fünf Tage hatte ich intensiv gearbeitet. Morgen Abend war das Abschlusskonzert. Bitte, Eisenstein, bitte. Bitte! Bettelte ich stumm. Lass mich endlich auftreten, lass mich zeigen, was ich kann! Ich brauche endlich eine Chance. *Ich* brauche heute die Motivation, ich!!!

Mama bemerkte, dass nun die Entscheidung fallen würde. Sie hielt in ihrer Ecke die Luft an. Bitte, Eisenstein, lass Clara endlich mal auftreten, sonst wird die ganze Familie noch verrückt!

Oder umgekehrt … dachte sie vielleicht, der Stress könnte hier enden. Endlich Ruhe in der Familie, endlich Platz im Wohnzimmer. Kein Auftritt, kein Meisterkurs mehr. Hoffte das Mama? Nein, bestimmt nicht.

Er sagte nichts. Er zögerte. Warum? Weil ich nicht gut genug war? Nein, das war es nicht. Es gab einen anderen Grund – das Kräfteverhältnis im Meisterkurs würde sich ändern. Wenn ich das vorspielte und erfolgreich ablieferte, wäre Beatrice' Rolle als seine Favoritin in Gefahr, zumindest in unserer Altersgruppe. Konnte Eisenstein damit leben? Er dachte nach und sagte dann: »Spiel mir es noch mal vor.«

Wieder sechseinhalb Minuten, ich legte alle Kraft hinein, mein linkes Handgelenk brannte. Wieder kein einziger Fehler.

Und da sagte er schließlich: »Du sitzt morgen nicht im Publikum.«

Ich musste stumm bleiben, er verlangte, dass wir uns erwachsen verhalten, feingeistige Pianisten jubelten nicht wie ordinäre Sportler. Aber in mir drin schrie es: ›Strike!‹ Wäre mein Klavierspielen wie Bowling, hätte ich in diesem Moment alle Pins umgeworfen. Wäre es wie Fußball, ich wäre Mario Götze, der das geniale Tor zur Weltmeisterschaft schießt und trifft. Mit der Brust angenommen, Drehung und Schuss, so schnell, dass zum Denken keine Zeit war.

Gott, was hatte ich alles ertragen bis zu diesem Satz: *Du sitzt morgen nicht im Publikum*. Hatte Mama in der Ecke gehört, was Eisenstein gesagt hatte?

Sie liebte mich, darum saß sie da herum. Sie fragte sich oft, was das für ein bescheuertes Leben sei, als Fernsehreporterin hier zu hocken und auf die Tochter aufzupassen. Sie vermisste ihre Redaktion, ihre Kamerafrau, den Cutter. Was hatte der Professor eben gesagt? Clara darf endlich vorspielen?! Hat sich die Quälerei gelohnt? Und das investierte Geld? Sie hatte die Worte gehört und konnte es nicht glauben!

Eisenstein nickte mit dem Kopf: »Du hast gut gearbeitet. Deine Technik ist erstaunlich gut geworden. Morgen Vormittag gehen wir noch ein paar Stellen durch, und abends ist es dann so weit.«

In mir drin zündete ein Feuerwerk. Ich hörte Fanfaren. Händel. Ich stand auf, als Eisenstein den Raum verließ, um sich einem anderen Schüler zu widmen. Kaum war die Tür hinter ihm geschlossen, stürmten Mama und ich aufeinander zu, wir fielen uns in die Arme, sprangen hoch und kreischten laut vor Glück. WELTMEISTER!

Die Tür öffnete sich, Eisenstein lugte hinein: »Alles in Ordnung?!«

Wir hielten uns noch im Arm, ich räusperte mich: »Ja, alles gut. Jep.«

Er schloss die Tür wieder. Wir wollten weiterkichern, vor Freude tanzen, aber ehrlich gesagt, ich weinte nun an Mamas Schulter. Der Druck war so groß gewesen, endlich ging mal was gut, ich schluchzte: »Paps und Omi müssen kommen! Sie müssen morgen Abend dabei sein.«

Mama nickte: »Ich rufe sie gleich an.«

»Sie sollen mit der Feuerwehr herfahren, mit Blaulicht!«

Mama zitterte: »Ich freue mich so für dich. Du hast da aber auch was abgeliefert. Wie machst du das nur, das ist ein Hammerstück.«

Paps und Omi haben es gerade noch rechtzeitig geschafft, meine Familie saß im Publikum und war tierisch nervös. Ich saß bei den Vortragenden, nicht mehr im Publikum. Nie mehr. Gott! Ist! Das! Geil!

Meine Jungs vom Fußballkicker freuten sich mit mir, Beatrice nickte mir freundlich zu. Das fand ich fair, richtig nett. Ich lächelte dankbar zurück. Was war nur mit ihr passiert, weshalb war sie so nett zu mir? Ihre Eltern dagegen schauten so verbiestert drein, als wünschten sie mir einen Blackout und zitternde Hände zugleich. Tatsächlich waren meine Hände leichenbleich, ich knetete sie, so gut ich konnte, damit sie durchblutet wurden. Mein immerwährendes Problem, diese kalten Griffel.

Ein Schüler nach dem anderen trug sein Stück vor, endlich war ich dran, ging zum Instrument. Ich genoss es, hier oben zu sitzen. Zu wissen, dass man mir endlich zuhörte. Niemand kann sich vorstellen, wie schön das ist nach all der Qual. Ich spielte los.

Das Stück klang genau so wie der Triumph, den ich im Herzen spürte. Niemand würde die »Heroische« in diesem Moment so heroisch spielen können wie ich! Hier bin ich, hört mir endlich zu, ich bin die Heldin des Abends!

CHOPIN: Polonaise As-Dur

Klavier zu spielen war das Schönste, was es überhaupt gibt, ich wollte alle Saiten anklingen lassen. Das Gefühl verschenken, als tanzte ich dazu. Diese Komposition gestattete mir das, es begann so bewegend. Dann, in der Mitte des Stückes, klang es *ratter ratter*, als erzählte die Melodie von meiner harten Arbeit. Wenn ich meine Technik trainierte, immer dasselbe, wie eine Maschine, *ratter ratter*. Und dann der Sieg, der Jubel der Massen. Alles steckte in dem Stück. Ich war in meinem Element, vergaß die Zuhörer, vergaß den Konkurrenzkampf, ich war da oben auf dem Podium, ich spielte, glücklich und erleichtert nach all der Mühe. Es war das erste Mal, dass ich mich wie eine richtige Pianistin fühlte.

Als ich den letzten Akkord gesetzt hatte, hörte ich erst mal gar nichts. Keinen Ton. Nicht mal meinen Atem. Dieser Moment dauerte in Wirklichkeit sicher keine Sekunde, oder höchstens zwei. Aber für mich war die Zeit so lang wie nie. Warteten alle auf eine Reaktion von Eisenstein? Gott, hatte ich Angst. Es war doch gut, Eisenstein, ich war doch gut?

Leider, dachten vermutlich manche Eltern, so zumindest stellte ich mir deren Gedanken vor. Leider spielte Clara exzellent. Hoffentlich hielt sich der Professor mit seinem Lob zurück. Der aber hob nun tatsächlich seine Arme über den Kopf und applaudierte. Das muss man sich mal vorstellen! Auf diese Art jubelte er nur, wenn ihm etwas wirklich gefiel. Ihm folgten die Gäste von außerhalb, die mich frenetisch feierten.

Endlich plumpsten tonnenschwere Steine von meinem Herzen, meine Haut glühte rot vor Erleichterung und Aufregung. Selbst meine Finger waren mal ausnahmsweise warm. Ich stand vorsichtig auf, hielt mich am Flügel fest, meine Beine zitterten, beinahe wäre ich eingesackt, ich verbeugte mich. Tränen stiegen auf, jetzt bloß nicht heulen! Endlich gehörte ich dazu, durfte mich zu Recht Meisterschülerin nennen. Der zufriedene Eisenstein war ein Anblick, der mir unglaublich guttat, endlich war ich bei ihm in der Klasse angekommen, nach so langer Zeit.

Ich war beileibe nicht die Einzige, die an diesem Abend gut spielte, wir alle haben unser Bestes abgeliefert und später ausgelassen im Keller gefeiert. Beatrice durfte nicht, sie hatte sich ein winziges bisschen verspielt und musste scheinbar zur Strafe ins Bett. Zum ersten Mal tat sie mir richtig leid. Meine Eltern und Omi haben mit mir gefeiert. Dann fuhren wir heim, mitten in der Nacht. Ich schloss meine Augen, erschöpft und hellwach. Lehnte meinen Kopf an Omis Schulter. Meine Leute meinten, ich schliefe tief, aber mein Puls war ja immer noch auf hundertdreißig, mindestens. Wie konnte man nach so einem Abend schlafen? Ich schloss meine Augen, träumte selig vor Glück vor mich hin. Die Erwachsenen sprachen über mich.

»Sie war umwerfend.« Das war Omi.

Dann Mama: »Ja. Sie war der Wahnsinn. So virtuell. Ganz bei der Sache. Ich hatte das Gefühl, dort oben auf der Bühne spielt eine Fremde und nicht unsere Clara.«

Zuletzt Paps: »Sie spielt wie eine Erwachsene. Wie ein Profi. Und ist erst zwölfeinhalb. Wir können stolz auf sie sein.«

Ich verstand nun, was Karrieremachen bedeutet. Da stehen zehn Musikerinnen in einer Reihe, alle gleich gut, alle gleich fleißig. Eine nach der anderen fällt um. Jana, weil sie keinen Bock mehr hat, sich diesem Zirkus auszusetzen. Eine andere fällt schon viel früher flach, weil deren Eltern einfach keine Zeit oder kein Geld haben, all das zu ermöglichen. Eine dritte wiederum, weil sie krank wird. Eine vierte, eine fünfte, und so weiter. Karriere machen heißt zu warten, bis die andern alle umgefallen sind, bis man allein übrig bleibt. Beatrice wird bald nicht mehr freundlich sein können zu mir, einer von uns muss umfallen, sie oder ich. Irgendwann, verdammt. Man ist allein in diesem Kampf. Ich hatte wenigstens meine Familie. Ich bin eingeschlafen mit dem wohltuenden Gedanken, dass meine Leute sich wunderbar um mich kümmerten und mich doch nicht stressten. Ich hatte es gut.

Eisenstein wird sich auch Gedanken über mich gemacht haben. In der darauffolgenden Unterrichtsstunde in Köln ermahnte er mich. Ich solle vorsichtiger leben, nicht ständig herumrennen und auf keinen Fall hinfallen. Pianisten müssten gewisse Regeln beachten.

»Wenn du dich verletzt, bei einer deiner sportlichen Aktivitäten, werde ich stinksauer!«

Ich fragte nach: »Ich bin eine Pianistin?!«

Er wiegte den Kopf hin und her: »Du willst doch eine werden. Dann treib keinen Sport, der deine Handgelenke strapaziert.«

»Kein Tennis?«

»Bloß nicht! Und es gibt weitere Sportarten, die du meiden musst.«

Daheim berichtete ich Mama davon: »Stell dir vor, Eisenstein hat gesagt, ich darf nicht mehr Ski fahren!«

»Was?«

»Klavierspielen sei wichtiger. Wenn ich mir die Finger breche, oder den Arm, bin ich bei ihm unten durch, hat er gesagt.«

»Der weiß nicht, wie schön Wintersport ist«, vermutete Mama.

»*Skifahren*!«, äffte ich ihn nach. »*Was für eine Zeitverschwendung, was für ein Mist*!«

Ich war immer irrsinnig aktiv gewesen, jeden Winter. Konnte beinahe halsbrecherisch fahren, wollte immer die schwierigsten Hänge runter, all das. Das sollte jetzt aufhören. Eisenstein verlangte außerdem, dass ich nicht mehr als zwei Tage hintereinander Pause am Klavier machen darf.

Mama fand das in Ordnung: »Du übst eh jeden Tag. Er erlaubt dir also, auch mal einen Tag auszusetzen, gute Idee.«

Sie verstand es noch nicht, ich erklärte ihr: »Er meint das grundsätzlich, also auf das Jahr gesehen.«

»Wie? Auf das Jahr gesehen?!«

»Ich darf am Klavier niemals länger als zwei Tage pausieren. Das bedeutet, dass wir nicht mehr in den Urlaub fahren können. In den Bergen, im Wald oder am Strand steht kein Klavier.«

Den Aufschrei meiner Mutter kann man sich lebhaft vorstellen. Sie fand das alles völlig übertrieben: »Pff! Wir halten uns nicht an alles, was dieser Herr dir vorschreibt.«

»Aber Mama, wenn ich nicht gehorche, lässt er mich wieder nicht vorspielen. Lieber verzichte ich mein Leben lang auf Urlaub.«

Mama zeigte mir den Vogel: »Warten wir ab, bis es so weit ist.«

Seit dem erfolgreichen Vorspiel war mein Ehrgeiz noch mal gewachsen. Ich wollte üben, alles andere musste nebenherlaufen, jeder Tag war eng geplant. Ich stand morgens um sechs Uhr auf, frühstückte, spielte schon mal eine halbe Stunde, fuhr dann mit dem Fahrrad zur Schule.

Meine Hausaufgaben erledigte ich noch in der Schule, die Hefte und Bücher unter der Bank auf dem Schoß. Ich wusste, dass ich am Abend noch weniger Lust darauf hatte. Gewöhnlich hatte ich sechs Stunden Unterricht, danach fuhr ich sofort heim. Ich gestattete mir nicht mehr, mit den Leuten aus der Klasse herumzuhängen.

Außer Klavierspielen hatte ich keinen Plan mehr, ich hab mich verhalten, als sei ich auf Droge. Ich wollte strahlen im Meisterkurs. Wenn ich jetzt darüber nachdenke, war ich in dieser Zeit ganz schön bekloppt. Im Nachhinein ist mir auch klar, dass es mir sogar schlecht ging damit, aber ich habe das nicht gemerkt. Meine Eltern auch nicht, Omi auch nicht, ich habe uns alle blind gemacht.

Mein Körper aber hat verraten, dass ich mich zu sehr belaste. Meine Finger waren inzwischen regelrecht weiß, besonders die Kuppen sahen aus wie bei einer Leiche, als seien Teile davon gestorben. Ich habe alles gemacht, sie in warmem Wasser gebadet, eingecremt, in Fangopackungen gewärmt. Es wärmte nur wenig, meine Finger blieben kalt. Vor meinen Erwachsenen habe ich das gut verstecken können. Bis der Schwabe kam.

Da saß mir eines Tages ein Mann in der Straßenbahn gegenüber, der nicht wegsah, sondern beinahe aufdringlich auf meine Hände schaute. Ich war auf dem Weg zum Zahnarzt und nutzte die Zeit, um irgendwas zu schreiben. Er glotzte mir derart auf die Finger, dass ich glaubte, mich erklären zu müssen.

»Sorry, aber bei mir ist das halt so.«

Er antwortete freundlich: »Isch halt net grad kalt, gell?«

Komische Sprache, dachte ich. Wo kam der denn her?

»Jässes noi, beinah dode Griffl.«

Er klang nicht vorwurfsvoll, sondern eigenartig interessiert: »Kämmer nix dergäge mache?«

Ich zog die Schultern hoch: »Ich spiele Klavier, da ist es besonders übel, wenn die Finger so sind, keine Ahnung. Das ist echt blöd!«

Er nickte, dachte nach und erklärte dann: »Mir hen dahoim so äbbes, also mei Bruder und sei Frau und i au, mir send Erfinder!«

Ich lächelte: »Dann erfinden Sie doch bitte mal was dagegen! Ich will nämlich Pianistin werden.«

»Profi?«

»Ja sicher.«

Er zog die Augenbrauen hoch, glaubte allem Anschein nach, ich gebe an. Er fragte: »Ronda alle Turka?«

Ich war empört: »Na hören Sie mal.«

Ich zog meine Noten aus der Tasche und reichte sie ihm, er sah ein Gewirr sehr schwerer Läufe.

»Heilig's Blechle.«

Das sollte wohl ein Kompliment sein. Ich gab ganz schön an: »Ich werde mal berühmt, zumindest arbeite ich dran.«

Er reichte mir feierlich die Hand: »Abg'macht!!«

Was wollte der abmachen? Dass ich berühmt werde? Ich kapierte den nicht, allein wie der redete. Wozu wollte der mir jetzt die Hand schütteln? Ich zögerte, meine Finger?! Ich weiß ja doch, dass diese weißen kalten Dinger nicht normal sein können, wollte es nicht wahrhaben, hab die Augen davor verschlossen. Selbst meine Eltern hatten so getan, als hätte ich keine leichenweißen Finger.

Ich reichte ihm dann doch meine Hand. Er hielt sie fest und schaute sich das an. Strich mit einem Finger drüber, spürte die Kühle in mir. Hoffentlich war das kein Perverser, dachte ich, der mich hier anpackte und sonst was tat, mich verfolgen wird, verführen, erwürgen.

»D'Fiaß au?«

»Wie bitte?«

Gekünstelt wiederholte er: »Deinä Füßä auch?«

Ich schüttelte den Kopf: »Nicht das ich wüsste.«

»Viel von de Leut hennd des, die wo ebbes oft met de Griffl don. Sekretärinne un Pianischde. Des ka ja net so bleibe, da findemer doch äbbes.«

Ich gab ihm meine Adresse, hoffentlich würden meine Eltern nicht sauer, dass ich das machte. Das Beste würde sein, ich erzählte denen erst gar nichts von dem Mann, der ein seltsames Deutsch sprach, war ja eh nichts passiert. Lächelnd verabschiedeten wir uns, als er ausstieg. Er hatte meine Adresse, ich kannte nicht mal seinen Namen. Ich sollte nicht so vertrauensselig zu Fremden sein, aber egal.

Daheim war ich meistens um zwei Uhr oder etwas später. Wir aßen miteinander, danach setzte ich mich ans Klavier. Das war ganz schön stressig, weil ich nun mit vollem Bauch restlos müde war. Von Eisenstein hatte ich erfahren, das sei die beste Zeit, stupide Übungen zu machen oder sich Etüden vorzunehmen. Stücke, die man bloß zu Ende bringen muss, damit die Finger trainiert werden. Alle seine Schüler mussten zum Beispiel Chopins Etüde op. 10/1 einüben. Ich schaute auf das Notenblatt, ein Wahnsinnstempo in der rechten Hand, herrlich! Ich hörte es beinahe schon. Mit links erklangen nur dumpfe Akkorde, rechts aber raste man über die Tasten wie der Wind.

Eisenstein ordnete an: »Spiel das zunächst langsam, finde jeden Ton, und werde dann beständig schneller und schneller.«

Er rechnete damit, dass man in der nächsten Stunde alles kann, was er aufgetragen hatte. Es war undenkbar, dass einer in seinen Unterricht kam und sagte, er habe keine Zeit zum Üben gehabt. Mit so was konnte man sich in der Schule rausreden, aber nie und nimmer bei Eisenstein.

In der Schule war ich ein Kind, das auch mal faul sein konnte, was vergessen durfte. Aber am Klavier war ich erwachsen und arbeitete so intensiv, als würde ich dafür bezahlt. Ich habe die Chopin-Etüde in einer Aufnahme von der Pianistin Matilda Vining gehört, sie spielt das traumhaft schnell und präzise. Ich fand sie umwerfend gut. Ich fragte Eisenstein, ob er sie persönlich kenne.

»Natürlich.«

Ob er mich ihr mal vorstellen könne?

Er hat den Kopf geschüttelt und geantwortet: »Keine Chance.«

Ich mochte es, wenn mein Professor mir von anderen Pianisten erzählte, und auch von den Komponisten: was etwa Frédéric Chopin für ein Typ Mensch war.

»Er war kein gesunder Mann, ist schon mit 39 Jahren gestorben.«

»Was hatte er denn für eine Krankheit?«, fragte ich meinen Professor.

»Epilepsie wird es wohl gewesen sein«, berichtete er. »Er hatte schreckliche Halluzinationen. Die sollen der Grund gewesen sein, weshalb er mal ein Konzert unterbrach. Er hat das so beschrieben: ›Als ich mit dem Marsch meiner Sonate in b-Moll beginnen wollte, sah ich plötzlich, wie aus dem halb geöffneten Klavier Kreaturen herauskamen, die mir schon einmal erschienen waren.‹«

Ich war erschüttert: »Aus dem Klavier gekrabbelt? Waren die Monster so winzig, dass sie sich alle in einem Klavier verkriechen konnten?«

»Ja, solch kleine Monster hat Chopin beschrieben. Spanische Ärzte nannten darum seine Wahnvorstellungen *Liliput-Halluzinationen.*«

Er hat immer weiter von Chopin erzählt und was für Sorgen er hatte, Chopin tat mir schließlich so leid, dass ich beinahe weinen musste! Mein Lehrer hatte Spaß daran, mich erschaudern zu lassen. Er grinste unmerklich.

»Sie flunkern mich an?!«, fragte ich skeptisch.

Er schüttelte den Kopf: »Nein, ich lüge nie, aber ich amüsiere mich über deine lebhafte Anteilnahme, du scheinst ein einfühlsames Herz zu haben. Der Marsch, den er abgebrochen hatte wegen der kleinen Monster, ist bis heute eine sehr bekannte Melodie. Wann immer ein Film eine Beerdigung zeigt, wird er angespielt, furchtbar! Leider ohne den wunderbar romantischen Innenteil. Er heißt auch: *Marche Funèbre*.«

Er hat mir eine Aufnahme von Arthur Rubinstein aus dem Jahr 1964 vorgespielt, der in Moskau diese Sonate präsentierte. Als ich lauschte, hörte ich tatsächlich eine Beerdigung, die Leute gingen gemessenen Schrittes, würdevoll, den Kopf gesenkt, trauernd. Und mahnend: Irgendwann wirst du auch sterben, bald bist du dran.

Nach etwa drei Minuten änderte sich im Stück alles. Nun erklang das süße Leben mit einer einfachen, gut aufgelegten Melodie. So einfach die auch komponiert schien, Rubinstein setzte konzentriert Ton für Ton, als sei die leichte Melodie schwerer zu spielen als die getragene. Ich hatte diesen Marsch noch nie gespielt, wollte ihn auch nicht einüben. Beerdigungen passten nicht zu meinem Alter. Irgendwann, wenn ich mal alt bin, so mit dreißig, spiele ich das, aber noch nicht jetzt.

Da oben auf dem Podium zu sitzen und zu spielen, ist der beste Platz, das wissen alle Musiker, alle. Rubinstein, Matilda und ich. Und Beatrice. Da oben fühlen wir uns wohl. Das Leben neben der Bühne macht mir Mühe. Den anderen vielleicht auch? Es ist, als würde ich schief wachsen, die Klavierseite wird groß und größer, die andere verkümmert. Schule, Disco, feiern, shoppen gehen, abhängen schon gar nicht, keine Zeit. Auch keine Lust.
Wenn ich allein irgendwo hinsoll, auf ein Fest oder so, das ertrag ich nicht. So Sachen, die mit Klavierspielen nichts zu tun haben. Eine gewöhnliche Ansammlung von Menschen, wo ich solo auflaufe, ohne Klavier zu spielen – das ist der Horror. Mit wem soll ich auf einer Fete reden? Über was überhaupt? Mit wem kichern, wenn ich keinen kenne? Oder niemand mich kennt und mag. Da stehe ich blöd rum, schaue verlegen hin und her, und die Leute tu-

scheln, machen sich vielleicht über mich lustig: ›Wer ist die da bloß, so allein? Mag die keiner, dass die so einsam da herumsteht?!‹
Wie lange soll ich auf so einer Party aushalten, bis jemand mit mir wenigstens Witze macht – eine Minute oder zehn? Ich halte so was nicht mal dreißig Sekunden aus. Darum gehe ich erst gar nicht irgendwo hin, wenn ich erwarten muss, dass das so läuft. Bleibe zu oft daheim. Wenn Mama fragt, warum ich nicht zu der Schulfete gehe, sag ich, ich muss üben. Was soll ich sonst schon sagen?! Dass ich Schiss habe, da allein zu bleiben?! Das versteht sie sicher nicht, die ist ein richtiges Feierbiest, hat zig Freundinnen. Ich schäme mich, dass ich meine Schulfreundinnen seit Monaten ignoriere. Ich habe einfach keine Zeit! Aber die denken, ich mag sie nicht mehr. Außerdem rede ich nur noch über Musik, das nervt alle.
Wenn ich stattdessen Pianistin bin, ist das ganz anders. Alle Leute sitzen im Publikum und erwarten, dass ich komme und mich ans Klavier setze und spiele. Sie haben dafür Eintritt bezahlt, mein Name steht auf der Karte und im Programm. Selbst wenn ich in meiner Garderobe noch so allein bin, sobald ich die Bühne betrete, bin ich es nicht mehr. Auf dem Podium hänge ich nicht blöd rum, sondern bin im Mittelpunkt. Jeder will mich sehen und hören. Ich brauche mir keine Sätze zurechtlegen, sondern nur Musik spielen, die ich liebe. Darum ist das Solo wunderbar – aber nur als Pianistin.

Deshalb übte ich so intensiv – um dem Publikum immer bessere Stücke vorspielen zu können. Sie sollten wiederkommen, denn ein Solo ohne Publikum ist ein schrecklicher Gedanke.

Am Nachmittag saß ich also am Flügel und übte Chopins rasante Etüde, die mich nach dem Essen wach halten sollte. Ich wollte es annähernd so spielen, wie Matilda es konnte, jedenfalls wollte ich es versuchen.

Ich spielte schnell los, die ersten Takte gingen gut, dann machte ich einen Fehler, logisch, ich konnte es ja noch nicht. Dann wieder von vorn, volles Tempo, an der letzten Stelle nun richtig, weiter bis zum nächsten Fehler und wieder von vorn, und so weiter. Ich wusste, dass es unsinnig war, so zu üben. Aber ich tat es trotzdem.

Paps mischte sich ein: »Üb das anders. Erst ganz langsam, insgesamt, und dann schneller werdend.«

Der redete schon wie Eisenstein.

»Will aber nicht, ich will es gleich schnell spielen.«

»Das ist Unsinn. Spiel es zunächst langsamer!«

Langsamer! Wenn ich das Wort schon hörte. Ich wollte nicht langsam spielen! Meinetwegen konnten alle anderen es so machen, wie Eisenstein befahl oder Paps meinte, aber ich wollte das nicht.

Das Tempo eines Stückes hat bei uns Musikern ein Tachometer, man kann die Geschwindigkeit genau angeben. Wie viele Töne spielt man in einer Minute, *beats per minute*, BPM abgekürzt. Das sieht dann so aus: (= 176). Genau diesen Wert wollte ich schaffen mit dieser Etüde, das sind knapp drei Töne pro Sekunde, ein Hammertempo, das ich erreichen wollte. Ich tippte mit der Fingerkuppe auf den Tisch, dreimal pro Sekunde, so schnell ist das! Und das durchgehend bis zum Ende, das Teil muss in unter zwei Minuten gespielt sein. Da ich nicht stetig das Tempo anzog, sondern gleich volle Pulle loslegte, brach ich immer wieder ab, weil ich Fehler machte. Ich hab das so lange gemacht, bis ich es im richtigen Tempo konnte.

Paps fürchtete, dass ich mich selber fertigmachte.

»Machst du nicht mal eine Pause?«, fragte er besorgt.

»Erst wenn ich's kann.«

Vier Stunden hat das gedauert, ich hab geschwitzt und sogar geweint vor Frust und Schmerzen in der Hand und in den Fingern. Paps stand in der Tür und schüttelte den Kopf.

Ich war mit mir am strengsten, so war das wirklich. Ich kann mich nicht leiden, wenn ich's nicht schaffe. Wenn es andere konnten, wollte ich das auch. Mehr noch, ich wollte besser sein als alle im Kurs, auch die Älteren. Und immer virtuoser, weil es dann so wunderbar klang, und ich spürte, dass ich es draufhatte. Ich genoss diese schnellen Läufe. Ehrlich gesagt genoss ich sogar, so lange zu üben, bis mir alles wehtat.

CHOPIN:
Etüde C-Dur

Ich habe mitbekommen, dass meine Eltern über mich gesprochen haben, weil ich so besessen übte. Besessen – das haben sie wörtlich gesagt. Eisenstein aber hatte uns eingebläut, dass es für Musiker eigentlich keine Freizeit gab. Nie. Meine Eltern waren da ganz anderer Meinung.

Mama kam doch tatsächlich ins Zimmer, während ich übte, das muss man sich mal vorstellen! Unterbrach mich und sagte: »Komm, wir unternehmen was.«

Ich schüttelte den Kopf. Ich spielte sogar weiter, während wir uns unterhielten. Sie ließ nicht locker: »Es ist so schönes Wetter, komm.«

Ich wäre vielleicht wirklich gern mal in die Stadt gegangen oder so. Hab mir aber selbst gesagt, dass ich mir das nicht erlauben kann.

Du darfst das nicht!

Wirklich, das habe ich laut zu mir gesagt! So habe ich mir das eingetrichtert. Ich sollte traurig darüber sein, wie ich mich selbst behandelte. Aber ich bemerkte es nicht mal.

ALS ICH ZWÖLFEINHALB WAR …

… bestand meine Mutter darauf, dass ich ins Sommer-Ferienlager gehe, in die Eifel.

»Nein, Clara. Kein Aber. Du gehst dahin, basta!«

Da gab es Hütten und Zelte, in denen wir schlafen mussten. Lagerfeuer, Wald. Bäume, Rehe und Hirsche, und weit und breit kein Klavier.

Ich wollte nicht dahin, ich musste. Aus lauter Sturheit hab ich erst nicht mitgemacht, was die andern taten. Im Tipi hocken fand ich blöd, Lagerfeuer stinken, sind total unromantisch. Die nennen das hier Wildnis-TV, so ein blöder Kinderkram. Und mit Kompass durch den Wald zu latschen war das Allerletzte. Bogenschießen hingegen war irgendwie cool. Der gemütliche Michel wollte mir das beibringen, einer der Betreuer. Ich vertraute mich ihm an: »Ich muss immer nur ans Spielen denken.«

Er nahm das gelassen: »Du darfst denken, was du willst, Hauptsache, du triffst ins Gelbe.«

Ich korrigierte: »Ins Schwarze?!«

Er schüttelte den Kopf: »Die Scheibenauflagen haben eine gelbe Mitte. Der Schlachtruf heißt deshalb auch: *Alles ins Gold*.«

Bogenschießen hab ich also ernsthaft versucht, habe aber zwei Tage lang nicht mal die Scheibe getroffen, geschweige denn die Mitte.

»Wie kann ich besser werden?«, fragte ich Michel.

Er sah mich beinahe mitleidig an: »Clara. Deine Seele spielt Klavier. Wenn du merkst, dass du einen Bogen in der Hand hast, wirst du vielleicht treffen.«

Der spinnt doch, dachte ich pampig. Meine Seele spielt Klavier, geht's noch?! Ich hab mich breitschlagen lassen, mit Michel und den anderen winzige Behausungen aus Stöcken und Blättern zu bauen. Ich lag eine ganze Nacht in meiner Mini-Hütte und blieb tatsächlich trocken, obwohl es regnete. Das war nicht mal so schlecht. Wir sollten dann nach Federn Ausschau halten, von Bussarden oder sonst wem. Und bestimmen lernen, von welchem Vogel die Feder stammte und ob es eine Schwanzfeder war oder von der linken Handschwinge.

Was juckte mich das? Ich hab stattdessen gedacht, ich muss hier irgendwo ein Klavier finden. Ich hätte sogar bei den Leuten in der Gegend geklingelt und gefragt, ob sie ein Instrument haben und ob ich mal darauf spielen kann. Es gab aber kein Dorf, wir waren echt in der Wildnis! Ich wollte mir diese Auszeit nicht erlauben, aber ich war ja gezwungen worden! Hab mit Michel am Lagerfeuer gesprochen. Er tat seit Ewigkeiten nichts anderes, als Kindern und Jugendlichen Spaß zu bringen.

»Ist dir das nicht zu wenig?«, fragte ich ihn.

»Nö«, antwortete er. »Das ist doch toll. Und du? Ist dir das Klavierspielen nicht zu viel?«

»Nö«, antwortete ich. »Es ist ja nicht so, dass ich einfach nur zum Klavier gehe und übe. Es bleibt nicht äußerlich, das Klavier, als Holzkasten mit Saiten. Das Üben ist für mich kein Vorgang. Weil: das Klavier bin sozusagen ich!«

So einer wie Michel verstand das: »Wie mein Bogen. Der ist Teil meines Körpers, wenn ich treffen will. Ja, so kann man das erklären.«

Ich freute mich: »Ich ruhe mich aus in der Musik. Es strengt mich nicht an, ich brauche es unbedingt jeden Tag, wie Nahrung.«

»Na denn«, nickte Michel. »Du machst also gerade eine Diät durch. Eine Woche ohne Klavier.«

Ich nickte, schaute seinen Bauch an. Eine Diät wäre eine super Idee, für ihn. Er lachte, als er begriff, und drohte mit seinem Zeigefinger.

»Vorsicht, junge Dame!«

Ich lachte endlich mal.

Michel sagte: »Es geht beim Bogenschießen darum, das Drumherum auszuschalten und seiner Intuition zu folgen. Indem man sich nur auf das Ziel fixiert – wird in der Musik ähnlich sein, oder?«

»Ja.«

»Insofern kann Bogenschießen aus dir sogar eine bessere Musikerin machen. Üb das.«

Die Schwierigkeit liegt darin, das auch konstant bei verschiedenen Ausgangslagen zu schaffen. Zum Beispiel bei unterschiedlichem Wetter, großer oder kleiner Entfernung, oder wenn das Gelände mal abschüssig oder felsig oder so ist. Jeder entwickelt seinen eigenen Stil.

Das Ferienlager war dank Michel gar nicht mehr so schlecht. Am Ende der Woche habe ich schon viel besser mit dem Bogen hantiert, aber trotzdem nicht ein einziges Mal ins Gelbe getroffen. Michel tröstete mich, in drei bis fünf Jahren müsste das klappen. Er hat sich schiefgelacht: »Kommst du wieder, nächstes Jahr?«

Ich schaute Michel grinsend an: »Wenn du dabei bist.«

»Abgemacht.«

Daheim wurde meine Enthaltsamkeit vom Klavier vollständig beendet. Ich spielte jeden Tag, oft auch nach dem Abendessen, zwischen sieben und neun war ich am Klavier besonders kreativ. Danach habe ich die Geige ausgepackt. Vor elf Uhr abends kam ich selten ins Bett. Fernsehen schaute ich so gut wie nie. Alles fand in unserer Wohnung statt, der Flügel war laut, meine Eltern hatten praktisch keine Ruhe, außer in der Zeit, in der ich in der Schule war. Wenn sie miteinander länger reden wollten, gingen sie spazieren. Wenn sie sich im Haus unterhalten wollten, saßen sie im Schlafzimmer oder in der Küche, und immer schallte mein Klavier im Hintergrund. Etüde rauf, Ballade runter. Selbst die Nachbarn hörten mich – und waren nett genug, es zu ertragen, sie beschwerten sich nie.

Ich fand mein Leben völlig in Ordnung, meine Schulkameradinnen nicht. Ich war eh ein Jahr jünger als die anderen, Romy war einen Kopf größer, sie hielt mir vor: »Du hast nicht mal 'nen Freund.«

»Ich bin ja wohl erst zwölf, was brauche ich da 'nen Freund?«

Ich fehlte oft wegen der Kurse und war doch Klassenbeste, gemeinsam mit Charlotte, ich die Klaviertusse, sie der Bücherwurm. Die anderen klagten ständig, die Hausaufgaben seien so schwer – wir beide fanden das lächerlich. Die waren kinderleicht! Wir haben also, um uns beliebt zu machen, die Hausaufgaben der anderen mit erledigt, von da an galten Charlotte und ich als cool.

Englisch sprach ich neben Niederländisch fließend, weil ich mich mit Paps immer in diesen Sprachen unterhalten habe, einfach so. In der Schule lobte mich meine Englischlehrerin, alle Mitschüler rollten mit den Augen, sie konnten es nicht mehr hören, dabei hatte Charlotte sogar Finnisch drauf, das hat sie nur aus Spaß nebenher gelernt!

So erfolgreich ich auch in der Schule war, von Eisenstein wurde ich ununterbrochen kritisiert, hammerhart und ehrlich, bis sogar die Tränen kamen, ich mir auf die Lippen biss. Aber in der Schule durfte man niemanden offen kritisieren, erst recht nicht die Lehrer, die wurden wild davon.

Kam ich von den Meisterkursen zurück, musste ich die Klausuren nachschreiben, die ich versäumt hatte. Das bedeutete, dass ich viele Nachmittage allein in der Schule hockte, kein Mitschüler, kein Geräusch, nur der Lehrer oder die Lehrerin, die mich beaufsichtigen mussten. Die waren natürlich auch nicht begeistert! Doppelte Arbeit, sie mussten sich neue Fragen für die Arbeiten ausdenken, neue Aufgaben formulieren und dann noch nachmittags Aufsicht führen. Natürlich war das lästig. Manche Lehrer waren der Überzeugung, meine Eltern seien an allem schuld. Die würden mich gewiss zum Klavierspielen zwingen, nur damit sie ein Wunderkind daheim hätten, so eine Meinung hatten die von uns. Das wird der Grund gewesen sein, dass sie Paps und Mama dann auch in dieser Schule einbestellten: »Wir müssen uns mal mit Ihnen unterhalten über Clara.«

Diesmal war es meine Klassenlehrerin, Frau Petri. Meine Eltern gaben ihr schnell recht: »Ja, Clara übt viel. Aber alle Meisterschüler tun das.«

Die Lehrerin nickte: »Ihre Leistungen rechtfertigen das. Aber Clara entfremdet sich von ihren Mitschülern, sie ist nicht integriert in die Klassengemeinschaft.«

»Weil sie so oft fort ist?«, ahnte Paps.

Die Lehrerin schüttelte den Kopf: »Nicht nur. Clara ist anders, so unglücklich, wirkt so beschwert. Wie viele Stunden übt sie denn am Tag?«

Meine Eltern mussten nun mogeln, haben sie mir hinterher erzählt. Sie haben zwei Stunden pro Tag gesagt, den Unterricht inbegriffen. Sie haben sich nicht getraut, der Lehrerin die Wahrheit zu sagen. Nach außen hin haben sie mich verteidigt, aber daheim am Küchentisch haben sie mich gescholten.

Mama warnte: »Manchmal sind es vier Stunden, Clara. Das ist wirklich zu viel geworden.«

»Aber ich will was leisten.«

Paps schüttelte den Kopf: »Dieser Druck kommt einer Hirnwäsche gleich, weil ihr Meisterschüler glaubt, ständig üben zu müssen. Gerade wenn so eine elitäre Gruppe beieinander ist, passiert das.«

Ich fragte: »Was soll denn in meinem Hirn gewaschen sein?«

Mama erklärte: »Du denkst gar nicht mehr darüber nach, was andere Leute in deinem Alter machen. Du machst, was Eisenstein verlangt.«

Sie hatte recht. Im Kurs sagten alle: ›Wenn du dir zu viel Freizeit nimmst, dein Leben verbummelst, dann bist du raus aus der Meisterklasse!‹ Aber ich wollte dazugehören und die Beste sein.

Meine Mutter nickte: »Das ist wie in einer Sekte. Ihr stachelt euch gegenseitig an und werdet gegeneinander ausgespielt.«

Paps sagte mir: »Klavier ist nicht alles, versteh das.«

Ich schaute Paps an. Doch, Klavier war alles für mich. Jedenfalls alles, was ich vom Leben wollte. Vielleicht ging ich zu weit. Auf der anderen Seite – frag mal einer Matilda Vining –, ob ihre Kunst alles für sie ist. Sie wird mit Ja antworten.

Ich will nicht bloß Erfolg im Beruf haben, sondern besonders sein. Ich weiß, dass ich das Zeug zu einem Weltstar habe. Damit stehe ich ganz allein da. Niemand von uns wird das schaffen. Nicht meine Lehrerin, nicht Mama, nicht Paps. Ich bin allein mit diesem Ziel. Ich bin sozusagen selber die Einzige, die mich versteht. Aber das sage ich meinen Erwachsenen besser nicht, die denken sonst, ich bin vollständig durchgeknallt. Ich werde Frau Petri und meinen Eltern versichern, mehr mit den Mitschülern zu unternehmen, aber ich werd's nicht tun. Die sind mir zu blöd. Wenn ich die frage, wie sie Tschaikowsky finden, denken sie, ich rede von einem Fußballer, der neu beim 1.FC Köln antreten soll. Nur Charlotte ist anders, der macht niemand was vor in Naturwissenschaften, in Sprachen, in allem. Ihr Kopf ist Weltklasse, das verbindet uns doch.

»Charlotte, du verstehst mich doch?«, fragte ich sie.

Sie schaute mich ernst an: »Nein. Ich verstehe dich nicht. Zu Freundschaften gehört, dass man mit diesen Freunden spricht, sie trifft. Patrick ist ein prima Typ, du mochtest ihn doch früher, und seit Jahren sagst du nur ›Hallo‹ und ›Auf Wiedersehen‹ zu ihm. Und mich hast du auch einfach vergessen. Und hast es nicht mal gemerkt.«

Ich senkte den Kopf. Da war was dran. Bei Jana war es auch so gewesen.

Aber Mann, das passiert einfach. Ich vergesse die Leute, die ich mal lieb hatte, und denk dann ständig nur an die, die mich nicht mögen, mir im Weg stehen. Ich muss das ändern. Ich will das doch ändern. Will ich darüber nachdenken? Will ich eine gute Freundin sein? Eigentlich ja, nur ich mache nichts dafür.

»Du versteckst dich doch bloß hinter deinem Klavier«, sagte Charlotte freundlich, gar nicht vorwurfsvoll.

»Charlotte, ich …«

»Denk drüber nach.«

»Ja.«

Sie ließ mich stehen. Charlotte hatte recht. Ich sollte da was ändern. Und dann die Schule, meine zweite Baustelle. Ich war ständig mürrisch, mir ging alles mächtig auf den Zeiger. Meine musikalische Ausbildung war so fordernd, so schwer. Im Unterricht dagegen plätscherte es ewig dahin, das ärgerte mich. Ich würde die gesamte Schulzeit in fünf Jahren schaffen, von der Einschulung bis zum Abitur. Warum musste ich hier so lange sinnlos rumhängen? In Englisch dozierte die Lehrerin gerade über irgendwelche Königshäuser, es interessierte mich null. Also machte ich unter der Bank Hausaufgaben – und wurde natürlich erwischt. Die Lehrerin nahm mein Heft und blätterte drin herum.

»Und das hat mit Englisch zu tun, ja?«

Ich erwiderte: »Das ist Mathe. Man erkennt das an den Zahlen.«

»Clara, konzentriere dich bitte auf meinen Unterricht!«

Ich hab mies gelaunt gekontert: »Ich war weg, und in dieser Zeit haben Sie nicht mal drei Seiten im Buch geschafft. Und heute reden Sie ewig übers Königshaus. Ganz ehrlich, das kann ich in zwei Minuten beim Zahnarzt nachlesen! Ich mache Matheaufgaben, weil ich damit zumindest keine Zeit verschwende! Wenn Sie neuen Stoff haben, höre ich Ihnen gern zu.«

Einige Klassenkameraden grinsten, die Lehrerin stand sprachlos vor mir. Drehte sich um und sprach weiter über Prinz Edward, aber man konnte schon spüren, wie empört sie über mich war. Ich machte in aller Seelenruhe weiter Matheaufgaben. Sie hat sich gerächt: Die Königshäuser wurden im nächsten Test haarklein abgefragt, ich hab abgeguckt, bin erwischt worden und wurde mies benotet. Es war mir egal, ich vertue doch meine Zeit nicht mit unnötigen Dingen.

Auch andere Fächer haben mich gelangweilt, etwa Religion oder Ethik. So viel Gerede, es gab kein Richtig oder Falsch, das nervte mich. Und dann noch Kunst. Da hab ich gedacht: Sitze ich jetzt ernsthaft zwei Stunden hier herum, um zu malen?! Bin ausgebüxt, hab gesagt, ich müsse aufs Klo. Bin für eine halbe Stunde ins Musikzimmer geschlichen und hab Klavier spielt. Oder hab vor der Tür telefoniert. In Latein und Mathe konnte ich mir das nicht erlauben, da haben die Lehrer den Stoff nur ein Mal erklärt, da musste ich bleiben und aufpassen.

Ich habe es mir mit den Lehrern verdorben, und auch meine Mitschüler konnten mich immer weniger leiden, weil ich mich wichtigmachte mit meinen Meisterkursen. Und sie waren neidisch, weil ich ständig weg sein durfte. Manche dachten, ich mache Urlaub.

»Die Clara kann kommen und gehen, wann sie will.«

»Die wird immer vorgezogen.«

»Wir müssen hierbleiben und schuften. Sie schwänzt. So eine Sauerei!«

»Die bekommt lauter Einser und tut nichts dafür!«

»Liebling der Lehrer!«

Ich beteuerte: »Ich lerne doch, wenn ich fort bin. Das ist wie Schule, nur viel strenger.«

Sie winkten ab. Zwei Jungs meinten, es könnte nur einen Grund geben, dass ich so oft frei bekam: Die Schulleiterin zog mich vor, ich war ihr Liebling. Die war eh lesbisch, bestimmt war sie in mich verliebt.

Das hat mich empört: »Ihr seid so fies. Ich mache einfach bloß Musik.«

Auf dem Schulhof haben sie mich angemacht: »Was interessiert uns, was du mit deinem scheiß Klavier anstellst, das ist uns völlig wurscht!«

Die Klassenlehrerin hat diese Stimmung gegen mich mitbekommen, sie initiierte eine Diskussion in der Klasse. Da konnte jeder sagen, was ihm nicht passte. Sie glaubte, das könne ein reinigendes Gewitter sein. Wie ein Gewitter prasselte es jedenfalls auf mich ein.

»Ja, die Clara ist immer so, weiß nicht. Nur weil sie Klavier spielt, heißt das noch lange nicht, dass sie immer früher gehen darf als wir.«

Manche klopften auf den Tisch, ich dachte mir: Sollen sie doch zu Eisenstein gehen und sich fertigmachen lassen, diese Deppen! Wenn die hier meckern durften, dachte ich, was hatte ich hier eigentlich für Rechte? Durfte ich gehen? Rauslaufen und die Tür hinter mir zuknallen? Stattdessen saß ich bloß da und hörte mir den ganzen Mist an.

»Wer weiß denn überhaupt, was sie macht, wenn sie befreit ist, wahrscheinlich geht sie Eis essen oder shoppen.«

Ich dachte: ›Liszt, Chopin, ihr Affen! Wisst ihr überhaupt, wer die beiden sind?! Habt ihr je von den *Liliput-Halluzinationen* gehört?‹

»Und dann ist sie voll der Streber, immer mit dem scheiß Klavier!«

Ich hörte viel zu lange zu, die Lehrerin hat mich nicht in Schutz genommen. Zu Hause hab ich mich ausgeheult. Mama nahm mich in den Arm, danach hat sie die Lehrerin angerufen und ihr die Hölle heißgemacht. Man hätte zu solch einer Aussprache einen Schulpsychologen hinzuziehen müssen, ich sei völlig fertig! Dann hat Mama auch noch am Telefon geweint, bis die Lehrerin kapiert hat, was sie angerichtet hatte.

Am nächsten Tag bat sie mich freundlich, den anderen zu erklären, was ich tue, wenn ich auf Reisen bin. Ich wollte vom Meisterkurs berichten, doch meine Stimme versagte, ich brachte einfach kein Wort mehr heraus, das war mir noch nie passiert. Da entschuldigte sich die Lehrerin bei mir, doch es half mir nicht mehr. Ich war am Ende. Ich nickte der Lehrerin gespielt freundlich zu: »Alles okay.«

Ich spielte Klavier, ging zur Schule, fuhr zu Meisterkursen, spielte, lächelte, plauderte nett. Doch ich fühlte mich in meiner Haut nicht mehr wohl, mein Leben war zu schwer geworden. Ich hab gar nicht begriffen, dass ich es nicht mehr packte. Ich schaffte doch immer alles! Aber mein Körper sprach, und zwar überdeutlich. Ich bekam plötzlich einen ätzenden Ausschlag, ich kratzte mich überall, bis es blutete.

»Kratz nicht!« mahnte Mama.

»Ich muss aber.«

»Hör damit auf«, bat mich Paps.

»Aber wenn es mich doch juckt.«

Ich war nicht stiller als sonst, auch nicht schlechter gelaunt. Ich sah auch nicht übermäßig müde aus, ich weinte nicht. Alles war okay. Ich hatte halt bloß diesen Ausschlag. Und meine Finger waren weiß, ständig suchte ich sie zu wärmen, aber es nutzte wenig.

Mama fragte: »Fühlst du dich unter Druck?«

»Ich bekomme ja nicht absichtlich kalte Finger und Juckreiz!«

»Mensch, Clara, wir haben dir immer gesagt, ob du spielst oder nicht, gut oder meinetwegen schlecht bist in der Schule – wir haben dich in jedem Fall immer lieb!«

Ich nickte dankbar.

»Und damit eins klar ist, du kannst jederzeit mit Klavier aufhören.«

»Mama, jahrelang habt ihr bezahlt!«

Beide schüttelten den Kopf: »Vergiss es, du allein bist uns wichtig. Deine Gesundheit! Hör auf mit Klavier, es wird alles zu viel.«

Ich schüttelte den Kopf, undenkbar, jetzt aufzuhören, was wird Eisenstein sagen?!

»Oder mach zumindest eine längere Pause.«

Swatoslaw Richter! Gegessen hatte er nichts, und hatte Fieber! Nicht geschlafen, drei Tage lang. Wie geht's dir? Hast kein Fieber, hast geschlafen und gegessen! Und drückst dich?!

Ich war schon zu sehr in dieser Mühle: »Das geht schon weg.«

Später habe ich Mama mit Paps flüstern gehört: »Das macht mir Angst! Haben wir was falsch gemacht? Haben wir sie zu irgendwas gedrängt? Vielleicht doch überfordert?«

Paps schüttelte ratlos den Kopf.

Eine Cousine von Mama kam zu Besuch, sie hörte mich kaum drei Minuten Chopin spielen, da reichte ihr die klassische Musik schon.

»Ich höre ja lieber Helene Fischer! Kannst du was von der?«

Ich blickte sie genervt an: »Schlager spiele ich nicht.«

Sie war unzufrieden: »Und mit so was wie dem Schopäng verdienst du später was?«

»Ja, ich werde Konzerte geben.«

»Auf deine Musik kann man ja nicht mal tanzen!«

»Nein, da hast du recht.« Ich rollte mit den Augen, die war so blöd!

»Und du juckst dich dauernd, das wird am Klavier liegen, vielleicht ist da was im Lack, chemisches Gift, habt ihr schon mal daran gedacht?!«

»Es ist psychosomatisch«, erklärte Mama.

»Sie ist ein Psycho?«

»Clara ist eben empfindsam!«

»Von unserer Seite hat sie das nicht!«, meinte die Cousine. »Das muss von den Holländern kommen!«

Paps raufte sich die Haare: »Okay?!«

»Siehste, er gibt's zu!«

Meine Mutter lachte sich schief, aber ich wollte kein Wort mehr hören, nicht mal mehr von meinen Eltern.

Wem konnte ich mich anvertrauen, wer verstand mich wirklich? Ich brauchte jemanden, der sich auskannte, der wusste, was ich gerade erlebte. Meine Eltern waren super, aber keine Pianisten, es gab gar niemanden, der sich vorstellen konnte, was in mir vorging – bis! Ich erschrak regelrecht. Endlich hatte ich eine Idee, einen Geistesblitz. Klar gab es jemanden, der mich verstehen würde. Ich werde sie fragen: Matilda. Ich schreibe ihr einfach einen Brief.

Meine Eltern waren gar nicht begeistert. Solche Menschen antworteten für gewöhnlich nicht, doch ich ließ mich nicht beirren. Auf ihrer Website stand nur die Adresse ihres Managements, das in London war. Dahin würde ich meinen Brief schicken. Handgeschrieben.

Ich fragte Matilda, ob sie auch manchmal so traurig war wie ich? Ob sie früher auch gestresst war von Gleichaltrigen oder ihrem Klavierlehrer? Ob sie sich auch kratzen musste vor Kummer? Liebe Grüße. Clara aus Köln.

Ich habe den Brief abgeschickt und nie eine Antwort erhalten. Wirklich nie. Doch während ich auf Matildas Antwort wartete, änderte sich nach und nach meine Stimmung von allein. Ich hab mir gedacht: Muss ich mich verstecken?!

Manche haben echt überhaupt keinen Plan. Musik ist doch kein Job. Musik ist eine Art zu leben, meine Art. Die Art von Matilda, von dem oft so kranken Chopin. Der Flügel ist mein Zufluchtsort, hier spiele ich mich in Rage, heule mich aus, summe mir die Sorgen weg.
Muss ich mich verstecken?! Nein. Soll ich mir gefallen lassen, dass meine Klassenkameraden mich deshalb erniedrigen?! Wieder nein! Ich werde schließlich Pianistin. Ich sollte meinen Kopf höher tragen. Also bitte! Ich lerne bei einem Professor, darauf kann ich mir was einbilden. Was machen die anderen? Haben perfekte Kenntnisse in Eisessen und Shoppen vorzuweisen, super!
Ich zeige euch jetzt mal, was wirklich arrogant und hochnäsig ist. Ihr seid alle so klein und mies! Ich hab das Gefühl, nur Feinde um mich zu haben. Spreche nur noch mit mir selbst, nicht mehr mit den anderen. Ihr kriegt mich nicht klein. Ich beachte euch gar nicht mehr. Ich baue eine richtige Mauer um mich, meterhoch. Zumindest schützt sie mich. Ich trage den Kopf hoch, um über die Mauer gucken zu können.

Paps hat sich große Sorgen gemacht, dass ich mich absondere. Aber Mama beruhigte ihn: »Lass sie, sie wird sich einkriegen.«

Aus dieser Hochnäsigkeit heraus hab ich mich endlich gewehrt. Wenn einer nun wagte, mich blöd anzumachen, nahm ich mir den vor und sagte: »Du hast nur ein Problem mit mir, weil du eine Flasche bist! Lern lieber selber was!«

So bekam ich endlich Respekt – seltsam, dachte ich. So geht das also. Ich teilte nun aus, statt einzustecken. Bloß nicht mehr schwach scheinen, nichts mehr in mich reinfressen, sondern wie ein Bumerang zum Angriff übergehen. Als ich alle aus meiner Klasse irgendwie mal angefaucht hatte, nahm mich Charlotte zur Brust, sie sah mich lange streng an, dann fragte sie: »Hörst du endlich auf mit dem Mist?!«

Ich nickte: »Vielleicht werde ich sogar wieder etwas netter.«

Charlotte boxte mich freundlich: »Das wird aber auch mal Zeit!«

Dann nahm sie mich lächelnd in den Arm: »Da bist du ja wieder. Die gute alte Clara. Lange nicht gesehen.«

Ich hatte mich tatsächlich verloren, sie hatte das gut erkannt. Ich erholte mich endlich und ging wieder gern zur Schule. Patrick habe ich einen Kuchen gebacken, er grinste breit.

Ausgerechnet die Leute, die mich früher am meisten geärgert hatten, wollten sich nun mit mir anfreunden. Ich kam plötzlich mit vielen gut zurecht, blieb aber bei manch anderen wie ein Elefant, der nicht vergisst: ›Wehe, ihr wagt es, mich anzugreifen.‹

So verschwanden langsam meine Sorgen.

»Juckt es noch?«

»Nö, is weg.«

Auf diese Veränderung war ich genauso stolz wie auf meine Fortschritte am Klavier. Jeder hat mal Stress mit sich selbst, man glaubt, es geht nicht weiter, aber es geht irgendwann doch. Man braucht bloß Zeit. Man darf nicht aufgeben. Man muss sich wehren! Ich fühlte mich endlich wieder in der Schule wohl. Und ich nahm mir Zeit für Charlotte, jede Woche hatten wir unseren Mädchennachmittag, das tat so gut.

Im Herbst haben sie an der Musikhochschule ein neues Institut eröffnet, wo sie begabten Jugendlichen die Chance geben wollten, mit dem richtigen Studium schon während der Schulzeit zu beginnen. Ich wurde von Eisenstein ermutigt, mich dort zu bewerben: »Dann wären die Einzel-Unterrichtsstunden kostenlos, weil sie zum Studium gehörten.«

Also wurde ich zu einem Gespräch gebeten. Vor mir lauter alte Leute, Professoren und Professorinnen.

Sie fragten mich: »Was ist denn deine Intention?«

Die redeten alle so geschwollen, *Intention*. Mit anderen Worten: Sie fragten, was ich für Pläne habe, oder Träume. Ich antwortete: »Na ja, ist doch klar, ich möchte auf jeden Fall Konzertpianistin werden.«

Das sagte ich mal eben so, dabei gab es nur wenige, die sich als Solisten behaupten können, sehr wenige. Das wussten diese Leute von der Hochschule. Aber ich glaubte, das schaffe ich schon. Das habe ich ihnen jedenfalls lang und breit erklärt. Sie haben auch mit vielen anderen Jugendlichen gesprochen.

Zweiter Teil der Prüfung war ein Vorspiel, nun musste ich beweisen, ob ich auch abliefern kann. So sagt man das, es klingt wie ein Laster, der vollbeladen einfährt und seine Ladung abkippt. Ich würde ein exzellentes Vorspiel abliefern, das hatte ich mir vorgenommen.

Meine Eltern waren total nervös wegen der Prüfung, sie redeten davon, ob ich solch einen Stress aushalte oder nicht.

»Hä? Hab ich jemals Stress gehabt?«

»Ja, die Juckerei. Das war eine Stressreaktion.«

Ich hatte keinen Stress. Jetzt spielte ich schon so lange, da würde ich das in der Prüfung auch bringen, ich übte ja seit Jahren nichts anderes. Ich machte mir keinen Kopf deswegen. Ich sagte bloß: »Ich zeige denen mal, wie schön Chopin klingt.«

Charlotte war mit dabei, das hat mich ermutigt. Etwa zwanzig Bewerber im Alter von zwölf bis sechzehn waren da. Ich hab sie nicht alle sehen können, manche hatten sich in irgendwelche Übungszimmer zurückgezogen und eingespielt, bevor sie drankamen.

Eine Frau las vor, wer als Nächster dran war: »Clara van Bergen, bitte.«

Meine Eltern wurden kreidebleich, sie litten viel mehr als ich, beinahe hätte ich sie ausgelacht. Ich ging nach vorn, es war ein mittelgroßer Saal mit etwa zweihundert Plätzen, auf der Bühne stand ein Flügel, im Publikum saßen wenige Leute, die Prüfer befanden sich weit hinten auf der Empore, auch Eisenstein hatte dort oben Platz genommen, drei seiner Schüler gingen hier an den Start. Ich spielte die Polonaise in As-Dur op. 53 von Frédéric Chopin.

Nach Sekunden schon sah ich keinen Saal mehr, keinen Eisenstein, keine Eltern. Und dann hieß es plötzlich, du bist jetzt Jungstudentin an der Hochschule. Eisenstein winkte mir noch von der Empore aus zu. Meine Eltern glühten dunkelrot.

»Was habt ihr denn?«, fragte ich besorgt. »Fieber?«

Sie nahmen mich beide gleichzeitig in den Arm und weinten, als wäre was Schreckliches passiert.

»Wenn ich das im Funk erzähle!«, schluchzte Mama vor Stolz und Glück. »Meine Tochter ist Studentin mit zwölfeinhalb Jahren, mein lieber Schwan, das hat noch keiner von uns geschafft.«

Paps dachte an seine Mutter Truus, die viel zu früh gestorben war und mich nicht mal kannte. Wie hätte Oma Truus sich gefreut, dass ihre kleine Enkelin so großen Erfolg hat. In besonders schönen Momenten weinte er um sie.

Ich tröstete ihn: »Sie hört im Himmel davon.«

Paps glaubte nicht daran, er schüttelte bloß traurig seinen Kopf und wischte seine Tränen fort. »Prima hast du das gemacht, *Meisje*.«

Von nun an lernte ich an dieser Hochschule, was man so lernt im Studium, nur eben viel früher. Harmonielehre, Kompositionsunterricht, Tonsatz, Dirigieren und Improvisation, zusammen mit richtigen Studenten. Mama hat dort einen Vortrag für Eltern von begabten Kindern gehört und berichtete uns beim Abendessen davon: »Die meinen, es gibt keine spezielle Begabung, also eine musikalische oder eine mathematische. Es gibt einfach nur den Werdegang eines Kindes, das erstaunlich früh eine bestimmte Richtung einschlägt. Manche sind schon mit zehn Jahren reif für die

Mathematik, es interessiert sie. Aber eine Begabung ist nicht beschränkt auf ein Thema, die Musik, Mathe oder sonst was, sondern, dass jemand gern viel aufnimmt. Hochbegabte Leute lernen einfach viel leichter. Wer ein musikalisches Interesse hat, muss dazu natürlich auch sehr früh und intensiv manuell geschult werden, also schon von klein auf üben, sonst wird man nicht die absolute Spitze erreichen. Ohne diese tagtägliche Tortur wird man kein Profi.«

»Sag ich doch!«, mischte ich mich ein.

Meine Eltern ärgerten sich seit Jahren, dass einige Verwandte oder auch Lehrer so skeptisch beobachteten, wie intensiv ich Klavier spielte. Immer forderten sie, ich solle weniger tun. In dieser Hochschule war das gang und gäbe. Alle taten das. Das fand ich toll.

Mama sagte: »Wenn jemand fantastisch Fußball spielt, freuen sich alle! Die Scouts laufen auf den Bolzplätzen der Welt herum und suchen die jungen Talente. Und da hat einer von zehntausend Jungs oder Mädchen ein Gefühl für den Ball, eine Übersicht auf dem Platz, kann rennen und tricksen, und wird entdeckt. Klar ist er um diese Zeit noch ein Kind. Wird in speziellen Internaten geschult, mit dreizehn von Barcelona gekauft. Trainiert dort und kann mit siebzehn Jahren auflaufen, wenn er es draufhat. Da fragen nur wenige nach der möglichen Überforderung. Aber bei Clara schreien sie alle auf: ›Vorsicht, nicht so viel! Ein Kind muss frei sein, sich nicht anstrengen!‹«

In der Schule waren die Lehrer tatsächlich beeindruckt, dass ich zur Uni gehen durfte, besonders meine Musiklehrerin hob das hervor. Sie stellte sich vor die Klasse und sagte: »Wir können stolz auf dich sein, Clara.«

Plötzlich fragte Ella: »Warum darf Clara schon in die Uni und wir nicht?«

Die Musiklehrerin gab die Frage an mich weiter: »Wie ist das gelaufen?« Ich wurde rot, ganz eigentümlich. Werden sie wieder über mich herziehen, mich Angeberin schimpfen und so weiter? Ich schwieg, aber alle anderen auch – schauten mich an und warteten.

»Mein Klavierprofessor hat mir gesagt, ich soll mich da bewerben. Ich hab vorgespielt, wurde auch theoretisch geprüft. Sie haben mich genommen. So lief das.«

»Sie war kein bisschen aufgeregt«, berichtete Charlotte.

Patrick fragte: »Hast du echt keine Angst, Fehler zu machen?«

Ich antwortete: »Eigentlich nicht, ich übe vorher sehr gründlich.«

Ella bat: »Ja, dann lass mal hören!«

Meine ganze Klasse klopfte zustimmend mit den Handknöcheln auf die Tische, ich wehrte mich noch: »Ich hab doch bereits im Schulkonzert gespielt.«

Ella: »Da war ich nicht.«

Beinahe alle stimmten ein, sie waren nicht da.

»Warum geht ihr da nicht hin?«

»Das ist uncool, solche Musik, was für Omas und Lehrer.«

Ich nickte: »Okay, bin ich halt uncool. Was wollt ihr hören, was uncooles Romantisches oder was uncooles Schnelles?«

Bernd bat: »Das Schnelle.«

Ich nickte. Jetzt war ich mal gespannt, ob das olle Schulklavier das aushielt: »Chopin: Etüde Nummer 10/1.« Die Lehrerin riss die Augen auf. Sie kannte das Stück natürlich. Klar, es ist eine Fingerübung, und doch auch ein wunderbares, hammerhartes Stück. Das Klavier würde brennen, so was wie diese Etüde hatte das Teil noch nie mitgemacht.

»Bereit?«

»Nein!«, rief Patrick. »Einen Moment. Ich nehme das auf, darf ich?«

Er zog eine Kamera aus seiner Tasche.

»Willst du mich filmen?«

»Da gibt's was im Internet, da kann jeder seine Filme hochladen, gibt's in Amerika seit drei Jahren, wird bei uns immer bekannter. Dann machen wir Werbung für dich. Leg los!«

CHOPIN:
Etüde C-Dur

So filmte Patrick für YouTube, das damals längst nicht jeder kannte, während ich spielte.

Meine Mitschüler johlten, klatschten, pfiffen, brüllten: »Hammer, Wahnsinn. Clara! Super!«

Den Applaus hatte Patrick auch gefilmt, eine total ausgeflippte Klasse, die Chopin bejubelt. Ich war nun doch etwas stolz. Ella beschimpfte Patrick lauthals vor allen: »Biste jetzt zufrieden, dass Clara gespielt hat?! Alter, wer will denn *so was* hören!«

Alle lachten. Ella weiter: »Jetzt braucht sich keiner mehr ans Klavier setzen nach der Sache hier, mein Gott! Wie kann man überhaupt so spielen?!«

Die Stimmung war so cool wie nie. Ausgerechnet Ella verteidigte mich mit ihrer herrlich großen Schnauze: »Was fährt Clara immer noch rum und übt? Leute! Clara ist ein Superstar, verdammt! Verbietet ihr das Üben, sonst wird sie noch besser!«

Alle haben geklatscht. Ich war so erleichtert. Patrick meldete sich noch mal zu Wort: »Und das andere, kannste das auch noch spielen?!«

»Das romantische?«

Sie brüllten: »Zugabe! Zugabe!«

Ich schaute die Lehrerin an: »Darf ich?«

Die Frau war im Gesicht so blass wie meine Finger, sie nickte mir zu.

»Dann spiel ich die *Tristesse*, wenn Sie gestatten?«

Sie schluckte: »Die Etüde Opus 10/3?! Ach herrje. Einen Moment.« Sie stand auf und verließ den Raum. Kurz danach kam sie zurück, im Schlepptau unsere Klassenlehrerin Frau Petri und zwei weitere

CHOPIN:
Etüde E-Dur

Lehrer, die mich immer kritisiert hatten, dass ich zu viel machte. Sie sollten mich hören, darauf hatte meine Musiklehrerin gepocht.
Es ist ein Klassiker, weltbekannt, herzergreifend und dramatisch, eine Liebeserklärung?

Nein, heute nicht. Wenn ich das jetzt hier spiele, in meiner Schule, denke ich nicht an schöne Dinge. Wenn ich es spiele, werde ich von meinem Leid erzählen. Lehrer und Schüler haben mich oft geärgert und gequält, daran werde ich denken, wenn ich spiele. Vielleicht bemerken sie es ja und schonen mich in Zukunft. Chopin hilf mir, damit sie es verstehen!

Patrick richtete ein zweites Mal die Kamera auf mich und schrieb genau auf, wie dieses Stück heißt. Meine Lehrer würden es kennen, es ist sehr bekannt.

Als der letzte Ton erklang, lachte und johlte keiner. Sie schwiegen bestimmt für fünf Sekunden. Das passiert in einer Schulklasse sehr selten. Dann grölten sie los, sie standen alle auf und kamen zu mir, klopften mir auf die Schulter, boxten mich freundlich. Und die Lehrer schwiegen betroffen, standen da, richtig verschämt. Das passiert so gut wie nie, ich sah das zum ersten Mal.

Dann grölten alle: »Zugabe! Zugabe!«

Ich wurde gebeten, noch mal die schnelle Etüde zu spielen, damit es Frau Petri und die anderen auch hörten, es kam gut, richtig gut. Meine Klasse hat sich begeistert für klassische Musik. Und Patrick stellte zwei Filme ins Netz, ich war auf youtube, meine Eltern fielen fast vom Stuhl vor Schreck, als sie das sahen. Andere taten das auch, ich bekam Komplimente von sonst woher. Patrick war stolz und wollte unbedingt weiterfilmen. Ich sollte ihn immer dann rufen, wenn ich ein neues Stück draufhatte, das versprach ich ihm.

Für mich begann in der Schule ein neues Leben. Niemand meckerte mehr, wenn ich freigestellt wurde, zu meinen Meisterkursen fuhr, in die Uni oder zu Konzerten, weder die Lehrer noch die Mitschüler. Sie verstanden nun, was ich dort tat. Ich war endlich in der Schule angekommen, sie nahmen mich endlich, wie ich war, spät genug.

ALS ICH DREIZEHN WAR …

… bin ich Anfang des Jahres mit Mama zu einem Meisterkurs in mein geliebtes Waldseeheim gefahren. Am Abend saß Mama mit den Eltern der anderen beim Wein, sie haben sich über die »Eisenstein-Dinner« unterhalten, hat sie mir später erzählt. Eisenstein lud immer mal jemanden ins Restaurant ein; es war ein Privileg, mit ihm essen zu gehen. Ich musste an Frau Bette denken, da war es ähnlich. Die Eltern rissen sich regelrecht darum, mit ihm einen Abend allein zu verbringen. Man konnte ihn bei dieser Gelegenheit bitten, sich für die Karriere des Kindes einzusetzen. Bei diesem Meisterkurs hatte er ausgerechnet mich gewählt, mit ihm essen zu gehen, nicht meine Mama.

Sie war beunruhigt: »Was bedeutet denn das, was hat er vor mit dir?«

Sie malte sich aus, was ein alter Mann mit einer Dreizehnjährigen tun könnte, manchmal war sie echt bescheuert.

»Mach dir keine Gedanken«, sagte ich ihr. »Ich bin ja froh, dass er an mich gedacht hat. Beatrice war schon mehrmals mit ihm fort.«

Eisenstein fuhr mit mir in ein zwanzig Kilometer entfernt gelegenes Restaurant. Ich sprach gern mit ihm über Musik, andere Themen fand ich peinlich. Während wir Suppe schlürften, wollte er zum Beispiel wissen, ob ich schon einen Freund habe. Ich hatte noch nicht mal meine Tage und sollte einem alten Mann so eine

Frage beantworten?! Ich tat, als hätte ich seine Frage überhört. Ich wollte nur eines von ihm: »Was darf ich als Nächstes üben?«

Er wiegte mal wieder seinen Kopf hin und her, wie das seine Art ist: »Ich werde darüber nachdenken.«

Jetzt grübelte ich: Wenn ich auf seine Frage nach einem Freund eingehe? Bekomme ich dann als Gegenleistung ein neues schweres Stück? Ich könnte was erfinden. Ihm erzählen, ich hätte einen geküsst. Einen Jan. Oder einen Paul, Fritz? Wie immer mein Freund heißen soll?! Dann will er vielleicht noch mehr hören, wo wir angeblich waren, was der Freund zu mir gesagt hat oder ich zu ihm, all das. Mir wurde richtig schlecht. Machte Beatrice das auch? War sie deshalb so oft mit ihm unterwegs und ständig so mies gelaunt?

Ich lächelte ihn gequält an: »Ich möchte ein großartiges Stück spielen.«

Er sprach mit vollem Mund: »So, die kleine Clara will erneut was Schweres spielen, um aufzufallen.«

Ich dachte oft an das kleine Schulkonzert, wie herrlich es gewesen war, mit diesen Stücken anzugeben. Ich brauchte schwerste Stücke, unbedingt. Also nahm ich eine kindliche Stimme an, wenn ihm das gefiel: »Zu gern die *Campanella* von Paganini und Liszt. Was meinen Sie?«

Er schaute mich verdattert an: »Hast du von dem Wein genippt?«

»Herr Eisenstein, ich trinke doch keinen Wein! Die *Campanella* ist so wunderbar, kann ich sie einstudieren?«

»Undenkbar, du bist viel zu jung, zu unerfahren.« Plötzlich klang seine Stimme strenger: »Was ist eigentlich immer mit deinen Fingern los?«

Ich zog unwillkürlich meine Hände zurück und verbarg sie.

Er befahl mir regelrecht: »Hände auf den Tisch!«

Verlegen streckte ich sie ihm entgegen. Er schaute nicht nur drauf, sondern nahm meine Finger in seine Hände, drückte drauf herum. Hörte nicht auf damit. Ich fühlte mich so unbehaglich, die Leute glotzten schon. Er sagte: »Du musst die Durchblutung anregen, mit was auch immer, damit du keine Nekrose bekommst.«

»Nekrose?«

»Kann deine Karriere beenden. Gewebe, das nicht durchblutet wird, stirbt ab.«

Ich war geschockt – meine Finger sterben?! Er hielt noch immer meine Hand fest, ich wagte nicht, sie wegzuziehen.

»Raynaud-Syndrom. Warmhalten hilft allenfalls.«

Er ließ mich immer noch nicht los! Mama wäre inzwischen stinksauer geworden. Aber ich wollte die *Campanella*! Stell dich nicht so an, Clara, sagte ich zu mir. Was macht das schon, wenn er deine Finger betatscht, sind ja bloß Hände. Mir fiel nun etwas ein zu den Fingern: »Ein Erfinder erfindet gerade etwas dagegen.«

Er fragte verdutzt: »Ein Erfinder?«

»Ein Schwabe. Die können das, er braucht nur viel Zeit. Herr Eisenstein, ich möchte die *Campanella* einüben, bitte. Die klingt so wunderbar!«

Er streichelte mich nun wenige Millimeter, kaum zu merken, dann ließ er mich los. Schnell versteckte ich beide Hände unter dem Tisch.

»Wenn du dir das Handgelenk kaputt machen willst, meinetwegen.«

Hat er zugestimmt? Hat er doch, oder?! Ich starrte ihn an: »Ich darf sie also einüben? Die *Campanella*?«

Er räusperte sich: »Man kann ja nichts gegen deinen starken Willen tun. Mir imponiert das, Clara.«

Ich holte meine Hände wieder hervor: »Danke, das ist großartig!« Dann hat es sich gelohnt, dass er meine Hände begrapscht hat! Den Rest des Abends redeten wir von der *Campanella*, meinem neuen Ziel. Er konnte sehr gut erklären, wie das Stück zu spielen ist. Konnte wunderbar von Paganini und Liszt erzählen. Er wiederholte mehrere Male, dass ich technisch viel zu ungeübt für dieses Stück sei, aber das war mir egal. Ich würde üben bis zum Umfallen, und niemand hielt mich auf!

Zurück in der Pension habe ich mir die Hände gründlich gewaschen. Mama war wach geblieben, wartete auf mich: »Und?«

Ich log nicht, ich verschwieg nur viel: »Ich habe ihm die *Campanella* abgeschwatzt!«

»Wow. Und sonst?«

»Alles o.k., außer der Suppe, die war zu salzig.«

Mama schaute skeptisch, sie spürte, dass ich etwas verschwieg. Es waren ja bloß meine kalten Finger, die er zu lange in seinen Händen hatte, dachte ich. Und auch nur, weil sie so weiß waren: »Mach dir keine Sorgen, Mama.«

Die Finger blieben trotz warmer Bäder bleich und kühl. Ich habe niemandem verraten, dass sie manchmal sogar wehtun, wenn ich spiele. Was war bloß aus dem Erfinder geworden? Er hatte nicht mal geschrieben, dass er nichts erfinden konnte für mich. Mit diesen Fingern konnte ich nicht optimal spielen, was sollte ich bloß tun?!

Am nächsten Morgen war Schnee gefallen. Genug, um eine Schneeballschlacht zu machen. Tatsächlich haben beinahe alle mitgemacht, es war irre lustig, Beatrice stand natürlich mal wieder abseits; ihre Mutter verbat ihr alles. Warum wehrte sie sich nicht? Stattdessen hatte sie nichts Besseres zu tun, als mich sofort auszufragen, wie der Abend mit Eisenstein im Restaurant gewesen wäre.

»Schön.«

Was ging die das an? Als er Stunden später zu mir ins Übungszimmer kam, Mama in der Ecke hockte und in ihre Arbeit vertieft war, holte ich meine Noten heraus und gestand Eisenstein: »Ich habe schon mal dran gesessen.«

Er lächelte sogar: »Diese Sorte Ungehorsam kennen wir ja inzwischen.«

Mein enormer Ehrgeiz gefiel ihm. Wir arbeiteten daran, und ich übte, so intensiv ich nur konnte. Ich wollte das Stück unbedingt zum Abschluss der Woche im Konzert vortragen dürfen. Wenn mir das gelang, würde ich alle in den Schatten stellen.

Eisenstein hatte eine halbe Stunde mit mir gearbeitet und ging dann zu jemand anderem. Ich übte weiter an dem »Glöckchen«, wie das Stück auch genannt wird. Beatrice' Mutter wird die wohlbekannte Melodie auf dem Flur gehört haben, sie platzte auf jeden Fall in mein Übungszimmer, ohne vorher angeklopft zu haben, und fragte mich giftig: »Wer hat dir das Stück gegeben?«

Mama hob ihren Kopf, wunderte sich über den Überfall. Ich antwortete wahrheitsgemäß: »Ja, wer wohl!?«

Nun war der Mutter von Beatrice klar, was bei meinem Ausflug mit Eisenstein für mich rausgesprungen war: »Das geht auf keinen Fall!«

Mama fragte: »Was soll da nicht gehen? Liszt ist doch nicht in Privatbesitz.«

Stinksauer knallte die Frau die Tür wieder zu.

Mama starrte mich an: »Was hat die denn genommen?«

Ich zog die Schultern hoch: »Die leidet seit Jahren an chronischer Eifersucht.«

Am späten Abend war ich wieder im Keller beim Tischtennis mit den anderen. Da kam Beatrice zu uns runter, setzte sich auf das Sofa und schaute zu, wie wir spielten. Sie war um diese Zeit noch nie hier gewesen! Ihr Gesicht war fahl, der Mund starr, die Lippen schmal, sie weinte, ohne dass Tränen flossen, so zumindest kam mir das vor. Die war völlig fertig. Ich ging auf sie zu und lud sie ein: »Du kannst gern mitspielen, ich zeig dir, wie's geht. Kannst meinen Schläger haben.«

Sie schüttelte den Kopf: »Will nur mal ... hier sitzen.«

Sie wirkte so zerbrechlich, so erschöpft. Starrte vor sich hin. Wir haben sie gelassen, haben weitergespielt, ich hab immer mal zu ihr hingesehen. Bin dann noch mal hin, habe ihr eine Limo in die Hand gedrückt. Sie hielt die Flasche so lange, bis die Kohlensäure raus war. Dann plötzlich trank sie die warme Limo in einem Zug, stand auf und ging wieder fort.

Ich habe mir wegen meines »Glöckchens« eine dritte zusätzliche Übungseinheit genommen, mich ganz früh eingetragen, weil ich noch nie erlebt hatte, dass jemand diese Zeit von sechs bis acht am Morgen beanspruchte. Ich wollte ja niemandem einen Termin wegnehmen, so viel Rücksicht nahm ich schon. Mich hatte einfach nur mein Ehrgeiz gepackt.

Einen Tag später traf ich Beatrice kurz vor sechs überraschend im Treppenhaus: »Was machst du denn hier so früh?«

Erschöpft antwortete sie: »Weil du früh übst, muss ich nun auch.«

Ich legte meine Hand vor den Mund, so hat mich das erschrocken. Ihre Mutter musste echt einen an der Klatsche haben: »Oh, Beatrice, das tut mir leid. Kommst du nach der Einheit mit mir raus, bisschen Luft schnappen?«

Da kam ihre Mutter angelaufen, Beatrice raunte schnell: »Halb zwei? Am Brunnen.«

Ich nickte. Schon kassierte ihre Mutter sie ein. Wir aßen später in der Kantine an einem Tisch zu Mittag, Beatrice würdigte mich keines Blickes. Aber als ich im Park auf sie wartete, bibbernd vor Kälte, weil es schon zehn Minuten über der Zeit war, kam sie tatsächlich.

»Na?«, fing ich an. »Geht's dir okay? Also hör mal, deine Mutter ...« Weiter kam ich nicht. Ich wollte ihr eigentlich sagen, dass ich es blöd finde, wie ihre Mutter sie schikaniert. Beatrice aber bettelte mich an: »Du darfst die *Campanella* nicht spielen!«

»Warum denn nicht?«

»Weil du zwei Jahre jünger bist als ich. Und weil ich dieses Stück können muss, unbedingt spielen soll.«

»Beatrice, das kannst du gern machen. Spiel es, das macht mir nichts.«

Sie fingerte aus ihrer Tasche eine selbst gedrehte Zigarette und schnippte an ihrem Feuerzeug herum, die Flamme zündete nicht.

Ich wunderte mich: »Du rauchst?«

Sie blaffte mich an: »Geht's dich was an?«

Als die Fluppe endlich Feuer fing und ich den Rauch in die Nase bekam, war mir alles klar. Sie rauchte nicht nur Tabak. Ich kannte den Geruch, bin schließlich eine halbe Holländerin, Beatrice kiffte.

»Das schadet dir enorm, Beatrice. Du kannst mit dem Zeug im Hirn nicht üben, und vorspielen schon gar nicht.«

Beatrice inhalierte tief. Ich dachte, wie blöd muss man sein, den ganzen Tag harte Arbeit und dabei stoned! Das machte das Klavierspiel kaputt.

Ich wollte wirklich fair bleiben, versöhnlich: »Du, Beatrice, Eisenstein hat mir die *Campanella* gegeben, ich bin ihm dafür sehr dankbar. Du weißt doch, wie so was läuft.«

Sie schaute mich angewidert an, mit einem Gesicht, als müsse sie bald erbrechen: »Jaaa, ich weiß, wie so was läuft. Hat er auch deine kleinen Händchen geknetet?«

Was sagte sie da? Er hatte doch bloß meine Finger begutachtet, die schlecht durchblutet sind – oder war da mehr? Scheiße noch mal.

»Hast du auch kalte Finger?«, fragte ich blöd, total naiv. Dabei war mir jetzt endgültig klar, was hier abging. Sie sog weiter gierig an ihrem Joint, spuckte dann einen Tabakkrümel aus und sagte schließlich: »Du packst die *Campanella* nicht. Das macht deine rechte Hand nicht mit.«

»Beatrice, ich übe hart.«

»Meine Mutter dreht durch, wenn du das im Repertoire hast.«

»Das habe ich auch schon gemerkt, die ist in unser Übungszimmer gekommen und hat …«

Beatrice unterbrach mich: »Ich warne dich, Clara! Das wird schlecht für dich enden, glaub es mir. Ich tu dir nichts, aber meine Mutter hat den in der Hand! Sie werden dir schaden.«

Sie hatte fertig geraucht, trat nun mit ihrem Schuh die Kippe aus, drückte sie tief in den Schnee und schaufelte mit der Schuhspitze Schnee darüber, bis der Stummel ganz verschwunden war.

Ich sagte so liebenswürdig, wie ich eben konnte: »Ich verstehe euer Problem nicht, es gibt so viele Pianisten, die die *Campanella* im Programm haben.«

Beatrice' Gesicht verzog sich, als würde ihr jemand ohne Betäubung ins Fleisch schneiden: »Er hat gesagt, meine Leistungen schwinden, und wenn das so weitergeht ...?« Weiter sprach sie nicht, sie schluckte verzweifelt, ihr fehlte kurz die Luft, um zu sprechen. »Dann müsse ich ... dann ...«

Nun weinte sie. Ich hatte Mitleid mit ihr, klar. Sie war als Meisterschülerin nicht mehr die Beste, sollte ich deshalb traurig sein? Sicher nicht. Ich war selbst gierig nach Erfolg. Ein Lob von Eisenstein sog ich tief ein, wie sie den Joint.

Es fühlt sich berauschend an: Ich bin endlich besser als seine Beste. Ich habe unseren Kampf gewonnen! Ich werde den großen Bühnen empfohlen, ich werde CDs machen, ich werde den Applaus kriegen, nicht sie. Wenn Beatrice weiter so wunderbar kifft, werden auch andere sie locker überholen können. Ich habe sie nicht mal vernichten müssen, sie hat sich selber kaputtgemacht. Das kann mir nur recht sein.

Ich erschrak: So bin ich! So fies war ich in diesem Moment. Das muss man sich mal vorstellen! Ich schäme mich noch heute dafür.

Ich dachte nur an mich, wie jeder hier. Beatrice würde irgendwann den Kurs verlassen müssen, wenn sie weiter kiffte. Höchststrafe. Kein Wunder, dass sie so durcheinander war.

Doch dann kam der Hammer! Sie war nicht kleinlaut wegen ihrer Schwächen, sie schlich sich nicht davon, sondern kam auf ihre Gegnerin zu, hielt mit ihren Händen meinen Kopf und drückte von beiden Seiten, als sei mein Schädel eine große Nuss, die sie mit bloßen Händen knacken wollte. Ihr Gesicht ganz nah, ich roch ihren süßen Rauch, der noch immer im Mund stand: »Nur du kannst mir helfen!«

Sie drückte weiter zu, meine Ohren taten weh! Ich machte mich mit aller Kraft los, ging einen Schritt zurück, mein Herz klopfte wie wild: »Beatrice. Dein Klavierspiel wird nicht besser, wenn ich die *Campanella* nicht spiele.«

Ich hab genau gewusst, dass ich Unsinn rede. Wenn ich dieses Stück perfekt spielte, stahl ich ihr natürlich die Show. Wer die schwierigsten Stücke draufhatte, machte auf sich aufmerksam! Nur aus diesem Grund gab es nach dem Meisterkurs immer das Abschlusskonzert. Es waren Kämpfe um die besten Plätze. Und ich wollte Erste sein.

Es gab auf der ganzen Welt keinen Bedarf an hunderttausend Konzertpianisten, sondern vielleicht insgesamt hundert. Jedenfalls die der ersten Reihe. Weltweit, mehr nicht. Von Eisensteins Schülern wurden vielleicht zwei oder drei berühmt. Nicht in einem Meisterkurs, sondern in seinem gesamten Leben als Professor. Höchstens vielleicht vier. Ich wollte um meinen Platz kämpfen. Wenn Eisenstein einem Konzertveranstalter sagt, Beatrice sei seine beste Schülerin, dann macht sie Karriere. Wenn er sagt, Clara ist die Beste, werde ich der Star.

Ich hätte Beatrice sagen sollen, dass sie die Finger von dem Zeug lassen sollte, denn damit wären ihre Chancen total vertan! Aber ich sagte nichts. *Soll sie sich doch kaputtkiffen!*

Als könne sie Gedanken lesen, schaute sie mich irrsinnig böse an, packte wieder meinen Kopf und knallte ernsthaft ihren Schädel gegen meinen, dass es nur so schepperte! Eine richtige Kopfnuss hat sie mir verpasst, ich schrie auf, meine Stirn brannte, sie hatte meine Nase und den Kopf getroffen, mir wurde übel. Beatrice lief schnell zurück ins Haus. Die Frau war völlig irre. Ich wollte auch ins Haus. Sollte ich Mama davon erzählen? Als sie mich sah, fragte sie erschrocken: »Was hast du denn am Kopf gemacht?«

»Vor die Tür gelaufen, aus Versehen.«

Sie hat's mir geglaubt. Eltern sind dumm. Aber als Beatrice mit derselben roten Beule auftauchte, war allen klar, dass wir aneinandergeraten waren. Meine Mutter machte sich Sorgen: »Hast du sie verletzt oder sie dich?«

Ich schwieg.

»Was ist denn los zwischen euch?«

»Mama, du musst nicht alles wissen.«

Sie stand mit offenem Mund da und starrte mich an.

»Ich bin kein Kind mehr.«

Sie nickte: »Ach so.«

Ich übte im Meisterkurs weiter an der *Campanella*. Eisenstein warnte mich, ein Junge aus seiner Klasse habe vor Jahren dieses Stück versucht, sei aber nie bis zum Ende des Stücks gekommen, weil derart schnelle Töne mit der rechten Hand zu spielen sind, dass es nur so rappelt. Man konnte sich das Handgelenk kaputt machen. Deshalb wollte Eisenstein keinen Schüler mehr dranlassen.

»Ich schaffe das schon.«

Wenn ein Pianist dieses Stück spielt, kann man am Schluss des Stückes nicht mal mehr die Finger sehen, nur noch verschwommene Bewegungen, so schnell muss das gehen. Es ist eines der geilsten Stücke der Welt, viele Pianisten geben das kurze, aber heftige Stück als Zugabe. Ich streckte Daumen und kleinen Finger meiner rechten Hand so weit wie möglich auseinander, um sie zu dehnen, und klopfte sehr schnell und gleichmäßig mit jedem Finger einzeln auf den Tisch. Ich ahnte, dass Muskelkrämpfe drohen, dass das Handgelenk mächtig strapaziert wird.

Am Abend habe ich im Treppenhaus beobachten können, dass Beatrice' Mutter auf Eisenstein einredete, es klang beinahe, als stritten sie miteinander. Wegen mir?! Ich habe kein Wort verstehen können.

Einen Tag später kam Eisenstein zu mir in den Unterricht, und sagte als Erstes: »Wir werden auf die *Campanella* beim nächsten Meisterkurs zurückkommen oder in einem Jahr weiter daran arbeiten, aber nicht jetzt und hier.«

Also doch! Sie hatten ihn in der Hand! Ich hätte am liebsten geschrien!

»Herr Eisenstein, Sie haben es mir ...«

Weiter kam ich nicht. Er schaute mich beinahe flehend an: »Du wirst die *Campanella* spielen. Aber erst, wenn du die entsprechende Reife dafür hast. Vorher nicht. Dein Handgelenk ist nicht trainiert genug. Und nun zurück zu unserem Programm.«

Was sollte ich machen?! Er verbot es mir. Beatrice' Mutter wird ihm kräftig eingeheizt haben. Ich habe im Unterricht ein anderes Stück geübt, war nicht sehr konzentriert, logisch. Und ich war so erbost. Nach der Stunde bin ich rausgelaufen in den Schnee, weit weg von der Akademie.

Ich schreie laut in den Wald, wilde Tiere und die Bäume werden Zeuge meiner Wut. Ich brülle die übelsten Schimpfworte, trete an die Stämme, um mich abzureagieren. Ich hab keinen Bock mehr, ständig zu betteln, ob ich dies oder das spielen darf. Ich will mir nichts mehr sagen lassen – von keinem, auch nicht mehr von ihm. Diese Familie hat ihn in der Hand, womit auch immer! Verflucht, mir ist so kalt, aber ich will nicht zurück in die Akademie, keiner soll mich weinen sehen. Ich bin wie Beatrice, genau so scharf auf eine Karriere wie sie. Ich bin froh, dass sie kifft, das spielt mir in die Karten. Es geht mir nur noch um meine Karriere, was bin ich widerlich. Dass sie leidet, geht mir sonst wo vorbei.

Nun weinte ich doch. Was war nur aus mir geworden? Ich weinte der unbekümmerten Clara nach, die einfach nur spielen wollte. Ich gab mir selbst einen Rat: Du darfst brennen für die Musik, aber verbrenne nicht deine Umgebung. Bleib fair.

Nachdenklich bin ich zurückgegangen, wehrte mich nicht lautstark, sondern tat erst mal, was Eisenstein von mir verlangte. Spielte den üblichen Kram, funktionierte, aber in mir brodelte es. Es tat weh.

Beim Abschlusskonzert triumphierte Beatrice, heimste den Applaus ein, wir anderen waren nur Beiwerk. Ich musste irgendeine Etüde klimpern. Der Erfolg liegt in den Stücken, die man spielen und vortragen darf! Ich hatte bis auf Weiteres verloren.

Als ich wieder zu Hause war, übte ich die *Campanella*, es hat mir Spaß gemacht, es klang so unglaublich, so virtuos. Da war es wieder, diese Hitze tief in mir drin, mitten ins Herz ging das. Ich habe dieses Stück nicht mit Frau Bette geübt, sie hätte mich eh verraten an Eisenstein, die zwei sprachen ja regelmäßig miteinander. Meine Eltern haben es gehört, aber sie wussten nicht, dass ich das heimlich einübte, dass ich mir mit dem Stück die Handgelenke kaputt machen konnte. Das war mir alles egal. Ich war alt genug, ich entschied allein, was zu tun ist.

Viele Wochen später wurde mir das Versteckspiel dann zu blöd. Was sollte er schon tun? Mich umbringen?! Also sprach ich das Thema im Unterricht in Köln vorsichtig an.

»Erinnern Sie sich noch an die *Campanella*?«

»Wie ich schon sagte …«

Er wollte es mir nicht erlauben, ich könnte damit einen Wettbewerb gewinnen. Die Leute würden mich bejubeln, aber ich sollte nicht glänzen. Ich ging zum Angriff über! Ich brach alle Regeln, er würde mich killen. Sollte er doch: »Ich spiele es trotzdem.«

Er atmete tief durch, wie um seinen Autoritätsverlust zu verschmerzen: »Wie weit bist du?«

Von außen sah es aus, als trete ich mutig auf, aber ich hatte derart Angst vor ihm, dass ich glaubte, ich müsste gleich erbrechen. Mein Bauch tat mir weh. Und mir flimmerte es vor Augen! Bald würden die kleinen Monster aus dem Klavier kriechen …

Trocken sagte ich: »Ich bin fertig. Ich beherrsche die *Campanella*.«

Er stöhnte auf: »Fräulein! Dann spielst du mir dieses Stück jetzt vor. Und zwar bis zum bitteren Ende.«

Er hob seinen Zeigefinger: »Wenn du auch nur einen Fehler machst, nicht weiterkommst, einen Moment zu lang zögerst, spielst du diese *Campanella* deinen Lebtag nicht mehr. Ist das klar?«

Deal. Das war wenigstens ein Angebot.

Wenn ich jetzt versage, kann ich meine Revolution gegen Eisenstein vergessen. Aber wenn ich es schaffe, dann habe ich mich durchgesetzt. Ich beherrsche es ja. Mag Beatrice Tricks draufhaben, um sich lieb Kind zu machen, ich erledige das mit echter Leistung. Ich rücke meinen Hocker zurecht, lockere meine Handgelenke. Darf mir keine Fehler erlauben. Fünf Minuten wird es dauern, dann bin ich am Ziel meiner Träume. Ich bin bereit.

Da tat Eisenstein etwas, womit ich nicht gerechnet hatte, er stellte das Metronom an. Das ist dieses Gerät, das den Taktschlag angibt, wie ein Uhrwerk hin und her, klack, klack, klack, klack. So ein Gerät kontrollierte die konstante Geschwindigkeit des Spiels. Das brauchten Anfänger, aber ich doch nicht! Was wollte er damit?

»Bitte«, sagte er.

Das Metronom klackte, ich sollte also in seinem vorgegebenen Tempo spielen. Na gut. Er stellte sich neben den Flügel und hörte mir von da aus zu. Gewöhnlich saß er neben mir. Ich wurde nun doch nervös, es ging um meine Freiheit, meine Karriere, es ging um alles.

Ich begann, orientierte mich am vorgegebenen Takt, der nicht sonderlich schnell war, kam gut rein, spielte selbstbewusst und gefühlvoll, meisterte die ersten Klippen, so konnte es getrost weitergehen. Melodisch ist die *Campanella* wie ein Spiel mit kleinen Glöckchen. Die einfache Melodie spielt die eine Hand, die Glöckchen die andere. Das Stück wurde langsam wirklich virtuos, und ich hatte immer noch keine Probleme.

LISZT:
»La Campanella«

Doch während ich spielte, ging Eisenstein ans Metronom und schraubte mittendrin das Tempo eine Stufe höher. *Das darf doch nicht wahr sein!* Er wollte mich provozieren, doch ich ging mit, es war gerade so zu schaffen, der Taktgeber jagte mich, mir tat nun alles weh, der Nacken, der Rücken. Ich sollte scheitern, das wollte er. Warum Beatrice? Eisenstein hatte Angst vor ihrer Mutter, blanke Angst! Warum? *Ich weiß es nicht.* Sie erpressten ihn. Was hatte er gesagt? Man konnte sich hiermit das Handgelenk kaputt machen? Ich konnte jederzeit aufhören, damit ich meinen Körper schonte. Aber ich wollte ihm nicht mehr gehorchen müssen! Wollte auf dem Podium zeigen, was ich kann. Er sollte doch merken, dass ich meisterlich bin. Ich raste weiter mit der Melodie, vielleicht unterstützte er mich ebenso wie Beatrice. Ich wollte ihr nichts Böses. Wir konnten doch beide gut sein, es gab viele Konzertsäle auf der Welt. Ich wollte ihn überzeugen, dass ich es draufhatte. Also weiter, meine Läufe gelangen gut. Herrliches Glöckchen, ein Traum. Die Handgelenke immer locker, nicht verkrampfen!

Er merkte, dass ich immer noch zurechtkam. Und stellte 45 Sekunden vor dem Ende das Ding wahrhaftig noch eine Stufe höher. Gott, und jetzt?! Nein! Ich hielt es kaum noch aus. Ich musste dem Metronom folgen, verdammt, es trieb mich an den Rand, das konnte ich nicht schaffen, meine Hand! Wehe Finger, ständig kalt, hämmerten auf hohe Töne, die wie Glöckchen klingen. Ich raste, spielte unglaublich schnell. Habe dann gar nichts mehr gedacht, aus keinem Augenwinkel mehr irgendwas mitbekommen, durfte nicht aufhören, musste zum Schluss kommen.

»Hilfe«, schrie ich in mich hinein. Solche Schmerzen! Weiter! Atempause, Tränen. Schlussakkord. Stille. Völlig fertig.

Augen auf. Durchatmen. Du kannst mir gar nichts! Ich hab's geschafft! Ich freue mich geräuschlos, mein Mund bleibt verschlossen, doch ich schreie innerlich wie eine Verrückte, aber von ihm kein Ton. Kein Wort. Er schweigt auch. Ich atme heftig, dagegen kann ich nichts machen, und reibe mir meine Handgelenke. Er kann mir gratulieren, denn ich habe großartig gespielt.

Er sagte: »Ja, dann spiel's halt!«

Er hat mich fertigmachen wollen, es ist ihm nicht gelungen. Nach Jahren blinden Gehorsams wehte endlich frischer Wind – der Riese war bezwungen, ich betrat meinen eigenen Weg.

Dann spiel's halt, hatte er gesagt.

Das war ja im Grunde ein Kompliment? Es klang ja nicht böse, sondern – wonach klang es? Stolz. Ja genau, er war doch stolz auf mich, oder? Wie kühn ich war! Er hat gemerkt, dass ich gut bin. Endlich finden wir zueinander, zu gern wäre ich Eisensteins ganzer Stolz.

Er nahm seine Tasche, um den Raum zu verlassen, da drehte er sich zu mir um: »Daheim kannst du das spielen, so oft du willst. Auch hier im Unterricht, unter uns, damit deine Handgelenke leiden, meinetwegen. Aber nicht vor Publikum. Wenn doch, verlässt du meinen Kurs. Niemand wird wagen, dich zu unterrichten ohne meine Zustimmung. Geschweige denn dich auftreten lassen.«

Er schloss die Tür. Ich blieb starr auf dem Klavierhocker sitzen, das Metronom tickte immer noch. Meine Welt brach zusammen.

Später saß ich in der Straßenbahn auf dem Weg nach Hause und weinte pausenlos. Was verlangte er von mir?! Ich wollte Pianistin werden und durfte nicht zeigen, was ich kann – wie ging das zusammen? Solo spielen hinter gedämpften Türen?

Mir gegenüber in der Bahn saß eine Oma, die steckte mir ein Taschentuch zu und fragte freundlich: »Na, Kindchen. Liebeskummer?«

Das ist in Köln so üblich. Man redet miteinander, auch wenn man sich nicht kennt. Die ganze Stadt mischte sich ein, wenn was mit einem los war. In der Bahn, auf der Straße, in der Kneipe, egal. Sie reden miteinander, als seien sie verwandt, ist komisch für Außenstehende, ist aber so. Die Oma fragte darum ungeniert: »Wie heißt er denn?«

Sie glaubte, ich weinte einem Jungen nach. Ich schnäuzte mich und antwortete: »Franz. Er heißt Franz Liszt.«

Sie tätschelte meine Hand: »Der Kummer vergeht, mein Kind, ich weiß das, glaub mir, da wächst Gras drüber!«

Die war so süß, diese Oma! Mir ging es gleich besser. Daheim erzählte ich meinen Eltern, was geschehen war.

»Sein Ton wird härter«, nickte Paps erschrocken.

»Aber warum bloß? Er ist doch mein Lehrer, er muss sich doch freuen, wenn ich die Beste sein will?!«

Mama meinte: »Er scheint Beatrice vorzuziehen.«

»Was habe ich ihm getan?«

Paps murmelte: »Die richtige Frage ist, was du ihm nicht getan hast.«

Mama suchte nach einem Ausweg: »Und wenn du doch einen neuen Lehrer suchst? Das hat doch keinen Sinn mehr mit dem?!«

»Er hat mich doch ganz klar gewarnt! Ohne Eisenstein bist du nichts – das hat er selber betont: Wer seine Klasse verlässt, wird in der Musikwelt keine Unterstützung mehr finden, weder in Köln, noch in Deutschland, noch auf der ganzen Welt.«

»Das hat er gesagt?«

»So ähnlich.«

»Der übertreibt doch maßlos!«

Wir diskutierten das beinahe jeden Tag, mit immer denselben

Sätzen. Ich könnte Patrick kommen lassen, der filmt mich, wenn ich die *Campanella* spiele, und lädt es hoch. Eisenstein hat mir verboten, sie zu spielen, gilt das auch fürs Internet? Ich traute mich nicht. Es hing mir so zum Hals raus, diese Diskussionen, diese Sorgen!

ALS ICH VIERZEHN WAR …

… war Paps an der Reihe, mit mir in den Meisterkurs zu fahren. Er fühlte sich überhaupt nicht wohl. Vor allem spürte er, wie diese feindliche Atmosphäre von Beatrice' Mutter auf ihn übergriff. Er war gewöhnlich ein freundlicher Mensch und mochte keinen Streit. In diesem Kreis aber war Streit und Missgunst an der Tagesordnung, er selbst wurde auch langsam stinkig, er stritt sogar, gönnte den anderen Schülern den Erfolg nicht mehr – dafür verachtete er sich selbst am meisten.

Er klagte: »Ich vermisse mein Büro so sehr.«

Daheim hatte ich mitbekommen, dass Paps Mama inständig bat, den anstehenden Meisterkurs zu übernehmen, aber sie wollte nicht. Es gab Streit deswegen. Die Stimmung war nicht mehr leicht und fröhlich, bei uns zog schon eine ganze Weile ein eisiger Luftzug durchs Haus. Ich hörte Gespräche meiner Eltern in der Nacht, die unglücklich klangen und mit Tränen endeten. Früher hatte mich ihr lautes Lachen geweckt, heute stritten sie schon beim Frühstück! Ich fühlte mich furchtbar, weil doch sicher ich Schuld daran trug! Ohne mein Klavier wären meine Eltern glücklich.

Der Meisterkurs fand Mitte Februar statt, das war mitten im Karneval. Mama wollte nicht, dann verpasste sie die legendäre Karnevalsfeier an Weiberfasnacht im WDR. »Soll Omi mit Clara reisen!«

»Nein«, machte Omi klar. »Ich will auch feiern. Ist ja Karneval.«

Also doch Mama! Aber die kämpfte weiter: »Ich muss bereit sein, wenn die Redaktion mich ruft. Es kann immer was passieren, ganz schnell.«

Paps wurde sauer: »Du redest dich immer damit raus, dass mal was passiert! In Wirklichkeit willst du eigentlich nur feiern!«

»Aber du feierst keinen Karneval, also kannst du doch mit Clara fahren.«

»Ich habe Termine.«

Sie stritten heftig, was mich total fertigmachte, schließlich war ich ja der Grund. Also gab ich nach: »Dann lasse ich den Kurs sausen.«

»Quatsch!«, versicherten Papa und Mama gemeinsam. »Wir finden schon eine Lösung.«

Mamas Lösung war, dass sie sich knallhart durchsetzte, Paps blieb nichts weiter übrig, als seine Termine abzusagen und mit mir hinzufahren. Ihn nervte die Strenge von Eisenstein: »Ich halte den kaum noch aus. So dominant, so unverschämt manchmal. Und dann lässt er dich nicht die Stücke spielen, die du willst, widerlich! Was hat dieser Mann mit meinem Leben zu tun? Und dann diese Leute, die Eifersucht der Eltern, Beatrice, ich drehe noch durch!«

Ich schaute ihn traurig an, damit war alles gesagt. Er quälte sich und gab doch nach. Ich hatte ein schlechtes Gewissen. Alles drehte sich um mich, das war nicht fair.

Wir nahmen wie immer den Zug. Die Bahnfahrt war lang, zu allem Übel hatten wir noch zwei Stunden Verspätung wegen Oberleitungsschaden in Würzburg. Ich war erschöpft, müde und genervt, wir stiegen nach Ewigkeiten aus der Regionalbahn, es war kalt, ich ging schon die Treppe aus der Unterführung hoch, da heulte ich blitzartig auf: »Shit, ich hab meinen Koffer im Zug vergessen.«

Da schrie mich mein Paps an wie noch nie: »Jetzt das auch noch! Du dummes Ding, muss das sein?«

Ich war völlig fertig! So war er noch nie mit mir umgegangen. Ohne etwas zu erwidern, rannte ich zurück, weil ich dachte, ich erwische den Zug noch. Mein Konzertkleid war ja auch da drin! Und all die anderen Dinge, die ich hier natürlich brauchte. Zahnbürste und Nachthemd. Die Noten! Es war eisig, ich lief zu schnell, rutschte aus und fiel hin, konnte mich gerade noch mit gestrecktem Arm abfangen, haute mit dem rechten Handballen auf eine Treppenstufe. Schmerzen habe ich im ersten Moment nicht gespürt. Ich lief zum Bahnsteig hoch, aber der Zug war schon lange weg, ich war so gefrustet! Zurück bei meinem Vater warf ich mich ihm heulend in die Arme: »Was mache ich denn, Paps, was mache ich jetzt?«

Der war nun vollends genervt, schickte mich mit einem Taxi in unser Quartier, damit ich nicht noch länger in der Kälte stand. Er selbst wollte im Bahnhof warten. Der Regionalzug, in dem mein Koffer war, würde sein Ziel anfahren, dann drehen und irgendwann zurückkommen. Paps hatte dem Bahn-Service Bescheid gegeben, die wollten sich um das Gepäckstück kümmern. Ich hatte ein schlechtes Gewissen, dass mein armer Paps am Bahnhof warten musste, aber er wollte das so.

Mein Handballen tat ein wenig weh, aber nicht schlimm, ein Glück! Paps kam zwei Stunden später völlig durchfroren an, er hatte wahrhaftig meinen Koffer dabei. Ich umarmte ihn dankbar. Er klopfte müde auf meine Schulter und legte sich danach in eine heiße Badewanne.

Ich schlief in dieser Nacht sehr unruhig und wachte am Morgen erschöpft auf. Am Vormittag übte ich zwei Stunden Etüden, und ich spürte, dass meine Hand doch irgendwie gelitten hatte, obendrein hatte ich ein paar Schrammen am Schienbein, die ich vor Paps geschickt versteckte. Er sollte nicht erfahren, dass ich gefallen war, der machte daraus noch einen Aufstand.

Ich war noch nie krank gewesen, hatte nie im Unterricht oder bei den Meisterkursen gefehlt. Eisenstein war auch nie krank. Der

Mann war uralt und funktionierte immer! Er hat uns eingebläut, dass wir nicht krank werden dürfen. Als wenn man sich das Kranksein wählt! Aber er warnte uns: »Wehe, einer von euch muss längere Zeit aussetzen. Das kann sich kein Künstler erlauben. Lebt also gesund und verhaltet euch vorsichtig. Wer krank wird, ist dumm!«

Dann kam Eisenstein in mein Übungszimmer. Er schaute sofort auf die Hand: »Was ist passiert?«

Ich schüttelte den Kopf: »Nichts.«

Er wurde lauter: »Da ist doch was mit der Hand geschehen!«

»Nur eine Kleinigkeit. Nichts weiter.«

Paps horchte auf – wovon sprach der Professor?! Was war mit Clara? Eisenstein wurde missmutig: »Sind wir hier in einer Quizshow? Bitte um genauen Bericht.«

Paps fragte zögernd: »Clara? Hast du was mit deiner Hand?«

Eisenstein starrte meinen Vater an und brüllte ihn regelrecht an: »Sie wissen von nichts? Ja, wo haben Sie denn Ihre Augen? Claras rechte Hand ist schwer verletzt.«

Mein armer Paps stand verdattert auf, kam auf mich zu, schaute auf meine Hand. Er sah nichts, aber Eisenstein sah alles.

Ich druckste herum: »Bin am Bahnhof gefallen, hab mich abgestützt. Tut aber gar nicht weh.«

Paps flüsterte mir heiserer Stimme: »Und weshalb sagst du mir nichts?«

»Weil wir eh schon Stress hatten wegen dem Koffer.«

Eisensteins Stimme war schrecklich streng: »Wie genau hast du dich abgestützt beim Fallen?«

»So«, ich hielt meinen Arm gestreckt, die Hand gespreizt. »Ist sicher nur geprellt.«

Nun fuhr er mich an: »Als wenn du zwischen Prellung und Knochenverletzung unterscheiden kannst, du dummes Huhn! Mit was bist du aufgekommen?«

Ich zeigte ihm den Ballen meiner Hand. Eisenstein wandte sich an Papa: »Das Kahnbein kann gebrochen sein. Bei verzögerter Behandlung nimmt das Risiko für dauerhafte Probleme an der Hand stark zu.«

Der Professor ging einige Schritte durch den Raum, den Kopf gesenkt, er dachte nach und machte Papa weiter schwere Vorwürfe: »Wie kann man so einen Sturz als Begleiter nicht bemerken? Weshalb reisen Sie überhaupt mit, wenn Ihnen nichts auffällt? Und nun das!«

Paps war sprachlos, eingeschüchtert. Eisenstein tat, als habe Paps den Knochen eigenhändig zertrümmert: »Ein unbehandelter Kahnbeinbruch kann zum Absterben des gesamten Knochens führen. So ist das!«

Mir wurde angst und bange – der übertrieb doch, oder? Eisenstein knallhart weiter: »Das kann Monate dauern, und wenn man Pech hat: Versteifung des Handgelenks. Na bravo! Dann war deine ganze Ausbildung am Klavier für die Katz!«

Paps schüttelte den Kopf: »Man muss ja nicht gleich das Schlimmste annehmen!«

Eisenstein überging Paps' Tröstungen, polternd wandte er sich an mich: »Das wolltest du uns verschweigen? Wie dumm bist du überhaupt?! Wenn du Glück hast, und es heilt, wird das dennoch Monate dauern, ein halbes Jahr ohne Unterricht, ohne Übungen, das wirft dich massiv zurück! Wenn du das überhaupt als Pianistin überstehst.«

Er griff nach einem Stift und schrieb auf, zu welchem Arzt ich sofort gehen sollte in Köln, und zu keinem anderen bitte schön. Wir sollten ihn anrufen, wenn eine genaue Diagnose vorläge.

»Gute Besserung, Sauerei noch mal!«

Ich hatte es immer noch nicht kapiert: »Wir sollen abfahren? Jetzt?«

Eisenstein schüttelte nur noch entgeistert den Kopf, winkte ab und verließ den Raum. Paps packte schweigend unsere Sachen, wir nahmen ein Taxi zum Bahnhof und machten uns auf den Weg nach Hause.

Ich sagte: »Der ist aber sauer!«

Paps antwortete: »Er übertreibt ganz sicher, wie immer. Ein hysterischer Charakter, dieser Mensch, ganz furchtbar.«

Von unterwegs machten wir einen Termin in der Klinik. Es war ja noch gar nicht sicher, ob überhaupt was gebrochen war. Mir tat auch gar nichts richtig weh. Wir haben Mama angerufen, aber sie ging nicht dran. Eine SMS geschickt – keine Reaktion. Abends kamen wir am Kölner Hauptbahnhof an, Tausende Narren waren auf der Straße, kostümiert und besoffen, überall Müll, Musik, Gejohle. In der Straßenbahn roch es nach Alkohol und Erbrochenem. Wir kamen heim, Mama war nicht da, ich machte mir Sorgen. Paps beruhigte mich: »Du kennst sie doch, sie wird feiern.«

Mama blieb die Nacht über weg und reagierte auch nicht auf unsere Anrufe oder SMS. Ich spürte inzwischen, dass ich meinen Daumen kaum bewegen konnte. Die Hand war geschwollen. Nun bekam ich es doch mit der Angst zu tun. Am nächsten Tag waren wir früh um zehn in der Klinik. Dort drückten verschiedene Ärzte hier und da und dort auf dem Ballen rum, das tat weh! Ich wurde geröntgt, das Kahnbein war gebrochen. Das schien wohl ein Teil der Hand zu sein? Ich hatte noch nie davon gehört.

Der von Eisenstein empfohlene Arzt meinte: »Zum Glück verläuft die Fraktur nicht proximal, dies hätte die schlechteste Prognose der Bruchheilung.«

Mich nervte, wie diese Leute immer redeten, proximal! Was weiß ich denn, was das bedeutet? Zu fragen traute ich mich nicht. Sie rieten zu einer kleinen Operation.

»Was machen Sie in dem Fall?«, fragte Paps.

»Verschraubung des Kahnbeines mit einer speziellen durchbohrten Scheibe mit zwei Gewinden unterschiedlicher Steigungen.

Diese Form bewirkt eine Kompression der Bruchfragmente. Ein kleiner Schnitt an der Beugeseite des Handgelenks. Minimal invasive Operation.«

»Der Vorteil?«

»Zeitlich erheblich zu verkürzende Gipsbehandlung.«

Das klang doch gut, zeitlich verkürzt. Also war ich bald wieder gesund. Ich war einverstanden: »Operieren Sie.« Es sollte schnell gehen. Ich musste spielen. Vielleicht war das bereits in drei Wochen überstanden, höchstens vier, und Eisenstein kriegte sich wieder ein.

Der Arzt schüttelte den Kopf. »Das Kahnbein heilt sehr langsam, die Therapie dauert lange.«

Ich erschrak: »Wann kann ich wieder Klavier spielen?!«

Er schaute mich verwirrt an: »Wir sprechen ja doch von einem Bruch.«

»Es tut aber kaum weh.«

»Der Knochen soll ja heilen, oder?! Das geht nur, wenn der Bruch in Ruhe gelassen wird.«

Ich presste meine Lippen aufeinander, damit ich nicht gleich losheulte: »Ohne Klavier, wie lang also genau?«

Der Arzt kratzte sich am Hinterkopf: »Wir kontrollieren den Heilungsprozess nach einer Woche, dann nach der sechsten und noch einmal nach der zwölften Woche.«

Mein Herz schlug heftig, ich hatte das Gefühl, mir zerschlägt es den Brustkorb: »Ein Vierteljahr? So lang?«

Der Arzt schaute mich mitleidig an und sagte: »Die Prognose der unkomplizierten Brüche ist in der Regel sehr gut. Die ursprüngliche Beweglichkeit im Handgelenk ist nach zwölf Wochen aber noch lange nicht wieder gegeben. Sie wird jedoch mithilfe einer konsequenten Physiotherapie und etwas Geduld nach einiger Zeit wieder erlangt.«

Paps und ich schauten uns fragend an.

»Nach einiger Zeit? Das bedeutet wie lang genau?«

Der Arzt sagte: »Rechnen Sie mit einem halben Jahr.«

Ich dachte, mich zerreißt es, bitte nicht. Ein halbes Jahr?! Das war mein Ende, ich wollte nur noch heim. Eisenstein bringt mich um! Morgen sollte ich operiert werden, das war doch alles sinnlos – ich war als Pianistin erledigt. Alles vorbei, der ganze Mist umsonst.

Ich saß daheim auf dem Sofa, starrte vor mich hin und konnte nicht mal heulen! Paps nahm mich in den Arm. Wir schwiegen lange. Guckten Fernsehen, kochten und aßen was. Mama meldete sich immer noch nicht.

»Meine Hand wird nicht wieder gesund!«

Er umarmte mich: »Liebes, nimm jedes Unglück, wie es kommt. Man kann es eh nicht ändern. Nutz die Monate, um dich von dem ganzen Stress zu erholen. Ich tue das auch. Ehrlich gesagt, ich bin froh, dass ich all diese Leute eine Weile nicht mehr sehen muss, wirklich froh. Ich war kurz davor, sie einzeln zu erwürgen. Ihn zuerst.«

»Im Ernst?«

Er nickte.

Ich war untröstlich: »Aber wenn ich nie wieder spielen kann?«

»Quatsch. Klar wirst du spielen. Eisenstein übertreibt immer. Der Arzt sagte, das wird wieder, du brauchst nur Zeit, du musst dich erholen.«

Der Haustürschlüssel drehte sich im Schloss, herein torkelte ein schrecklich heruntergekommener weiblicher Clown mit Alkoholfahne.

»Mama?«

Sie lallte: »Allaf!!«

Sie wird irgendwo geschlafen haben oder hatte sogar durchgefeiert.

»Mir is so schlecht!«

Ich war zwar auch ein Kölsches Mädsche, hier geboren, aber ich würde nie so feiern können wie Mama. Ich erzählte ihr vom Unglück mit der Hand und dass ich ein halbes Jahr Pause einlegen musste. Vom Frühling bis in den Herbst. Mama setzte sich in ihren bunten Fetzen neben mich und sang heiser und falsch, weil sie glaubte, das tröste mich: »Su lang mer noch am lävve sin, am laache, kriesche, danze sin, su lang mer noch am lävve sin!«

Dann gingen wir schlafen. Am folgenden Tag wurde ich operiert, es tat kaum weh, und ich konnte danach gleich wieder heim. Paps kochte uns was, und Mamas Gesicht hellte sich auf: »Dein Unglück ist vielleicht auch unser Glück. Clara! Du kannst dich endlich mal mit anderen Dingen beschäftigen. Ich habe die Nase sowieso gestrichen voll von diesem Eisenstein und dieser Mutter von Beatrice und was weiß ich, meine Güte.«

Paps meldete sich: »Ich auch. Aber so was von!«

Beide lächelten sich an, nahmen sich in den Arm. Endlich mal wieder!

Mamas Augen leuchteten auf: »Sollen wir mal was Verrücktes machen?«

Ich sagte: »Hast du nicht schon genug gefeiert?«

Nun rief sie euphorisch: »Wir nutzen das Unglück und gehen alle miteinander in Urlaub.«

»Wohin?«, fragte ich.

Mama riss die Arme hoch: »Weg! Und zwar ein halbes Jahr!«

»Meinst du das ernst?«, fragte Paps und lachte, statt zu widersprechen.

»Wie lange?«, fragte ich fassungslos. »Ein halbes Jahr?«

Mama war nun total aus dem Häuschen: »Ich schlage vor, jeder von uns erfüllt sich einen Herzenswunsch! Jeder bestimmt für zwei Monate, was wir miteinander tun.«

Beide waren Feuer und Flamme! Paps wollte zwei Monate durch die Karibik segeln: »Davon habe ich schon immer geträumt! Blau strahlendes Meer, weiße Strände, Palmen. Bunt gekleidete Menschen, andere Musik, anderer Geruch, anderes Essen, endlich mal raus hier.« Er strahlte vor Aufregung.

Mama wollte zwei Monate lang in New York leben. »Konzerte, Theaterbesuche, Museen. Zeit dafür. Wie krass wäre das! Mein Traum!«

Alle Müdigkeit war verflogen, meine Mutter fiel meinem Vater in die Arme, sie lachten übermütig und wälzten sich auf dem Fußboden vor Aufregung. Benahmen sich, als seien sie Hunde, die man von der Leine lässt, sie sprangen vor Freude herum. Ich begriff das nicht. Mir ging es schlecht! Die haben immer ihre Arbeit wichtig genommen, und nun wollten sie einfach mal damit aufhören? Für Monate Pause machen?

»Und du, Clara? Was willst du? Zwei Monate lang? Du darfst bestimmen!«

Sie schauten mich erwartungsvoll an. Ich fragte: »Ihr macht bloß Quatsch, oder?!«

Meine abgedrehten Eltern schüttelten den Kopf: »Endlich sind wir frei! Einmal im Leben muss man das machen. Die Gelegenheit bietet sich nur jetzt.«

»Und eure Arbeit?«

Mama lachte: »Ich melde mich beim WDR ab. Die kommen auch mal ohne mich aus!«

»Auf einmal?«, fragte ich biestig. »Aber zum Meisterkurs konntest du nicht mit. Da war die Arbeit immer wichtiger.«

Paps winkte ab: »Wir kommen doch nach sechs Monaten zurück. Was für eine geile Idee.«

»Und deine Agentur? Du kannst doch nicht …?«

Scheinbar konnten sie! Plötzlich sollte das gehen, meine Erzieher waren total verrückt geworden! Sie lagen sich in den Armen wie nach einem Weltmeistertitel und johlten: »Frei, endlich frei!«

Ich stattdessen murrte und meckerte, als sei *ich* eine Mama und die beiden meine ungezogenen Kinder: »Wovon wollt ihr das überhaupt bezahlen?«

Paps erklärte: »Wir haben immer nur gearbeitet und uns kaum was gegönnt. Schluss damit! Und du, Clara, sag endlich, was möchtest du? Du hast die freie Wahl.«

Sie lachten weiter, küssten sich dazu. Was wollte ich? Ich hatte keine Ahnung. Ich hab so etwas noch nie denken können oder wollen. Wir waren nie wirklich weg gewesen, ich hatte mich immer nur an das Klavier gefesselt, und meine Eltern mussten hinter mir her. Jahre ging das gut, sie haben ständig getan, was meine Ausbildung verlangte. Logisch, dass die beiden nach einem Abenteuer nur so lechzten. Sollte ich mit? Da war ja noch die Schule: »Die geben mir doch nie frei.«

»Wenn sie dich nicht beurlauben, wiederholst du die Klasse einfach.«

Ich soll absichtlich sitzen bleiben?! ICH? Und was für eine eigenartige Frage, was ich zwei Monate machen will? New York und Karibik fand ich schon cool. Aber dann, bei näherer Betrachtung: zwei Monate mit meinen Eltern in einem Boot? Ohne ein Klavier? Das könnte stressig werden. Oder in New York – was sollte ich da? In Museen rumhängen? Nein danke. Hatte ich einen eigenen Plan? Wollte ich zwei Monate nach Neuseeland und schauen, wo die Hobbit-Filme gedreht wurden? Oder nach Afrika, Safari machen? Ich ging ja nicht mal in den Zoo. Mich interessierte das alles nicht. Ich hatte immer nur einen Traum, und der hatte mit dem Klavier zu tun.

»Wenn überhaupt«, sagte ich meinen Eltern, »dann möchte ich mal Matilda Vining hören, in echt. Das wäre mein Traum. Ihr vielleicht sogar die Hand reichen. Aber sonst? Nichts. Ich will nicht weg.«

Beide stöhnten auf: »Schon wieder nur Klavier, immer Klavier!« Sie hatten tatsächlich die Nase gestrichen voll.

»Interessiert dich denn nichts anderes? Paris. Oder Island?«

Ich winkte ab. Das mit dem halben Jahr war eine Schnapsidee von Mama, die noch vom Karneval besoffen war.

Ich ging schlafen. Lag unruhig im Bett und bekam kein Auge zu.

Bald denkt Mama wieder an ihre ach so wichtigen Filme und den WDR, und Paps wird einzig seine Bücher im Kopf haben. Nie und nimmer werden die ein halbes Jahr blaumachen. Vielleicht mal kurz auf die Kanaren, mehr nicht.

Im Wohnzimmer kichern meine Eltern wie kleine Kinder. Ich finde die seltsam so. Und außerdem: Wo soll ich hinreisen? Ich habe keine Träume, was Orte angeht. Ich will, dass meine Hand gesund wird, dazu brauche ich Ärzte und Physiotherapeuten und keine Karibik! Und dann die Hitze, das ist bestimmt nicht gut. Nein, ich werde nicht mit auf Reisen gehen, ich brauche eine Verbündete, die mir hilft. Es gibt nur eine Lösung für mich.

Ich rief noch in der Nacht meine Oma an. Die hat sich von mir wecken lassen und schimpfte nicht mal. Wir sprachen lange miteinander. Zuletzt atmete ich auf. Ich hatte endlich einen eigenen Plan. Den Clara-Oma-Plan. Sie war die Größte.

Beim Frühstück gab ich bekannt: »Ich werde nicht verreisen. Ich bleibe hier. Ich werde meine Hand trainieren und mit der linken weiter Klavier spielen.«

Meine Eltern schauten sich an, bange. Sie glaubten natürlich, ihre wunderbaren Reisepläne nun vergessen zu müssen.

»Macht euch keine Sorgen, Oma passt auf mich auf.«

»Das tut sie niemals.«

»Ich habe mit ihr gesprochen. Sie tut es.«

»Wann hast du mit ihr geredet?«

»Von zwei bis drei Uhr.«

»Heute Nacht?«

Ich nickte: »Oma und ich, wir schaffen das«, habe ich beide getröstet. »Macht euch keinen Kopf.«

Ich hab geflunkert. Ich würde Paps und Mama vermissen und mir auch Sorgen machen, wenn sie mit dem Segelboot unterwegs waren. Aber es musste sein, jeder hatte verdient, seine eigenen Träume zu leben. Sie reisten tatsächlich Anfang Mai ab, Oma zog zu uns ins Haus. Schon nach wenigen Tagen roch es in jedem Zimmer nach ihr. Und in der Küche wurden andere Speisen zubereitet, und ihr Lachen erklang, wenn sie telefonierte, und ihre Lieder dröhnten aus dem Bad, wenn sie in der Wanne lag.

»Ich habe ein paar Spezialisten gefunden, die deiner Hand helfen können.«

»Hast du gegoogelt?«

Sie rollte mit den Augen: »Quatsch, ich habe Freunde, die haben Freunde, die haben … und so weiter. Ein fünfundsiebzig Jahre alter Chinese, der sich mit traditioneller Medizin bestens auskennt. Wohnt in Maastricht. Eine Physiotherapeutin in Siegburg, auch schon über achtzig, aber ein Geheimtipp.«

Ich grinste Oma an: »Hast du auch Experten unter siebzig?«

Sie lächelte: »Vielleicht. Aber sind die so gut? So erfahren? Vertrau meinem Netzwerk, das offline über Jahrzehnte entstanden ist.«

Es klingelte an unserer Tür. Oma ging hin, man hörte sie mit einem Mann sprechen, sie wollte ihn schon wegschicken. Doch der Fremde ließ sich nicht abwimmeln, er nannte Omi meinen Namen.

Sie holte mich: »Ein Vertreter. Er hat was für dich, ich verstehe seine Sprache kaum. Hast du was bestellt?!«

Ich ging an die Tür, es war dieser Schwabe aus dem Zug!

Er grinste mich an: »I hans versproche ghett. Jetztetle hend mers.«

»Warum haben Sie denn nicht angerufen?«

»Ich han alloi d Adress g'häd, ond em Telefonbuch staht nix.«

Omi staunte: »Woher kennt ihr euch?«

»Aus dem Zug, Ewigkeiten her. Der ist Erfinder! Er hat gesehen, dass ich schlecht durchblutete Finger habe.«

Oma schaute kritisch: »Hören Sie zu, junger Mann! Ich habe drin einen ausgewachsenen American Staffordshire, das ist ein richtig übler Kampfhund. Ich hoffe, Sie fürchten sich nicht davor?«

»Jesses noi!«

»Wenn ich dem sage, er soll beißen, dann beißt er. Haben wir uns verstanden?«

Er nickte besorgt.

Sie bat ihn herein.

Ich flüsterte ihr ins Ohr: »Was haben wir?«

Sie winkte ab, ich solle schweigen. Der Mann setzte sich zögernd an den Küchentisch, schaute um sich, ob der gefährliche Hund irgendwo lauerte. Oma bemerkte das mit Genugtuung: »Er ist im ersten Stock. Wenn ich ihn rufe, kommt er. Aber ich rufe nicht. Noch nicht.«

Ich starrte sie fragend an – weshalb jagte sie ihm solche Angst ein? Sie fragte ihn: »Sie wollen also was verkaufen?«

Er packte aus einem Köfferchen ein Gerät aus mitsamt einer Art Matte, so groß wie ein Zeichenblock.

Oma nickte, also doch, eine Art Mini-Heizdecke, schrecklich. Wie sollte sie den wieder loswerden?

»Des isch a Gerät wo elektromagnedisch Duchblutunge verbessert. Läget se bitte mal die Händ da nuff.«

Mir war das unheimlich. Elektromagnetisch klang nach Stromschlag.

»Mach ich nicht.«

Oma schüttelte auch vehement mit dem Kopf. Wir seien ja keine Versuchskaninchen.

»Ha so äbbes!«

Er legte seine Finger drauf zum Beweis, dass uns nichts passieren konnte. Wir schauten neugierig hin – nichts geschah.

»Ha, es isch äbbes für Leut, die wo so kalde Griffel hend und des loswerde wellet, verstande se edde? I hanns Ihne doch versproche, das mir äbbes fendet. Da ischs, bitte. Händ nuff!«

Omi flüsterte mir ins Ohr: »Wie viel Geld hast du dem versprochen?«

Ich antwortete: »Gar nichts.«

Ich schien die Einzige zu sein, die ihm vertraute, ich fragte: »Das hilft gegen meine kalten Finger?«

Er nickte. Ich legte also mutig meine Hände auf diese Matte und merkte gar nichts. Das solle ich fünfzehn Minuten jeden Tag tun. Da würde elektromagnetischer Strom fließen, oder galvanischer, ich hab's vergessen. Der sollte langfristig meine Finger besser durchbluten. Es sollte auch bei Verletzungen helfen. Und bei allen Krankheiten förderlich sein.

Oma schüttelte schon wieder den Kopf, so ein Blödsinn! Ich aber horchte auf.

»Auch Brüche heilen?«

Er nickte eifrig.

Ich freute mich riesig: »Das kommt ja wie gerufen.«

Oma maulte: »Was soll das für eine neue Erfindung sein? Galvanischer Strom wird doch schon ewig angewandt in der Medizin.«

»Hauptsach, 's wirkt! Net wahr?!«

»Schadet es denn?«, fragte ich.

Er schüttelte den Kopf. »A was.«

»Wann setzt die Wirkung ein?«

»Des wois I net, deshalb ben i ja da. I wills mal teschte.«

Super! Das war echt sehr beruhigend, hier sein Versuchskaninchen zu sein. Er werde nun in ein Hotel gehen und am nächsten Tag wiederkommen. Er ließ das Gerät da, schloss seine Tasche, nickte freundlich und verließ das Haus.

Ich grinste Omi an: »Wir haben einen Kampfhund?!«

Sie zog ihre Schultern hoch: »Das mache ich immer so. Was

glaubst du, wie viele Leute an meiner Haustür klingeln? Manche kommen, um uns Senioren auszurauben, aber nicht mit mir!«

Ich lachte, meine Oma war der Hammer.

Am nächsten Tag stand der Schwabe früh um acht wieder vor der Tür. Oma ließ ihn inzwischen rein, ohne mit dem Hund zu drohen. Ich war noch nicht mal richtig wach, schlurfte müde mit zerzausten Haaren in die Küche, wo er saß und einen Kaffee trank, den Omi ihm gemacht hatte.

»Gude Morga, Fräulein! Und, wie gähts uns?«

Ich schaute meine Hände an, sie waren genauso kalt und weiß wie sonst. Wir sahen uns an. Keine Wirkung!

Er kratzte sich am Kopf: »Sodele.«

Er putzte seine Brille und ließ sich nicht entmutigen: »Mir gange uff jede Fall in Serie damit. Wellet se des Gerätle han?«

Omi schüttelte den Kopf, ich nickte.

Er schlug vor, wir brauchten sein Gerät erst zu bezahlen, wenn es mir half, dieses Angebot fand ich fair. Dann legte er noch augenzwinkernd ein Würstchen auf den Tisch: »Fürs gfährliche Hundle.« So verabschiedete er sich, mein Schwabe, mit einem Lächeln für meine Oma.

Ich hatte nun unendlich viel Zeit. Schule war langweilig, wie immer. Ich ging zu der alten Physiotherapeutin, die Omi schon lange kannte, ich bewegte meine Finger, lernte viele Übungen. Ich sollte meine kranke Hand auf den Tisch legen und mit den Fingern einen Haufen Knete hin und her drücken. So hundertmal am Tag. Dann schraubte ich dicke Schrauben fest und wieder lose, auch hundertmal, ich hob Tausende Zahnstocher einzeln auf. Kippte ganze Werkzeugkästen um, in denen viele Nägel und Schrauben unterschiedlicher Größe lagen, und sortierte sie wieder ein. Also richtig geistreiche Arbeit! Aber meiner Hand tat das gut, sie wurde ordentlich gefordert.

Ich fuhr mit Oma zum Chinesen nach Maastricht, bekam von

ihm eine ganz spezielle Teemischung und Akupunktur. Ich legte zusätzlich jeden Tag beide Hände auf die elektrische Matte meines Schwaben und spürte nichts dabei. Ich tat es trotzdem regelmäßig – vielleicht brauchte das seine Zeit. Der holländische Chinese hatte mir wegen dieser schwäbischen Erfindung auch geraten, es zu nutzen, weil es nicht schadet: »Wer heilt, hat recht.« Vielleicht hatte der Schwabe ja doch was Tolles erfunden.

Ohne den Klavierstress war die Schule ganz anders, ich hatte so unfassbar viel Zeit. Darum tat ich, was ich schon vor Jahren mal genossen hatte: Ich ging ohne Hast mit den Mädels ins Café, aß Eis, ich saß Stunden in der Sonne und tat nichts! Ich ging sogar shoppen, auch das war gar nicht so schlecht! Aber es wurde nicht zu meinem Lebensziel, und der Unterricht in der Schule blieb langweilig, ich wurde fast verrückt davon, wie wenig ich denken durfte! Ich brauchte was, an dem ich mir die Zähne ausbeißen konnte, Nahrung für meinen Kopf. Ich war gewohnt, mir jeden Tag wer weiß wie viele Noten ins Gedächtnis zu ballern. Mir fehlte das. Sollte ich Russisch lernen oder Chinesisch? In einen Kurs für Mathegenies gehen, obwohl ich gar keines bin? Nur um mich ordentlich zu überfordern?

»Omi«, fragte ich, »was soll ich tun?«

Sie nickte: »Willst du was richtig Schweres lernen?«

»Ja bitte.«

Sie sagte ernsthaft: »Dann lerne das Nichtstun.«

Ich schaute sie verdutzt an: »Nichtstun ist leicht.«

Sie grinste: »Nein. Es ist schwer. Das schaffst du nicht ohne Weiteres.«

»Ich schaffe alles.«

Omi grinste: »Dann los.«

Ich überlegte: »Wo können wir am besten nichts tun?«

Sie schlug vor: »Auf dem Wohnzimmerteppich, der ist schön gemütlich. Da setzen wir uns hin und tun nichts.«

Ich fragte: »Wie lang?«

»Sind dir fürs Erste zehn Minuten recht?«

Ich lachte auf: »Das ist doch ein Klacks!«

Oma schmunzelte: »Für den Anfang. Ein echter Meister schafft eine halbe Stunde.«

Oma setzte sich im Schneidersitz auf den Teppich, den Rücken gerade, die Hände im Schoß, Augen geschlossen. Ich machte ihr das nach. Nach einigen Sekunden fragte ich: »Wann wissen wir, wann zehn Minuten um sind?«

Sie behielt die Augen geschlossen und meinte: »Wenn du das brauchst, nimm ne Eieruhr.«

Ich stand also wieder auf, griff nach der Eieruhr und stellte zehn Minuten ein. Setzte mich zurück auf den Teppich, Schneidersitz, Augen geschlossen. Wartete, dass die Minuten vergehen. Oma atmete regelmäßig. Ich stöhnte schon nach zwanzig Sekunden. Nichts tun, wie sinnlos?! Zehn Minuten auf dem Teppich, ätzend. Ich dachte an Mama, an Paps, an Eisenstein, an Beatrice, an meinen Geigenlehrer, und wie der erschrocken war, als er von meiner Zwangspause hörte. Nichtstun bedeutete aber, nicht zu grübeln, sondern einfach mal nichts zu denken. Okay. Zehn Sekunden habe ich das hinbekommen, dann ging das Denken wieder los.

Geige musste ich natürlich auch unterbrechen. Herr Pistorius hatte sich gewundert: »Und du gehst nicht mit deinen Eltern? Karibik, New York? Das ist doch toll.« Und ich hatte geantwortet: »Schadet denn so eine Pause nicht? Werden meine Finger noch wissen, wie es geht, wenn das halbe Jahr herum ist?«

»Aber klar. Mach dir keine Sorgen, wichtig ist, dass du gesund wirst.«

Hallo! Ich sollte üben, nichts zu tun, aber ich dachte und dachte. Wie kann man Gedanken stoppen? O.k. Ich sitze. Ich denke nichts. Atme.

Jetzt saß ich hier schon ewig rum, wann waren die zehn Minuten vorbei? Die Zeit war noch nie so langsam vergangen wie hier neben Oma auf dem Teppich. Die atmete immer noch regelmäßig. Ich versuchte wirklich, nichts zu tun, aber es strengte mich enorm an. Mein Rücken tat weh, ich öffnete die Augen und schaute, wie ruhig Oma dasaß. Still wie eine Puppe hatte sie ihre Augen geschlossen, ein leichtes Lächeln im Gesicht – und atmete regelmäßig. Ich schloss meine Augen wieder. Atmete ein, atmete aus. Ein, aus. Stille. Eine halbe Minute hab ich das sogar ausgehalten, hab nicht mal was gedacht, dann klingelte endlich die Eieruhr, zehn Minuten um.

Oma öffnete erfrischt die Augen: »Und?«

»Ich musste an so viel denken.«

Sie nickte verständnisvoll: »Und gab es einen Moment, wo du mal nichts gedacht hast?«

»Ja. Ungefähr ne halbe Minute am Schluss.«

»Ausgezeichnet!«, lobte sie mich. »Eine halbe Minute für den Anfang ist eine gute Leistung. Wir machen das jetzt jeden Tag und versuchen, deine Fähigkeit, nichts zu tun, zu steigern.«

Ich staunte: »Das kann man trainieren?«

»Üben. Man nennt das eine Übung.«

»Wie Klavier?«

Sie wankte mit dem Kopf etwas, Ja und Nein, schien sie zu sagen: »Manche haben es damit bis zur Meisterschaft gebracht. Es kann auch deinem Spiel guttun, wenn du diese Art der Konzentration übst. Sitz aufrecht da, und doch entspannt, achte auf deinen Atem, der ein- und ausströmt, fühle die Luft und weiter nichts.«

Von da an wollte Omi, dass ich das jeden Tag übte, aber es war mir zu fad. Es hat mich alle Mühe gekostet, ihr das zu beichten: »Ich mag es nicht. Vielleicht, wenn ich so alt bin wie du. Aber jetzt und heute: Meditation, nein danke.«

Ansonsten war die Zeit mit meiner Oma toll. Sie brachte mir bei, wie man kocht. Wir haben Bogenschießen geübt, sie war richtig gut! Wir sind nach der Sommerpause zusammen ins Fußballstadion gegangen zum FC, und ausgerechnet dort merkte ich was: Meine Hände fühlten sich anders an. Ich betrachtete sie: Bis in die Spitzen durchblutet! Am nächsten Tag war das immer noch so, meine Finger waren nicht mehr bleich und kalt.

»Die Erfindung vom Schwaben!«

Oma war überzeugt: »Oder die gesunde Folge der paar Minuten Meditation?«

Ich lachte: »Oder der niederländische Chinese, sein Tee, oder die Übungen der Physiotherapie?«

Oma beharrte grinsend darauf: »Oder die Meditation!«

»Die paar Atemzüge?!«, lachte ich.

Es wird vielleicht an allem gelegen haben, die Ruhe dazu, die nette Gesellschaft der Mädels? Auf jeden Fall würde ich dem Schwaben schreiben, dass seine Erfindung wirkte. Wenn meine Eltern zurück wären, würden sie seinen Apparat bezahlen.

»Er wird sich freuen!«

Soviel ich auch unternahm, ich vermisste mein Klavierspiel so sehr, dass mir inzwischen schlecht davon war. Es fühlte sich an wie schrecklicher Liebeskummer, ich sehnte mein Spiel herbei wie eine große Liebe. Ich machte fleißig meine Physioübungen, damit die Hand bewegt wurde und der Bruch besser heilte. Aber es dauerte und dauerte und wurde nur sehr langsam besser. Ich saß Stunden am Flügel und starrte auf die Tasten.

Ich habe begonnen, mit der gesunden Hand zu spielen, es war eine ganz neue Erfahrung. Es gab sogar Stücke einzig für die linke Hand, eines hat Alexander Skriabin komponiert, das Nocturne op. 9 No. 2, das übte ich nun, mein Herz ging auf.

Meine Eltern schickten mir für die Herbstferien ein Flugticket, ich sollte sie in New York besuchen kommen, und wir würden anschließend gemeinsam zurückfliegen, ihre lange Reise ging zu Ende. Das fand ich toll. Und sie hätten da eine kleine Überraschung für mich.

Ich schaute Oma an: »Weißt du, worum es geht?«

Sie schüttelte den Kopf und grinste doch breit.

Ich bettelte: »Verrate es mir.«

Sie tänzelte und drehte sich im Kreis: »Den Teufel werde ich tun! Aber ich weiß es, ich weiß es!« Sie lachte laut, nahm mich in den Arm und drückte mich fest.

»Eine tolle Überraschung?«

Sie lachte: »Und was für eine!«

ALS ICH FAST FÜNFZEHN WAR ...

... flog ich ganz allein nach New York City! Die Stewardess war nett, sie kümmerte sich um mich, ich hatte keinerlei Angst während des langen Fluges. Hatte meine Eltern so lange nicht gesehen, hatte in den vielen Monaten meine Sehnsucht nach ihnen unterdrückt, nun aber, als ich ihnen immer näher kam, wurde ich richtig traurig, und als sie endlich auf dem Flughafen vor mir standen und mich umarmten, heulte ich los, aber wie! Die ganze Zeit war ich cool geblieben, und nun das. Wie hatte ich sie vermisst!

Ich hab sie beinahe nicht wiedererkannt! Paps hatte einen Vollbart! Mama eine neue Frisur, beide sahen wunderbar aus, viel jünger als sonst. Braun gebrannt, lässige Kleidung sowieso, aber zugleich irgendwie elegant. Ich musste mich wehren, als Paps mir einen dicken Kuss gab: »Du pikst und kitzelst«, lachte ich.

Mama hielt mich lange fest im Arm, ihr standen auch die Tränen in den Augen: »Wie geht's dir denn, mein süßer Schatz. Und was macht deine Hand?«

»Viel besser, ich spiele mit der Linken, bald darf ich wieder mit der Rechten loslegen.«

Wir nahmen einen Bus in die Stadt, ich sah amerikanische Straßen, andere Autos, die berühmte Skyline. Meine Eltern wohnten in einem winzigen Apartment, ich schlief mit ihnen in einem großen Bett, Paps links, Mama rechts, das war so schön! Wie früher, als ich noch klein war. Wir sind jeden Tag losgezogen und haben uns die tollsten Sachen angeschaut, waren natürlich auch shoppen, ich bekam ein neues Abendkleid. Unfassbar elegant und doch so, dass ich darin auch ein Mädchen sein konnte. Fließende Seide in Dunkelgrün und Blau. Es fühlte sich an, als trage man Jeans und T-Shirt, so lässig und bequem, und doch war es ein Kleid, mit dem ich … ich stockte. Es war ein Konzertkleid. Werde ich je wieder ganz gesund? Kann ich immer noch Pianistin werden? Fragend sah ich Mama an und hatte plötzlich solche Angst.

»Aber sicher, Kleines. Du wirst wieder Konzerte geben können. Aber das Kleid musst du schon heute Abend tragen.«

Ich staunte: »Die Überraschung?«

Beide nickten: »Wir gehen in die Carnegie Hall.«

»Zu einem Konzert? Klavier?!«

Beide nickten.

Ich ahnte das Größte: »Wer spielt?«

»Dein Wunsch.«

Ich schrie vor Glück und Erwartung. Und stockte: »Ich hab keine passenden Schuhe dazu!«

Paps lachte laut: »Sie ist eine Frau geworden, hör sich das einer an. Schuhe! Na los, kaufen wir welche.«

Und dann war ich in der Carnegie Hall! Als Matilda auf das Podium kam, hatte ich das Gefühl, sie schon immer zu kennen, dabei sah ich sie doch zum ersten Mal live. War sie nicht doch mal in Köln? Haben wir nicht miteinander zu Abend gegessen? Hat sie nicht auf meinem Flügel geübt? Genau so ein Gefühl hatte ich, als ich sie zum ersten Mal sah, obgleich wir uns nie begegnet waren. Geschweige denn, dass sie mich kannte oder zu Besuch war. Ich war so neugierig, wie sie spielt.

Sie verbeugte sich kurz, dann setzte sie sich an den Flügel, richtete sich auf, konzentrierte sich und legte los. Als ich die ersten Töne hörte, drehte sich mein Gefühl ins Gegenteil! Alle Euphorie war verflogen, mir war klar, dass ich nie mit ihr würde sprechen können, ich bekäme keinen Ton raus. Sie war ganz weit oben, ich tief unten.

Sie spielte Bach, Brahms und auch Schumann, was für eine Kombination?! Virtuos und mit so viel Gefühl. Wahnsinn, dachte ich. Es war ein Unterschied, ob eine Frau das spielte statt eines Mannes, eine mit ihrem Können. Sie wirkte so lässig. Wir saßen so gut, dass ich auf ihre Hände schauen konnte. Wie riskant sie das anging, wie absolut das alles klang – als erzählte Matilda am Flügel einen dicken Roman in gut einer halben Stunde. Sie war vollkommen! Ich war musikalisch von ihr so weit entfernt wie ein Wettersatellit von der Erde. Ich begriff endlich, dass ich mir nichts einzubilden hatte, ich war immer noch eine Anfängerin. Diese Erkenntnis holte mich ordentlich runter, mir wurde in diesem Konzert der Kopf gewaschen.

Doch je länger Matilda spielte, umso weniger dachte ich über mich nach. Ihre Musik war es, ihr Spiel haute mich um, ich schwamm wie all die anderen Zuhörer in Tönen: Wie viel Zärtlichkeit sie wagte und wie viel Kraft sie zugleich beim Spiel zeigte. Ein Stück hat es mir besonders angetan, *Carnaval* von Schumann. Das wollte ich auch mal spielen. Je länger sie spielte, desto größer wurde sie für mich, so groß, dass sie an die New Yorker Himmelsdecke stieß. Ich hatte zu Beginn des Konzertes sogar kurz überlegt, wie ich es schaffen könnte, hinter die Bühne zu gehen, um ihr die Hand zu reichen. Nun aber verwarf ich diese Idee vollständig, ich würde sterben vor Scham, wenn ich ihr begegnen müsste.

Das Konzert war aus, die Leute gingen heim. Ich schaute meine Eltern mit feuchten Augen an und schwieg. Das tat ich selten.

Sie fragten: »Hat es dir gefallen?«

Ich nickte: »Ich bin völlig fertig.«

Paps fragte: »Würdest du sie gern mal kennenlernen?«

Ich schüttelte den Kopf: »Backstage?«

»Wir begleiten dich.«

Ich wollte das nicht, es war mir peinlich. Ich wollte sie unbedingt mal sehen, aber anders. Wenn ich erwachsen war und Erfolg haben würde, dann wollte ich sie treffen. Wir gingen durch die Lobby zur Garderobe, jemand Fremdes wandte sich an Mama: »Sehen wir uns bei John und Bob?«

Mama nickte: »Ja, sie haben etwas vorbereitet für nachher.«

»Ihr geht noch aus?«, fragte ich.

Paps lächelte: »Du kommst natürlich mit. Du trägst ein neues Kleid, neue Schuhe. So ein Outfit braucht Publikum! Hast du Lust?«

Ich nickte schüchtern: »Zu Bob und John?«

Die beiden Männer bewohnten eine Wohnung im siebzehnten Stock eines Hochhauses in Manhattan, dort waren viele Leute, sie quasselten alle durcheinander, ich hörte bestimmt fünf verschiedene Fremdsprachen innerhalb von zehn Minuten. Und da stand sogar ein Flügel im großen Wohnzimmer! Zu dem bin ich hin und habe ihn etwas gestreichelt. Plötzlich klopfte John oder Bob – keine Ahnung – an ein Glas, alle wurden still, und sie kündigten ein Lied an. Eine Frau setzte sich an den Flügel und begleitete einen korpulenten Sänger, den wohl jeder hier kannte. Der sang eine Opernarie, und seine Stimme war so kraftvoll, dass es nur so rappelte. Der war sicher eine große Bühne gewohnt, hier im riesigen Wohnzimmer klang das enorm. Er bekam donnernden Applaus. Dann tranken wieder alle, redeten in kleinen Grüppchen, bis wieder einer an die Gläser klopfte. Man unterbrach die Gespräche, und jemand trat auf aus dem Kreis der Gäste, um sich zu präsentieren. Diesmal war es ein Autor, der ein Gedicht aufsagte. Wieder fröhlicher Applaus. Das war toll. Ich war gespannt, was als Nächstes geboten würde. Obwohl Mama und Paps sich mit anderen unterhielten, fühlte ich mich nicht allein auf diesem Fest. Alle möglichen Leute sprachen mich an; wie ich heiße, wo ich herkomme. Unseren Kölner Dom kannten alle.

Dann kam Bob zu mir. Er habe gehört, sagte er mir auf Englisch, ich könne Klavier spielen. Ja, sagte ich. Aber meine rechte Hand sei leider seit Monaten verletzt.

»Wie geht es deiner linken Hand?«

»Gut!«

»Deine Eltern haben mir erzählt, dass du ein Stück für die linke Hand im Repertoire hast?«

Ich hatte ihnen natürlich von Skriabin erzählt. Ich hielt nach ihnen Ausschau, sie standen da hinten und nickten mir aufmunternd zu. Sie wussten, dass Bob mich bitten würde: »Es wäre mir eine Ehre, so eine junge Musikerin mal hören zu dürfen, hier bei uns.«

Ich wurde rot. Dann wurde mir warm. Dann kalt. Das war wohl eine zweite Überraschung, Debüt in New York. Ich beherrschte den Skriabin, was sollte schon passieren? Doch es war mein erster Auftritt seit der Operation. Konnte ich das noch? Oder hatte ich keine Nerven mehr? Ich setzte mich an den Flügel, war nun doch nervös, nicht mal einspielen konnte ich mich. Bob klopfte an sein Glas, er verabschiedete meine Eltern, die bald wieder nach Deutschland zurückgehen würden. Alle applaudierten. Sie hätten sie so lieb gewonnen, und sie sollten mindestens zweimal im Jahr mit ihrer wunderbaren Tochter nach New York kommen. Oder besser jeden Monat einmal! Alle bejubelten nun meine Eltern, und ich merkte, dass die hier eine Menge Freunde gefunden hatten. Wie cool war das denn! Sie standen Arm in Arm da, Mama küsste Paps ganz lieb auf die Nasenspitze; sie hatten sich wieder richtig lieb. Das war das Schönste. Ich würde für sie spielen.

Bob kündigte mich an, erklärte, dass ich die Tochter von Henk und Brigitte sei. »Diese junge Dame ist bereits eine talentierte Pianistin. Doch sie hatte einen Unfall, ihre Hand ist verletzt. Aber die linke spielt. Sie wird uns mit der gesunden Hand ein Stück spielen, und unsere Gebete werden sie begleiten, damit ihre Rechte vollständig heilt. Aber hört, wie sie spielen kann, mit links.«

Oh weh, nun traten mir auch noch Tränen in die Augen wegen

der Wünsche und sogar Gebete, alle applaudierten, ich rückte den Hocker zurecht, atmete durch und gab bekannt: »Skriabin: Nocturne für die linke Hand.«

Das Stück ist gar nicht spektakulär, aber sehr gefühlvoll. Man hört kaum, dass es nur mit einer Hand gespielt wird.

SKRIABIN:
Nocturne
Des-Dur

Es gibt einen Pianisten, den Briten Nicholas McCarthy, der nie eine rechte Hand hatte, er ist nur mit einer Hand geboren. Und ist trotzdem erfolgreicher Pianist! Das muss man sich mal vorstellen, was der für ein Trara mitmachen musste, als er seinen Eltern oder Lehrern sagte, er wolle Pianist werden. Hä? Bist du dumm?! Mit einem Arm? Kannst du nicht Lehrer werden oder Erfinder? Pianisten – das sind die Menschen, die mit zwei Händen Klavier spielen! Dieser Nicholas hat sich trotzdem durchgesetzt und ist als Pianist mit einer Hand berühmt. Nun gab ich in New York mein erstes Ein-Hand-Debüt.

Obwohl es eine Party war, hörten alle aufmerksam zu. Es war so still wie in einem Konzertsaal, nur die Kellner klirrten ab und an ein wenig mit den Gläsern. Und ich hörte die Haustür, ein neuer Gast trat ein. Tuscheln war zu hören. Mein Stück dauerte sechs Minuten. Am Ende wurde es herrlich romantisch, umso glücklicher war ich, dass nun außer dem Atem der Leute rein nichts mehr zu hören war, außer mir. Sie hörten mir alle zu, ich wurde nach meinem letzten Ton mit donnerndem Applaus belohnt. Mama schnäuzte sich, Paps grinste stolz. Ich verbeugte mich brav. Von hinten bewegte sich jemand durch die Reihen nach vorn. Als ich sie erkannte, sackten mir die Beine weg, ich musste mich am Flügel festhalten.

Da stand sie, der späte Gast, Matilda Vining persönlich. Mir wurde richtig schlecht! Sie war hier eingeladen, hatte mir eben zugehört, ach du großer Gott! Nur mit einer Hand. Na bravo. Gratulierte mir. Sehr schlechter Film, ich freute mich nicht, ich heulte stattdessen, ich dusselige Kuh. Konnte nichts dagegen machen, so ein Mist! Sie nahm mich in den Arm. Keiner kann sich vorstellen, wie schockiert ich war. Da hörte Matilda Vining mir zu! Und ich spielte bloß mit einer Hand! Mist, Mist! Mist!

Als ich mich wieder beruhigt hatte, und mir die Nase und die Tränen trockneten, sagte sie: »Spielst du immer nur mit links?«

Ich schüttelte den Kopf: »Meine rechte Hand ist verletzt, aber bald wird es wieder gehen, hoffentlich.«

»Wie heißt du?«

»Clara van Bergen.«

Sie kannte nun meinen Namen! Hat schon mal jemand in einer Waschmaschine gesteckt, als der Schleudergang lief?! So fühlte es sich an, ihr gegenüberzustehen. Sie hatte mich gehört, Gott, war mir schlecht!

»Wie lange dauert das schon mit der Hand?«

»Monate.«

»Was hast du eingeübt, als deine Hand noch nicht verletzt war?«

»Die *Campanella* …« Mir versagte die Stimme, Eisenstein hatte mir es verbieten wollen, das Metronom, dieses furchtbare Wettrennen, war das schlimm gewesen! Doch jetzt war ich in New York. Hier stand Matilda. Mein Herz flatterte, statt zu klopfen. Mein Kopf musste dunkelrot brennen vor Aufregung, ich sollte endlich antworten: »Davor die Etüde 10,1 von Chopin, und auch die *Tristesse* habe ich geübt.« Mir versagte wieder die Stimme.

»Und? Erinnert sich deine Linke noch daran?«

»Ja, natürlich.«

Matilda setzte sich an den Flügel und bat mich zu sich, an ihre Seite. Wollte mit mir zusammen Chopins Etüde 10,3 spielen, sie rechts, ich die linke Hand. Ich wusste gar nicht, wie mir geschah. Meine Verlegenheit verschwand, als ich die Tasten fühlte. Am Flügel hatte ich keinen Stress, selbst wenn ich in New York spielte und Matilda Vining neben mir saß.

Wer sitzt gerade neben mir?! Mir ist so elend, und ich bin so glücklich!

Sie sagte noch etwas Seltsames: »Jetzt, wo du so schwer verletzt warst, wirst du von der *Tristesse*, wie man die Etüde ja nennt, mehr wissen als andere Kollegen. Zeig du mir, wie sich Traurigkeit anfühlt.«

Schon beim ersten gemeinsamen Ton war alles gut, mein Schleudergang-Gefühl vorbei. Es passte zusammen, beide ganz Ohr. Wir spielten miteinander, als seien wir ein Körper, es war der Wahnsinn! Die Gäste applaudierten, wir beide verneigten uns, Hand in Hand. Für mich war es, als bekäme ich ein Krönchen auf meinen Kopf gesetzt. Ich werde diesen Moment nie vergessen. Nie in meinem ganzen Leben.

Ich nahm Matilda als Glücksgefühl in meiner Seele auf. Sie wird nie eine Art Freundin für mich werden, dafür ist die Ehrfurcht zu groß. Aber ich werde sie immer verehren wie sonst niemanden. Zum Abschied gab sie mir ihre E-Mail-Adresse, ich darf ihr mailen, wenn ich Fragen zur Musik habe. Das glaubt mir kein Mensch.

Wir flogen im Flugzeug zurück, daheim ließ ich mich weiter behandeln, die Hand heilte, aber es dauerte so lange. Ich machte weiter meine Übungen in der Physiotherapie, doch ich musste Geduld haben und hatte sie nicht.

Endlich erwartete uns das Krankenhaus zur nächsten Untersuchung – mit anderen Worten: alles oder nichts. Ich wollte unbedingt Klavier spielen, und Geige! Ich wusste das jetzt noch deutlicher denn je, ich bin Musikerin. Ich wollte so sein, so leben wie Matilda, bitte, lieber Gott. Ich glaubte nicht mal an Gott und betete seit der gebrochenen Hand jeden Tag trotzdem, es beruhigte irgendwie.

Bei der Untersuchung kam die ganze Familie mit. Und?! Die Ärzte bestätigten, dass meine Hand geheilt sei. Mama, Paps, Omi und ich, wir fielen uns in die Arme. Doch ich durfte meine rechte

Hand erst langsam wieder ans Spielen gewöhnen. Bevor ich eine Stunde bei Eisenstein nehmen konnte, müsste ich viele Wochen weitere Übungen absolvieren, aber das machte mir gar nichts aus, Hauptsache, ich war gesund! Eisenstein war sowieso länger unterwegs.

Ich ging sofort nach dem Arzttermin zu Pistorius, nein, ich rannte zu seinem Haus, brauchte nicht mal zu klingeln, er saß mit Tim im Garten, ich lief mit ausgebreiteten Armen zu ihm hin, und er erkannte schon an meiner Stimmung, dass alles wieder gut war. Er fing mich auf und schleuderte mich durch die Luft: »Wunderbar, Clara, ich freue mich so für dich, das kannst du dir natürlich vorstellen.«

Tim kam auf mich zu, umarmte mich so innig, dass ich rot wurde. Er war noch weiter gewachsen, nun bestimmt zwei Köpfe höher als ich, und er sah aus, als sei er aus einem amerikanischen Film gefallen, also ziemlich cool. Ich blieb eine Stunde bei ihnen, trank eine Limo und berichtete von New York, und Matilda. Die beiden haben gestaunt und sich mit mir gefreut, dass nun alles wieder gut war. Selbst die Finger blieben durchblutet, ich nutzte die Matte des Schwaben jeden Tag. Bald durfte ich wieder in den Unterricht, meine Geige freute sich jetzt schon.

Als endlich beide Hände gleich stark und durchtrainiert waren, brauchte ich einen schweren Stoff am Flügel, einen zum Zähneausbeißen. Gott, wie ich mich danach sehnte, so lange hatte ich mein Spiel vermisst. Ich wollte das Hammerstück lernen, das Matilda in New York gespielt hatte, *Carnaval* von Schumann.

Es passte zu mir, berührte mich. Aber es war Beatrice' Paradestück. Das würde Ärger geben, wie immer. Ich hab Eisenstein nicht um Erlaubnis gefragt, das war mir nun vollkommen egal. Ich wollte das Stück nicht wie Beatrice spielen, auch nicht wie Matilda, das schaffte ich noch nicht. Ich brauchte jemanden, der mir *Carnaval* erklärt. Am liebsten wäre mir der Komponist Robert Schumann persönlich als Lehrer für eine Stunde. Der könnte mir alles zum Stück sagen, die Hintergründe nennen, seine Idee erklären. Und sicher konnte er mir erklären, wie ich es in seinem Sinne spielen sollte.

»Einverstanden, Clara. Worum geht's?«

Schon trat er ein, nur als Idee, in meinen Gedanken, nicht als Wahnvorstellung. Halluzinationen hatte ich nicht, ich war ja nicht bekloppt geworden. Nein, ich gestattete bloß, dass sich Schumann neben mich an den Flügel setzte.

»Das Stück ist ein Geschenk an Ernestine, mit der war ich mal verlobt. Da ist einiges dumm gelaufen zwischen uns, *Carnaval* war mein Abschiedsgeschenk an sie. Es ist ein Stück, das von unserer Liebe erzählt. Zärtlich, traurig auch.«

»Sie haben sich getrennt?«

Er nickte: »Sie war die Tochter eines böhmischen Barons, deren Geschlecht aus dem Ort Asch stammte. Ich dachte, ehrlich gesagt, bei der Verlobung vor allem an das Geld. Ernestine war sehr süß, vor allem aber die einzige Tochter. Ich rechnete damit, dass sie ein anständiges Erbe in die Ehe mitbringt, denn ich war meistens klamm. Künstler halt. Oder verdient man inzwischen mit dem Klavierspiel mehr Geld?«

Er schaute mich fragend an, ich schüttelte den Kopf: »Nur die ganz Berühmten.«

Er fuhr fort: »Tja, und dann hab ich erfahren, dass sie ein angenommenes Kind war, aus der unehelichen Affäre der Gräfin mit einem Handwerker stammend, das muss man sich mal vorstellen! Und somit nicht erbberechtigt.«

»Sie haben Schluss gemacht!?«

»Ja.« Er nickte schuldbewusst: »O, es fing mich an wie Fesseln zu drücken.«

»Wie bitte?«

»Es ist mir nicht leichtgefallen, sie war ja sehr lieb. Aber die Geldnot hat mir große Sorgen gemacht. Ich musste mich trennen, um eine reiche Frau zu finden. Ich habe ihr zum Abschied was komponiert, eben den *Carnaval,* an dem du jetzt sitzt. Ernestine war ja eine hervorragende Pianistin, sie konnte damit was anfangen! Das Stück sollte zuerst *Fasching* heißen, aber der Verleger wollte, dass es französisch klingt, das war damals angesagt, so wie heute alles Englische cool ist.«

»Wie erfinden Sie die Melodien, kommen die einfach so in Ihren Kopf?«

»Nein. Bei *Carnaval* war es so: Ernestines Heimatort namens Asch war die Grundlage dieses Zyklus. Ich habe die Buchstaben des Ortes, also sowohl A – Es – C – H wie auch As – C – H in den Miniaturen umgesetzt.«

»Ach, echt? Sie komponieren nach Buchstaben? Das ist ja beinahe wie Malen nach Zahlen!«

Schumann schaute mich an: »Was ist das denn?«

Ich winkte ab, egal. Ich wollte ihn jetzt nicht beleidigen. Aber dass jemand so komponiert?! Ich heiße CLARA VAN BERGEN – da ist ein C und ein A, und im Nachnamen A-B-E-G-E drin. Was für eine seltsame Methode, Melodien zu finden. Ich bin geboren in KÖLN. C und A, wenn man an Colonia denkt, mehr gibt mein Wohnort nicht her. Ich kenne jemanden aus Augsburg: A-G-B-G. Eigenartiges System.

Er dagegen fand das super: »Stell dir vor, Ernestines Buchstaben liegen auch in meinem Namen! Die Kombination Es-C-H-A, das sind die Noten, die man aus meinem Nachnamen Schumann irgendwie rausholen kann, denn einen Ton namens N oder M gibt es ja nicht.«

Jetzt kapierte ich: »Statt einer Ehe sind Sie beide mit den gemeinsamen Tönen in dem Stück verbunden. Sie haben Ernestine auf diese Art getröstet.«

»Das ist mir nicht gelungen, sie war zeitlebens untröstlich. Sie ist dir übrigens nicht unähnlich als Pianistin, sie nahm schwerste

Kompositionen schnell auf und konnte sie recht bald auswendig vortragen. Das ist auch deine Stärke.«

Ich grinste – Schumann persönlich lobte mich? Ich lachte mich schief! Das sollte ich mal Eisenstein sagen, haha! Hoffentlich drehte ich nicht ganz durch mit meiner Fantasiereise.

»Was ist aus Ernestine geworden?«

Er seufzte schuldbewusst: »Nach der Entlobung war sie erst mal bei Freunden in der Nähe von Münster, blieb dort zwei Jahre, um sich zu erholen. Dann kehrte sie zurück in ihre Heimat Asch und heiratete ein Jahr später einen Baron.«

Ich freute mich mit ihr: »Dann ist ja alles noch mal gut ausgegangen.«

Schumann schüttelte den Kopf: »Er starb acht Monate später. Ernestine ging dann nach Wien, das hat ihr wohl nicht gefallen, sie kehrte zwei Jahre später erneut zurück nach Asch, gab dort in der Provinz kleine Konzerte. Und dann, plötzlich, starb sie mit 28 Jahren an Typhus.«

»Oh weh, so jung!? Das ist ja traurig.«

Er nickte: »Meine Kompositionen hat Ernestine nie gespielt, stell dir das vor.«

»Das können Sie von ihr nicht verlangen, Sie haben sie verlassen.«

Schumann nickte: »Meine spätere Frau Clara hat mein Werk bestens bekannt gemacht, nicht nur in der Provinz, sondern in ganz Europa, an Königshöfen sogar. Ich bin im Nachhinein sehr froh, Clara geheiratet zu haben und nicht Ernestine.«

»Clara also hat genug Geld mit in die Ehe gebracht?«

Er lachte auf: »Nein. Das war das Komische daran. Die hatte erst recht nichts, nicht mal ihr Vater gab ihr was. Was hatten wir jahrelang Probleme, der Alte wollte mich nicht akzeptieren! Wir mussten unsere Ehe gerichtlich durchboxen. Aber wir waren sehr glücklich miteinander.«

Meine Stunde bei ihm war um, Schumann stand auf: »Und wenn du *Carnaval* spielst, vergiss neben der tragischen Liebesgeschichte den echten Karneval nicht. Die Kostüme, der Schalk, die Umzüge, Wein und Bier, die Masken. Die Küsse auf der Straße, die Lust am Leben. Ich bin bei Bonn geboren, ich bin Rheinländer! Deine Mutter und ich, wir wissen, wie man feiert, vergiss das nicht. All das muss man hören, all das.«

Weg war er.

SCHUMANN: »Carnaval«

Ich musste bloß an Ernestine denken, ihre verlorene Liebe erklang in jedem Ton. Zugleich sollte man ihr Können als Pianistin hören – das wollte ich auch. Ich wollte allen zeigen, dass ich wieder da bin, mit einer linken und einer rechten Hand. Ich spielte das Stück mit diesem Wissen, und es klang endlich nach großer Musik.

Einige Wochen später fuhr ich zum Meisterkurs, noch einmal in mein geliebtes Waldseeheim, die Musikakademie mit der Tischtennisplatte. Alle haben sich gefreut, dass ich gesund war, wieder da bin. Beatrice fehlte.

Ich fragte: »Wo ist sie denn?«

Eine antwortete: »Weg.«

»Wo denn?«

Niemand wollte es mir sagen. Ihre Abwesenheit machte mir Mut. Ich ging auf Eisenstein zu und sagte: »So, es ist so weit.«

Er war regelrecht erschrocken, wie sicher ich ihm entgegentrat.

»Ich möchte Ihnen unbedingt etwas vorspielen.«

»Ist alles verheilt?«, fragte er milde.

»Bin wieder ganz die Alte.«

»Wirklich? Das werde ich ja nachher prüfen können, in unserer Stunde.«

Ich nickte.

Er geht durch den Flur. Mann, sieht der alt aus! Und klein plötzlich. Es kommt mir vor, als sei er – ja, wie soll ich das erklären – geschrumpft. Oder älter geworden, schwächer auf jeden Fall. Oder hab ich mich verändert? Spielt die Begegnung mit Matilda eine Rolle? Ich fürchte ihn nicht mehr, kein bisschen. Was für ein Gefühl! Seine Stimme kommandiert mich nicht mehr. Seine Worte klingen, als sei er bedürftig. Und ich nicht. Ich weiß, was ich will. Er kann mir keine Angst mehr machen, ich habe nämlich die persönliche E-Mail von Matilda Vining. Ich habe mit ihr gemeinsam gespielt, sie findet mich gut. So, what on earth could ever get me down?! Ist ein Spruch von Bob. Er wirkt!

In der Kantine fragte ich die Jungs vom Tischtennis, was mit Beatrice los sei, wo sie wäre.

»Nicht neidisch werden«, bat Sven aus Hamburg. »Sie ist in Cleveland.«

»Was macht sie da?«

»Hat ein Stipendium.«

Respekt! Ich sollte ihr das gönnen. Kein Problem. Ich war wieder gesund, alles andere war egal. Die anderen freuten sich für mich mit. Klar war ich neidisch auf Beatrice, ich konnte das nicht abstreiten. Aber die Welt war groß genug für uns beide. Es ging doch um die Musik und sonst nichts.

Als Eisenstein zu mir ins Übungszimmer kam, brauchte ich bloß zwei Akkorde von *Carnaval* zu spielen, da unterbrach er mich schon, er riss mir regelrecht die Finger von den Tasten.

»Was soll denn das? Das ist nicht abgesprochen.«

Ich nickte und hatte kein bisschen Angst vor ihm: »Ich weiß. Wir haben uns ja lange nicht gesehen. Aber ich spiele es trotzdem, weil es mir gefällt.«

»Was ist das für ein Ton? Mit wem hast du das erarbeitet?«

Ich riskierte es: »Mit Schumann persönlich.«

»Hat dein Kopf auch gelitten beim Sturz? Du bist nicht ganz bei Trost.«

»Bitte hören Sie mir zu, nichts weiter, nur mal anhören.«

Eisenstein vertrat weiterhin Beatrice' Interessen, als sei er ihr Anwalt: »Es ist im Repertoire von einer anderen.«

»Sie ist weit weg im Moment.«

Er schwieg eine Weile. Ich ließ mich nicht bremsen: »Ich habe Matilda Vining in New York gehört, sie spielt es auch. Das Stück hat mehrere Interpreten.«

Er starrte mich an.

»Ich soll Sie herzlich grüßen, sie kannte Ihren Namen.«

»Matilda Vining?«

»Ich habe sie nach dem Konzert kennenlernen dürfen, habe sogar mit ihr zusammen am Flügel gesessen und gespielt! Sie ist so wunderbar.«

»Du?!«

Er glaubte wohl nicht mal, dass ich in New York gewesen war.

»Deine Hand ist doch …«

»Ich habe links gespielt, sie rechts.«

Er schüttelte den Kopf.

»Darf ich?!«

Ich habe ihm den Anfang von *Carnaval* vorspielen können. Er konnte hören, dass ich die Musik begriffen hatte, er hat mich natürlich sofort kritisiert, wie er es immer tat: »Nun, man hört die Oberstimme viel zu wenig.«

»Ah, okay. Danke für den Hinweis.«

Er weiter: »Spiel noch mal hier.«

Schon war er drin in seiner Arbeit, mehr wollte ich nicht. Er zeigte auf die Noten, notierte hier und da etwas, wir arbeiteten ruhig miteinander, er erklärte mir vieles. Ich hatte ihn begeistern können, er liebte die Musik ja doch mehr als alles. So hatte ich mir das gewünscht!

»Sehr schön, Clara. Erstaunlich. Hm. Deine rechte Hand zeigt nur wenige Schwächen, da hast du großes Glück gehabt.«

»Und gute Ärzte und Physios. Darf ich das beim Abschlusskonzert …«

Weiter kam ich nicht: »Nein. Wir können daran arbeiten, doch in Maßen. Deine Hand muss sich erst wieder an die Belastung gewöhnen, sonst schaden wir ihr. Und *Carnaval* übt man nicht an vier Nachmittagen.«

Ich wollte protestieren, er legte seine Hand auf meine Schulter: »Clara. Ich habe geglaubt, dass du nie mehr spielen wirst auf dem Niveau, das ich verlange. Nun bist du genesen, dank dem Himmel dafür. Wir gehen das langsam an.«

Ich nickte. Er war an diesem Tag ein wunderbarer Lehrer. Sehr nett zu mir … wenn Beatrice fehlte. Ich konnte ihm vertrauen … wenn deren Mutter nicht einschritt. Dankbar reichte ich ihm meine Hand: »Dann machen wir es so.«

Ich feierte Geburtstag, Weihnachten, über ein Jahr hatte ich ausgehalten, es war schrecklich und wunderbar gewesen. Das neue Jahr brachte mir noch mehr Glück, und noch mehr Unglück.

ALS ICH SECHZEHN WAR …

… habe ich Shunichi kennengelernt. Ein Japaner, der erst seit Kurzem in Deutschland lebte, um von Eisenstein unterrichtet zu werden. Ausgesprochen wird sein Name so: ›Schun-itschi‹. Er war bei einigen Meisterkursen anderer asiatischer und amerikanischer Lehrer dabei gewesen und wollte sich nun bei Eisenstein bewähren. Schon achtzehn Jahre, relativ klein, aber sehr muskulös, ein Beschützertyp. Shunichis Körper sah aus, als beherrsche er Kung Fu oder eine andere asiatische Kampfsportart, wie immer so etwas genannt wird. Er war das Thema, alle redeten über ihn.

Einer meinte: »Das heißt bei denen Kendo.«

Eine andere sagte: »Ne, Aikido.«

Ein Dritter wusste, dass Eisenstein Shunichi in Tokio bei einem Piano-Wettbewerb entdeckt hatte: »Er hat da den ersten Preis gemacht!«

»Echt? Mit was für einem Stück?«

»Keine Ahnung.«

Shunichi wiederum hat sich sicher geehrt gefühlt, nach Deutschland eingeladen zu werden. Jeder wusste, dass es in der Vita gut aussieht, wenn man mal bei dem berühmten Professor Eisenstein gelernt hat.

Shunichi … ich sagte seinen Namen oft vor mich hin … allein wie das klang?! Herrlich geheimnisvoll. Niemand hat gewagt, ihn anzusprechen. Alle tuschelten bloß über ihn.

»Red' du mit ihm.«

»Warum soll ich mit dem reden? Mach du doch.«

Da bin ich schließlich zu ihm hin, hab ihn begrüßt und in die Klasse eingeführt. Wir redeten englisch miteinander.

»Bist du ein Sumō-Kämpfer?«, fragte ich ihn, da kicherte er niedlich.

»Dazu müsste ich sehr fett sein, Sumōtori sind rund wie eine Tonne, die müssen sehr viel essen.«

»Judo?«

Er schüttelte den Kopf: »Ich kämpfe einzig am Piano. Und ein bisschen Krafttraining, wie jeder junge Mann.«

Während er mit mir sprach, verneigte er sich immer so drollig. Beugte sich nur ein wenig nach vorn, etwa zwanzig Grad, mehrmals hintereinander. Wenn er allerdings Eisenstein gegenüberstand, klappte er regelrecht ein wie ein Taschenmesser, so tief, Kopf fast am Knie, total kurios! Er hat am Klavier wunderbar interpretiert, ich fand ihn als Musiker sehr gut.

Ich arbeitete mit Eisenstein weiter an *Carnaval*, sehr detailversessen schien er mir. Das Stück beschreibt den Rosenmontagszug, eine Gruppe nach der anderen, alle sehr unterschiedlich, mit eigenem Charakter. Darum war ihm wichtig, diesen Variantenreichtum herauszuarbeiten.

»Wer sollte das besser können als wir Kölner, nicht wahr?!«

Shunichi gegenüber fühlte ich mich völlig anders als bei meinen Tischtenniskumpels! Ich hatte Bauchgrummeln, dazu beinah Fieber vom Hingucken. Wenn ich in einem Raum war und er kam dazu, schien es, als steckte ich in einem Toaster und würde geröstet. Klingt übertrieben, ich weiß, war aber so. Ich schaute immer absichtlich weg, wenn er kam, und spürte doch deutlich seine Anwesenheit; selbst im Rücken, oder an den Flanken, das fühlte sich so hammerstark an. Als ob Strahlen oder Wellen von ihm zu mir ausgesandt wurden und mich trafen. So hatte ich mich noch nie gefühlt. Krank und hypergesund zugleich. Wollte ständig wissen, wo er sich aufhielt, damit ich mit ihm den Raum teilen konnte. Oder ich wollte wissen, wo er nicht war, um mich von seiner Gegenwart zu erholen. Er schaute einem beinahe nie länger in die Augen, mir schon gar nicht. Ich hab das herausgefunden, Asiaten tun das nicht, sie fühlen sich unwohl, wenn man ihnen direkt in die Augen schaut.

Shun-itschi, wie schön das klang, wie fremd. Ich habe ihm irgendwann meine Telefonnummer gegeben. Das Handy lag auf dem Klavier, während ich übte, ich lauschte auf den kleinen Summton, wenn eine SMS einging.

»Hast du Lust auf ein Eis heute Nachmittag? Halb vier?«

Das war so krass, ich hab Sterne um meinen Kopf flirren gesehen, wie im Comic. Echt wahr! Wir waren am Bodensee, dort konnte man wunderbar Eis essen gehen, die Sonne schien hier so überirdisch, obwohl es noch kühl war. Ich konnte den *Carnaval* perfekt, doch Eisenstein bestand darauf, dass dieses Stück nicht zu meinem Repertoire gehören werde, weil es Beatrice' Stück sei. Ich versprach ihm alles und würde es nicht halten. Was glaubte er denn? Dass ich einzig in dunklen Kammern spiele? Über ein Jahr war vergangen, und die Probleme waren dieselben geblieben. Obwohl Beatrice in Amerika war, musste er sie hier hochhalten, als sei sie die einzige Pianistin der Welt. Wie hatte ich diesen Konkurrenzkampf satt! Aber egal. Ich übte mechanisch, und überlegte zugleich, was ich nachher anziehen könnte. Brosche im Haar oder nicht? Tasche oder nicht? Ich war ja so gespannt! Ich könnte roten Gloss für meine Lippen wählen, eher weniger als mehr, auf jeden Fall keine grellen Farben tragen, zu Shunichi passten Pastelltöne. Irgendwie war es wie bei *Shopping-Queen*. Motto: *Gefallen Sie Mister Nippon! Ein Date bei aufgehender Sonne.*

Shunichi und ich trafen uns oft, wir redeten viel, hatten die gleiche Gesinnung, er spielte Klavier, weil er gern Musik machte, so wie ich. Wir unterhielten uns über Stücke und hatten ähnliche Interpretationen im Kopf. Es war so krass, mit einem Typ so offen und ehrlich über das reden zu können, was einem wirklich wichtig war; ohne Konkurrenzdenken. Und was er so sagte! »It was a joy talking to you, you made my day.« Dann lächelte er: »And probably my week.« Ich schmolz dahin.

Aber ich merkte auch, dass Shunichi sich zurückhielt mir gegenüber, er hielt mal meine Hand, mehr nicht. Und dann war der Kurs auch schon vorbei, ich fand es noch nie so beschissen, heimfahren zu müssen. Ich litt jede Minute darunter, ihn nicht um mich zu haben. Ich schlief schlecht, ich war richtig krank. Ich suchte wochenlang und wusste nicht was. Ich musste ständig aufs Klo, ich hatte Hunger und bekam nichts runter. Ich zog mich warm an und fror. Alles war durcheinander, ich weinte oft, und es fühlte sich blöderweise herrlich an.

Ich las alles über Japan, lernte erste Vokabeln. *Arigato* hieß Danke schön, und die Frage, wie es dir geht: *O-genki desu ka*. »Ich liebe dich« sagt man dort nicht, das ist denen zu heftig, Japaner sind da zurückhaltender – hab ich alles aus dem Internet. Stattdessen sagt man: »Groß gernhaben!« Das ist so süß! *Dai* heißt so viel wie groß und *suki* gernhaben. Aber man spricht es so, dass man den Buchstaben U ein wenig verschluckt: »*Dei ski*« – glaub ich zumindest. Ich konnte ihn das nicht fragen, wäre ja zu peinlich gewesen. Manchmal sagen die Verliebten in Japan einfach nur *suki*. Also nicht groß lieb haben, sondern nur lieb haben. *Suki*, so sieht das aus, falls das Übersetzungstool mir die Wahrheit sagt: 大好き

Vielleicht legte mich jemand rein, und das hieß in Wirklichkeit »Du Blödmann«, keine Ahnung. Wie kann man überhaupt solche Zeichen entziffern? Wie schwer musste es für Shunichi sein, unsere Worte zu lesen, ständig nach Vokabeln zu suchen.

Sieben Wochen ohne ihn, eine ganze Passionszeit lang, ich habe nicht gewagt, ihm eine SMS zu schicken, wollte mich nicht aufdrängen; von ihm kam auch keine Nachricht. Interessierte ich ihn nicht mehr? Sieben Wochen keine Silbe, ich bin fast gestorben.

Der nächste Meisterkurs war in Neustadt, endlich. Wir kamen uns zu Fuß entgegen, er von der einen Seite des langen Flures, ich von der anderen. Wir gingen erst aufeinander zu, begegneten uns, ich grüßte mit einem zurückhaltenden Lächeln, versuchte ihn nicht anzuglotzen, er verneigte sich, so gingen wir wieder still auseinander. Mir war schwindelig von diesem unglaublich intensiven kurzen Moment. Es fühlte sich an, als würden unsere Körper umeinanderwirbeln, wie Blätter, die im Herbst von einem zirkulierenden Luftstrom erwischt wurden und tanzten. Nachts kam endlich eine SMS von ihm, ob ich noch wach sei.

Von da an knisterte es gewaltig, eine Nachricht jagte die nächste. Am nächsten Abend saßen wir bei den Vorspielen nebeneinander, mal berührte ich versehentlich seine Hand, mal berührte er mit seinem Oberarm meine Schulter, das war so himmlisch. Dieses Gefühl war noch besser als die beste Musik, das muss man sich mal vorstellen!

Der Weg zu meinen Gasteltern war weit, Shunichi begleitete mich spätabends in mein Quartier, er passte im Dunkeln auf mich auf. Als wir angekommen waren, hätte ich gern noch mehr erlebt, aber er wünschte mir brav eine gute Nacht und ging davon. Ich stöhnte auf. Was tut man in dieser Situation, muss man als Mädchen warten, dass er was tut? Hätte ich ihn einfach in den Arm nehmen sollen, oder wartete man darauf? So was Kompliziertes, Mist!

Ich hatte mit meinem Quartier diesmal großes Glück, hatte ein hübsches Zimmer, und die Gasteltern haben nicht mal was dafür genommen, der Musik zuliebe. Klar war ich dankbar, hier sein zu dürfen, auch wenn man das Bad nicht absperren konnte. So platzte der erwachsene Sohn da hinein und rasierte sich in aller Ruhe, während ich unter der Dusche stand! Der hat sich nichts dabei gedacht, machte das mit seiner Schwester wohl auch so. Er hatte überall Tattoos und lange Haare bis zum Po. Als er weg war, bin ich rausgehüpft, hab mir ein Handtuch geschnappt und bin schnell wie der Blitz in mein Zimmer gerannt.

Später erzählte ich Shunichi von dem Kerl im Bad, und er war absolut empört. Das fand ich so toll, ich wollte ihn weiter reizen, berichtete von *Carnaval* und wie ich das Stück Eisenstein abgerungen hatte, aber nur heimlich üben durfte. Wegen Beatrice.

Ich erzählte ihm, ich wolle alles tun, damit ich als Pianistin auffalle, regelrecht herausrage. Wenn ich *Carnaval* in meinem Programm hätte, würde mir das gelingen. Er war nicht begeistert: »Ohne Gehorsam kommt man nicht weiter.«

Ich sah das anders. Mein Lehrer gibt mir keine großen Stücke, dann nehme ich sie mir einfach. Das ging ganz gegen seinen Strich. Und dennoch: Bevor ich in mein Musikzimmer verschwand, flüsterte Shunichi mir leise ins Ohr: »Teile nie mehr das Badezimmer mit einem anderen Mann!«

Ich strahlte! Also, wenn das keine Liebeserklärung war. Ich wollte ihn nun unbedingt küssen, aber er drehte sich wieder weg und ging. Das konnte er doch nicht machen!

In diesem Meisterkurs präsentierte sich Shunichi als ein hervorragender Pianist. Einige Eltern wurden misstrauisch, regelrecht eifersüchtig. Immer dasselbe! Soll es in Zukunft nur noch ein oder zwei Pianisten oder Pianistinnen geben?! Ein Vater beschwerte sich diesmal bei Eisenstein, wie oft der Asiat noch käme. Ich habe das im Flur mit eigenen Ohren gehört. Ich warnte Shunichi: »Pass auf. Dieser Mann kann dir schaden.«

Er schüttelte den Kopf: »Wie sollte er das machen?«

Ich wusste es ja auch nicht genau: »Sobald einer zu gut wird, wehren die sich, stacheln ihn auf!«

Er lachte mich aus: »Ach Clara! Hast du zu viele Filme mit Verbrechern und Verschwörern gesehen?!«

Er glaubte mir nicht. Vielleicht hatte er ja recht, und ich bildete mir das alles bloß ein. In der Nacht schickte er mir wieder eine SMS nach der anderen, ich wollte gar nicht mehr schlafen, nicht mehr zurück nach Hause, in die Schule. Musste aber, der Kurs war vorbei.

Von da an fühlte sich wieder alles furchtbar an. Ich musste noch mal viele Wochen überbrücken, bis ich ihn wiedersah. Diese Wartezeit tat derart weh, alle anderen Themen waren vollständig sinnlos geworden. Ich wusste daheim nicht mehr, wohin mit meinen Gedanken. Unendlich glücklich, Shunichi, Shunichi, Shunichi. Unendlich traurig, besorgt, sehnsüchtig nach Shunichi. Ich bin mit Charlotte spazieren gegangen, sie hat mir alles erklärt über Jungs, das war so super. Ich hatte für Wochen nur ein Thema, Shunichi, und bin mit Charlotte so oft spazieren gegangen wie nie zuvor, weil wir ständig ungestört reden mussten.

Da sagte sie eines Tages: »Ich hab's gegoogelt, Japaner küssen nicht.«

»Ist nicht wahr? Was tun sie stattdessen?«

Wir haben uns gekrümmt vor Lachen und uns ausgemalt, was sie tun. Ich habe sogar weniger Klavier geübt als sonst, ich dachte nur noch an ihn, sehnte mich, freute mich, heulte vor Sehnsucht – alles zugleich.

Meine Mitschüler und Lehrer spürten, dass ich nicht bei der Sache war. Was hätte ich ihnen erzählen sollen? Sie wussten nichts von Shunichi, außer Charlotte. Und Omi – der habe ich auch davon erzählt!

»Sag aber bloß nichts Mama oder Paps, hörst du?!«

»Na hör mal. Ich kann doch schweigen.«

Zum nächsten Meisterkurs wollte sie mich begleiten.

»Ich brauche schon lange keine Begleitung mehr, ich bin groß.«

Sie schüttelte den Kopf: »Du bist ein Kindskopf.«

Ich fragte grinsend: »Du bist nicht neugierig, oder?«

»Nein«, versicherte sie feixend. »Mich interessiert allein die Musik!«

Sie nahm mich in den Arm: »Was interessiert mich … wie heißt der noch? Shunichi?!«

Sie sprach es aus, als sei er ein Schuh mit Endung – nichi. Ich korrigierte sie: »Schun-itschi. So klingt sein Name.«

Sie nickte brav: »Und wie küsst er so?«

»Omi!«, warnte ich lachend. »Bleib bloß daheim!«

»Ich denke gar nicht daran.«

»Sie küssen nicht, die Asiaten.«

»Oh!«, rief auch Omi erstaunt: »Was tun sie stattdessen?«

Ich musste schon wieder lachen: »Ich weiß nicht.«

Omi grinste breit: »Vergiss die Verhütung nicht!«

»Oma!« Sie kicherte mit mir, als sei sie in meinem Alter. Omi war einfach nur toll. Sie hat uns sogar ein Pensionszimmer gebucht, nicht im Privatquartier, es war herrlich bequem, und wir waren unter uns.

Als Omi dann sah, wie ich mich benahm, als Shunichi auftauchte, war ihr alles klar. Das also war die erste Liebe ihrer Enkelin. Sie begrüßte ihn freundlich, ließ sich aber zum Glück überhaupt nichts anmerken. Shunichi verbeugte sich vor ihr um mehr als neunzig Grad nach vorn, sie war begeistert.

Überraschend wurde Omi für den zweiten Abend von Eisenstein zum Essen eingeladen. Ich staunte: »Du gehst mit dem aus?!«

»Weshalb denn nicht?«

Sie ist wahrhaftig mit ihm losgezogen und kam sehr spät angeheitert zurück. Ich bin natürlich wach geblieben und wollte sofort wissen, wie es gelaufen war.

»Er hat mir Komplimente gemacht. Ich sähe so jugendlich aus!«

Wir beide gackerten wie zwei hysterische Hühner! Sie war eine Frau Mitte siebzig, er noch älter.

Oma beteuerte: »Es war wirklich ein netter Abend, da kann ich nichts sagen. Wir haben uns gegenseitig freundlich behandelt, Scherze gemacht, gelacht.«

»Und?«

»Ich glaube, er hat sich in mich verguckt.«

Oma schaute so komisch, presste ihre Lippen aufeinander. Grinste mich verschmitzt an. Ich war starr vor Schreck. SIE und ER? Oh mein Gott! Dann prustete sie los, als sei sie sechzehn und nicht ich. Sie lachte, bis sie Tränen in den Augen hatte: »Na hör mal. Er ist doch gar nicht mein Typ.«

Ich staunte: »Gibt es denn noch ›Typen‹ für dich?«

»Aber sicher!«

Ich war geschockt: »In deinem Alter?«

Oma nickte: »Das endet nie, Clara.«

Ich war erstaunt: »Mit SMS, Flirt, Bauchweh, Küssen. Alles?!«

Sie nickte: »Alles. Ja.«

Ich wiederholte mich: »ALLES?«

»Aber sicher.«

Oma wechselte das Thema: »Ich habe noch eine Überraschung für dich: Ta ta ta taaaa! Du darfst es spielen.«

»Was?« Ich wusste jetzt gar nicht, bei welchem Thema sie war.

»*Carnaval*. Hat er mir versprochen, in bester Stimmung.«

Omi gluckste vor Zufriedenheit. Ich schüttelte den Kopf: »Glaub ich nicht.«

Sie sagte nachdenklich: »Das war schon seltsam. Wir unterhielten uns angeregt, dann fragte ich übergangslos danach. Dass es doch unnötig sei, dass du ein Stück nicht vortragen darfst, nur weil es Beatrice auch spielt. Das sei doch albern, viele Pianisten interpretieren dieses Stück. Das sei doch ganz normal. Und plötzlich wurde er sehr ernst. Schwieg lange, bestimmt eine Minute starrte er vor sich hin. Man sah ihm an, dass er eine Entscheidung treffen wollte, die ihm aber nicht leichtfiel. Dann sagte er: »Wenn Clara es kann, soll sie es spielen, egal was passiert. Aber noch ist sie nicht so weit, vielleicht nächstes Mal.«

Ich stutzte: »Das hat er gesagt? Egal was passiert?!«

Oma nickte.

»Was soll denn passieren?«, fragte ich besorgt.

Omi zog die Schultern hoch: »Ich weiß nicht, irgendwas quält ihn.«

Ich ahnte: »Da wird Beatrice eine Rolle spielen. Niemand darf besser sein als sie. Ihre Eltern setzen das rigoros durch, schon immer. Ich glaube, die haben den in der Hand.«

Oma schüttelte den Kopf: »Wir sind hier doch nicht im Tatort. Du siehst Gespenster.«

Ich fragte: »Wer hat bezahlt?«

»Was?«

»Na, das Essen.«

Oma lachte: »Er natürlich! Was glaubst du denn.«

Der Meisterkurs war um, doch dieses Mal verkürzte sich die Wartezeit auf Shunichi, weil er für eine Woche nach Köln kam und sogar bei uns wohnte. Tagsüber war er in der Universität und wurde von Eisenstein unterrichtet, und die Abende verbrachten wir gemeinsam. Ich zeigte ihm die Stadt, es war Sommer, wir hingen am Aachener Weiher ab, wo sich die Studenten trafen, grillten da mit anderen, tranken was. Charlotte lernte ihn hier kennen, die beiden verstanden sich prima. Und schon wieder blitzte ihr Sprachtalent hervor, sie hörte, wie er Japanisch sprach, und konnte das gleich ohne Probleme nachsprechen. Ich hatte Mühe damit, sie dagegen lernte an einem Abend am Weiher richtige Sätze, war fasziniert von dieser Sprache. Shunichi ermunterte Charlotte, sie solle unbedingt einen Schüleraustausch machen, doch die winkte ab, das Geld dafür habe ihre Familie nicht.

»Vielleicht gibt es Stipendien?«

Charlotte zog die Schultern hoch, beim Thema Geld wurde sie oft sehr leise, und ihre Stimmung änderte sich, sie war mal sensibel, mal regelrecht angefressen. Ich streckte den Arm aus: »Schau! Direkt vor uns, das Japanische Kulturinstitut.« Nun leuchteten ihre

Augen: »Ich gehe gleich morgen da mal hin und frage nach Kursen.« Shunichi freute sich für Charlotte. Er probierte an diesem Abend etwas Kölsch, mochte aber eher keinen Alkohol.

Daheim spielte er an meinem Flügel und beneidete mich um dieses schöne Instrument. Und er küsste mich endlich. Sie tun es also doch. Wir haben miteinander geschlafen, ich vergesse das nie. Hätte nur jemand die Zeit angehalten! Shunichi fuhr zurück nach Salzburg, dort wohnte er in einer WG von Musikern aus aller Welt, die in Europa musikalische Erfahrungen sammeln sollten. Es tat so weh, und die Sehnsucht nach ihm war noch größer.

Der darauffolgende Meisterkurs war eigenartig. Erst einmal war Beatrice wieder da. Und ihre entsetzliche Mutter, die jede Stimmung vergiften konnte. Beatrice tat so, als sei ich Luft, sie grüßte nicht, sie sprach nicht mit mir, nichts. Die Atmosphäre beim ersten öffentlichen Üben am Abend war auch so angespannt. Eisenstein kritisierte heftig in alle Richtungen, eines der Opfer war diesmal sogar sie! Das hatte es noch nie gegeben. Ihr Spiel sei nicht ausgereift, beinahe fad. Das hat er wörtlich gesagt, uns allen blieb die Spucke weg. Ihre Mutter schaute mit einem Ausdruck – als wenn sie um sich ballern wollte, wenn sie eine Knarre gehabt hätte. Der traute ich einen Amoklauf zu, ihre Ausstrahlung war regelrecht kriminell. Gleich danach war ich dran. Ach herrje, dachte ich. Wenn er Beatrice schon so offen kritisiert, was macht er dann erst mit mir?!

Eisenstein sagte: »Spiel es an, und dann sehen wir weiter.«

Ich neigte meinen Kopf zu ihm und flüsterte, damit ich bloß keinen Fehler machte: »Carna …?«

Er nickte, mir schauderte. Ich durfte, also spielte ich los. Ein Raunen war zu hören im Zuschauerraum. Es lief prächtig. Eisenstein hörte mir aufmerksam zu, unterbrach mich an bestimmten Stellen, sagte etwas, ich spielte weiter. Einmal nur ließen wir uns ablenken. Beatrice' Mutter stand mitten in meinem Spiel auf und verließ rumpelnd den Saal. Hinter sich her zerrte sie ihre Tochter. Ich spielte unbeirrt weiter, bis meine Zeit beendet war und der Nächste auf die Bühne gebeten wurde.

Dieser Moment, Schumann in den Fingern und Eisenstein an meiner Seite war das Beste, was ich je am Klavier erlebt habe. Endlich wird doch alles gut. Er hat mich kritisiert, aber das war professionell, nicht fies. Und er hat mich gelobt für meine Technik. Hat gesagt, wo ich was zu verbessern hätte. Alles so, wie man sich das nur wünschen kann im Meisterkurs bei einem Meister. So soll es sein, immer.

Ich setzte mich zurück an meinen Platz, links Omi, rechts Shunichi. Sie umarmte mich stolz und gab mir einen Kuss, und er hielt scheu meine Hand und ließ sie nicht mehr los. Japaner können wunderbar mit den Händen küssen.

Die anderen Teilnehmer haben mir später zum Erfolg gratuliert, es sei großartig gewesen, was ich da abgeliefert hätte. Zugleich die Nähe zu Shunichi … es war der beste Tag meines Lebens.

In der Nacht muss etwas geschehen sein, oder am frühen Morgen, ich weiß es ja doch nicht, keiner wusste das außer denen, die in dieser Nacht tätig gewesen sind. Es muss viel gesprochen worden sein, gestritten vielleicht oder gar gedroht. Jedenfalls nahm mich Eisenstein schon morgens um acht Uhr beiseite. Er sah schlimm aus, Augen gerötet, seine Gesichtsfarbe beinahe grau, die Wangen eingefallen, die Haare strähnig, ungewaschen. Er sah aus, als habe er keine Minute geschlafen. Er riss mich hinter eine Säule im Flur, packte mich grob am Unterarm, drückte so fest zu, dass es beinahe wehtat, und sagte verzweifelt: »Wir bleiben Freunde, wenn du für einige Monate überhaupt keine großen Stücke mehr spielst.«

In seinen Augen war die blanke Angst zu sehen, richtig übel! Ihm musste massiv gedroht worden sein, aber womit?! Ich schüttelte ungläubig den Kopf: »*Carnaval* hat Ihnen doch gefallen. Ich war gut, alle haben es gehört. Das ist Ihr Verdienst, Sie haben mir das beigebracht.«

Er schüttelte mich nun regelrecht: »Keine solchen Stücke mehr, das verlange ich von dir!«

Was war bloß los!? Er konnte mir doch das Klavierspiel nicht verbieten?! Sein Gesicht kam mir nun viel zu nah: »Reiß dich zusammen!«

Bei diesen Worten kam ein bisschen Spucke aus seinem Mund, die mich am Auge traf, ich ekelte mich. Mit dem Ekel stieg der Ärger in mir hoch. Mir kann niemand was verbieten, zischte ich ihn an: »Ich spiele, was ich will!«

Da änderte sich sein Gesichtsausdruck, von Verzweiflung keine Spur mehr. Er hob wütend seinen Zeigefinger: »Ich werde dir zeigen, wer das Sagen hat. Du wirst schon sehen. Armer Shunichi!«

Ohne mir zu erklären, was er damit meinte, ging er fort. Hatte er mitbekommen, dass wir beide … was lief hier ab?! Womit drohte er mir? Ich bin sofort zu Omi gerannt und habe ihr alles erzählt, auch ihr wurde angst und bange: »Was ist denn mit dem Mann los? Der muss in der Gewalt dieser Leute sein.«

Wovor konnte ich Shunichi warnen, worauf mussten wir uns einstellen? Er würde mir eh nicht glauben, darum sagte ich ihm nichts, für ihn stand Eisenstein über allem, er verehrte und respektierte ihn.

Am Abend trafen wir uns alle wieder zum Vorspiel, Eisenstein lobte Beatrice über alle Maßen. So plötzlich? Alle wunderten sich. Sie war ohne Zweifel eine hervorragende Musikerin, aber sie wusste selbst, dass sie im Moment schwächelte, es lag wahrscheinlich am Kiffen, sie tat es mehr denn je. Vielleicht nahm sie seit Cleveland noch Schlimmeres? Dann der Druck, unter dem sie stand. Sie hatte nicht brillant gespielt, sie hörte sich ja selbst, darum blickte sie wohl auch so verschämt zu Boden.

Mich ließ Eisenstein an diesem Abend erst gar nicht antreten. Wenn das die einzige Strafe für zu gutes Spielen von *Carnaval* war, sollte mir das recht sein. Aber es kam anders, furchtbar anders.

Eisenstein bat Shunichi ans Instrument und kritisierte ihn schon nach wenigen Takten ohne Grund: »Das geht nicht, und hier, das geht auch nicht. Was ist denn los mit Ihnen?«

So ging das in einer Tour, er zerpflückte beinahe jeden Takt, den Shunichi spielte, und das vor aller Ohren und Augen. Beatrice saß in der zweiten Reihe ganz außen, sie hielt sich die Faust vor den Mund und biss in ihre Knöchel. Ihre Mutter saß daneben, sie konnte sich ein Grinsen nicht verkneifen; was war die für ein Monster?! Sie steckte dahinter!

Shunichi war verunsichert. Er begriff nicht, dass er in eine Auseinandersetzung geraten war, mit der er gar nichts zu tun hatte. Ich allein war schuld, dass es ihm dreckig ging! Aber er musste denken, dass er nicht gut genug sei. Eisenstein warf ihm nun an den Kopf, dass er mit seiner mäßigen Qualität nicht in diesen Meisterkurs gehörte! Er müsse deutlich mehr zeigen, sonst müsse er nach Hause fahren.

Als der Abend vorbei war, tröstete ich ihn: »Shunichi, das ist eine Attacke gegen mich. Es hat nichts mit dir zu tun. Du spielst hervorragend!«

Shunichi hatte nun Angst vor dem Klavier, vor dem Professor und vor seinem Publikum. Das hat ihn panisch werden lassen, am nächsten Abend war er derart nervös, dass er einen Blackout hatte – mitten im Spiel nicht mehr weiterwusste; das hatte er vorher noch nie erlebt! Ein kleiner Moment, alle Pianisten fürchten so eine Situation, es ist der Horror überhaupt. Die Angst, dass es noch mal passieren könnte, nistet sich in jeden noch so klugen Kopf ein wie ein Virus.

In barschem Tonfall kanzelte Eisenstein ihn ab: »Kannst du dir nicht mal Noten merken, oder wie sieht das aus? Was glaubst du denn, wo wir hier sind? In der Förderschule? Weiter in Takt 56, bitte!«

Oma und ich schauten uns an. Was sollten wir tun? Wir konnten Shunichi nicht helfen! Ich blickte zu Beatrice, sie hatte die Augen verschlossen, und wenn sie gekonnt hätte, hätte sie sich auch ihre Ohren verstopft. Klar hatte sie Mitleid. Auf der anderen Seite musste sie sich durchsetzen, das verlangte die Familie. Ihre Mutter muss meine stechenden Blicke gespürt haben, sie drehte sich um und grinste mich an. Diese Schreckliche! Mich kriegte sie nicht klein, nun traf es meinen Freund, ich hätte sie erwürgen können! Shunichi spielte zögernd weiter, brach dann wieder ab, weil er fürchterlich weinen musste. Seine Tränen tropften regelrecht auf die Tasten. Das war so schrecklich anzusehen! Eisenstein schickte ihn vom Podium. Shunichi setzte sich neben mich, ich wollte seine Hand halten zum Trost, er zog sie weg.

Wir Meisterschüler waren die harte Schule unseres Lehrers längst gewöhnt, ich hatte mich über Jahre auf ihn einstellen können, bis seine beißende Kritik mein Herz nicht mehr so arg berührte. Shunichi aber trat Eisenstein absolut offen und schutzlos gegenüber. Ehrgeizig dazu. Ihm war doch in Tokio noch bescheinigt worden, dass er was konnte. Er war Sieger gewesen. Seine Eltern hatten das Geld für Europa von Verwandten geliehen.

Ich beteuerte: »Du spielst großartig! Aber mach eine Pause, erhol dich einige Wochen! Warte ab bis zum nächsten Kurs, dann ist alles vergessen.«

Aber er glaubte mir nicht. Er wollte unbedingt sofort beweisen, dass er gut spielte, er übte tagsüber wie ein Berserker, setzte sich am nächsten Abend wieder zu Eisenstein ans Klavier und war doch so verunsichert, dass ihm schwarz vor Augen wurde, sobald er nur wenige Töne spielte. Dann war Stille, absolute Stille. Das Publikum hielt den Atem an, Eisenstein schüttelte den Kopf. Shunichi stand auf und rannte mit gesenktem Kopf davon. Seine Augen waren finster, richtig schwarz. Ich stürzte hinter ihm her, in sein Quartier. Er packte bereits seine Tasche.

»Was machst du? Gib nicht auf!«

Er tat, als sei ich nicht da, als sei ich total unsichtbar. Hörte auch meine Worte nicht. Ging einfach mit seiner Tasche los, ich lief ihm bis zum Bahnhof hinterher, hab an ihm herumgezogen, gezerrt, geheult, bis er mich schließlich abschüttelte, als sei ich ein Hündchen, das ihm ins Bein biss. Er war in seiner Ehre zutiefst gekränkt.

»Shunichi, der ist zu jedem furchtbar streng, wirklich. Beim nächsten Mal ist alles vergessen! Schlaf eine Nacht darüber, nur eine Nacht, dann ist alles nicht mehr so schlimm.«

Am Bahnhof fuhr der Zug ein, Shunichi schaute mich nicht mal an, er stieg ein und fuhr tatsächlich ab, ohne mir noch etwas zu sagen, einen Blick sowieso nicht, keinen Abschied, nichts! Tür zu, weg! Sein Zug verschwand im Dunkeln. Ich ging am Bahnsteig in die Knie und heulte; ich schrie regelrecht, als müsse ich sterben. Ich war schuld, nur ich. Alle Leute glotzten mich an. Eine Frau legte ihre Hand beruhigend auf meine Schulter. Jemand betätigte den Notruf am Bahnsteig. Meinetwegen ging es Shunichi so schlecht, und nun war er fort. Ich konnte nicht mehr aufhören zu schluchzen. Die Polizei kam und fragte mich, wo ich hingehörte. Dann kam auch noch ein Sanitäter, der meinen Puls fühlte und mir eine Decke über die Schulter legte. Man fuhr mich zu Omi, die hat mich versorgt und ins Bett gelegt.

Ich heulte die ganze Nacht, zitterte am ganzen Leib, Omi legte sich zu mir und hielt mich im Arm. Alles kam aus mir raus, der Druck, die schlechte Atmosphäre, die Konkurrenz. Und meine riesige Sorge um Shunichi, meine Sehnsucht nach ihm. Ich hab ihn so lieb, er hat nicht mal tschüss gesagt, nichts! Und ihm ging es so schlecht.

Ich hab ihm eine SMS nach der anderen geschickt, er schwieg. Hab ihn angerufen, niemand ging dran, irgendwann war die Leitung tot. Shunichi war von der Bildfläche verschwunden, er hatte Europa verlassen. Es war grauenhaft. Ich war inzwischen daheim, hab geheult und erbrochen, konnte nicht mehr aufstehen, lag im Bett, Paps sorgte dafür, dass ich etwas Tee trank, ich stierte lange vor mich hin, Mama sortierte meine Noten, es war still im Haus. Sehr lange sehr still. Nach zwei Wochen knabberte ich irgendwann an einem Zwieback, dann wurde es nach und nach etwas besser. Aber es wird nie mehr werden, wie es war. Da war ein richtiger Riss in meinem Herzen, eine erste tiefe Kerbe. So habe ich Mama meine Gefühle beschrieben.

Tage danach brachte sie mir eine getöpferte Schale.

»Aus Japan«, erklärte sie mir. »Wenn dort eine schöne Schale wie diese beschädigt wird, repariert man die Risse und Kerben mit echtem Gold. Dadurch wird solch ein Gefäß im Laufe der Zeit noch schöner und wertvoller als in unbeschadetem Zustand.«

Ich hielt die wunderschöne Schale in den Händen, sie war wirklich etwas ganz Besonderes.

»Verstehst du die Symbolik?«

Ich nickte. So sieht also nun mein Herz aus, angeschlagen oder gar gerissen, aber bald schon mit Gold repariert. Mit der Liebe von Mama, Paps, Omi, Charlotte. Die Schramme wird bleiben, macht mich sogar wertvoller. Welch schönes Bild, ich nickte meiner Mama zu.

»Danke.«

Eben wollte sie mein Zimmer verlassen, da fragte ich: »Kannst du mal recherchieren, ob es ein Stipendium gibt für Charlotte, die möchte so gern nach Japan, Schüleraustausch, und dort die Sprache lernen.«

Sie nickte: »Zu Befehl.«

Ich gehe nicht mehr zu Eisenstein in den Unterricht. Wie verkorkst muss man sein, wenn man seine Schüler und Schülerinnen so be-

handelt. Wie beschissen ist das bitte?! Wenn man wegen so einem Idioten die erste dicke Schramme bekommt. Ich habe Shunichi im Internet gesucht und nichts gefunden. Stundenlang gesucht. Nicht mehr auftreten zu können – das ist für einen Pianisten mit seinem Können die Höchststrafe. Als würde man sterben. Eisenstein hat ihn auf dem Gewissen. Ich drehe noch durch. Ich habe auch später nie von einem Konzert gelesen, das er gibt, zumindest keines, das in englischer Sprache angekündigt wurde. Er spielt wohl nicht mehr, das ist so furchtbar!

Im Herbst fuhr ich zu meinem letzten Meisterkurs bei Eisenstein. Ich hatte schon mit zwei anderen Professoren Kontakt aufgenommen, jeder der beiden wollte mich gern in seine Klasse nehmen. Diese ewigen Drohungen von Eisenstein waren nichts, aber rein gar nichts wert, nur Angstmacherei.

Es ging diesmal nach Leiden in Holland – der Städtename passte echt zu meiner Verfassung! Ich habe lange überlegt, ob ich überhaupt hingehen soll – doch ich wollte mich mit einem Donnerschlag verabschieden. Ich hatte Glück mit meiner Gastmutter, eine kleine quirlige Frau in quietschbunter Wohnung, die mich vom ersten Moment an gern hatte. Sie hieß Laura, und sie tat mir richtig gut, war so positiv dem Leben gegenüber eingestellt. Ich erzählte ihr meine ganze Geschichte, auch von Shunichi, und Laura brachte mich auf andere Gedanken. Und sie begleitete mich an jedem Abend zu den Proben. Paps kam später dazu, die beiden verstanden sich prächtig.

Ich berichtete ihr, dass mein Lehrer mit mir die tollsten Stücke geübt hatte, aber mir strikt verbot, sie öffentlich zu spielen. *Carnaval* und die *Campanella*, das Glöckchen. Laura fand das unmöglich, sprach davon, dass wir Deutschen immer so hart seien zu uns selbst und anderen, was man halt immer so über uns sagt. Paps konnte das nur bestätigen.

»Soll ich das Glöckchen spielen? Im Konzert?«, fragte ich sie grinsend. »Obwohl ich das nicht darf?«

Laura lachte laut, obwohl wir miteinander Niederländisch sprachen, sagte sie nun auf Deutsch: »Freiheit für alle! Spiel die *Campanella*! Mach mal, wat du willst! Du bist toch schon erwachsen, nicht?!«

Sie merkte es auch! Ja, ich war erwachsen geworden.

»Clara. Schau, was du schon alles hast getan. Bist praktisch seit Jahren im Beruf, Arbeit intensiv, euch Musikern haben sie ja toch de Kindheit weggenommen. Das musst du zugeben.«

Ich nickte. Diese vielen Stunden am Klavier! Und der Geige.

»Also! Dann darfst du auch von die Vorteile genieten. Tu, was du möchtest.«

Dieser Gedanke war mir neu: Wenn ich erwachsen bin, brauchte ich mich nicht mehr zu ducken, vor niemandem. Ich fühlte mich so gut hier in Leiden, als würde ich im heißen Sommer unter einem Springbrunnen durchlaufen.

Ich nickte: »Ja. Ich mache, was ich will.«

Dankbar nahm ich Laura in den Arm, und wir hielten uns fest, bis ihre fünf Freundinnen auftauchten, die mich alle im Konzert unterstützen wollten, wenn es so weit war. Paps genoss die Gesellschaft der vielen Damen sehr.

Ich habe also im Meisterkurs so getan, als sei ich absolut gehorsam. Ich tat, was Eisenstein mir sagte. Meine Tischtennisfreunde bereitete ich darauf vor, dass ich mich mit einem Donnerschlag verabschieden würde. Sie umarmten mich alle und wünschten mir Glück.

Beim Abschlusskonzert trug ich das New Yorker grüne Kleid, Eisenstein gestattete mir eine Bagatelle von Beethoven. Beatrice sollte nach mir mit einem herrlichen Stück glänzen, ich war quasi ihre Vorgruppe.

Ich lieferte also brav das Stück ab, das Publikum applaudierte wohlwollend, aber doch etwas enttäuscht. Ich stand am Flügel und verbeugte mich. Schaute zur Seite und sah, wie sich Beatrice hinter der Bühne bereitmachte. Sie hob schon ihr Konzertkleid und wollte auf die Bühne gehen. Ruhig, dachte ich. Bleib stehen, ich bin noch nicht fertig.

Laura und ihre Freundinnen und Paps riefen plötzlich laut nach einer Zugabe, bei uns heißt das: »Bis! Bis!« Andere Zuhörer stimmten ein und klatschten im Rhythmus: »We want more! We want more!«

Eine Zugabe war in unseren Konzerten nie vorgesehen, hier entschied Eisenstein, was gespielt wurde, nicht das Publikum. Mir war das heute gleichgültig, ich blieb stehen und genoss, dass jetzt immer mehr Leute nach einer Zugabe riefen. Eisenstein winkte mich von der Bühne. Doch ich setzte mich an den Flügel, hob meine Hand, die Zuhörer wurden leise, ich verkündete dem Publikum: »Paganini-Liszt: *La Campanella*!«

Das Publikum raunte erstaunt, applaudierte gespannt, Beatrice musste sich zurückziehen, Eisenstein war fuchsteufelswild. Er gestikulierte mit den Armen, ich solle sofort von der Bühne. Ich schaute ihm in die Augen: ›Dir gehorche ich nicht mehr. Danke für alles, trotz allem.‹

LISZT: »La Campanella«

Ich verstoße gegen jede Regel, es ist mir endlich egal, ich will ja rausgeworfen werden. Und ich will endlich mal zeigen, was ich kann. Ich habe nur diese eine Chance.
Niemand kann sich vorstellen, wie sich das anfühlt, diese komplizierte Campanella zu wagen! Diese Musik ist so fantastisch, die größte Freude, pures Vergnügen, alle Menschen verstehen es gleichermaßen. Musik muss keiner übersetzen, nur hören, spüren.
Ach, was freut sich meine rechte Hand, endlich wieder reinhauen zu dürfen, und wie heftig ist sie gefordert! So viel Ärger hab ich ge-

habt, jahrelang, aber dieses Stück, das Glöckchen, klingt wie der Himmel auf Erden. Fünf Minuten dauert sie bloß, hundert Stunden Übung, bis man sie beherrscht. Ich lege alles hinein, auch meine Sehnsucht nach Shunichi. Ich habe keine kalten Hände mehr, und die Furcht vor Eisenstein verschwindet. Mein Tempo ist der Wahnsinn. Gute fünf Minuten höchste Konzentration. Ich kann es, verdammt, ich kann es gut!

Der letzte Ton war noch nicht verklungen, da sprangen alle Leute auf und klatschten wie verrückt, riefen Bravo, Bravo. So was hatte ich noch nie erlebt. Trampelten mit den Füßen. Meine Gastmutter Laura flippte aus, ihre Freundinnen kreischten, als wären wir in den Sechzigerjahren und sie hätten eben die Beatles gehört. Paps hüpfte in die Luft, ein ums andere Mal. Fotografen stürmten vorn an die Bühne und machten Fotos von mir, ich posierte, als sei ich ein Rockstar, und ich lachte laut bei der Vorstellung, wie es Beatrice hinter der Bühne gehen musste. Sie wird ein Gesicht gemacht haben, als habe sie in Zitronen gebissen. Was sollte sie jetzt noch reißen, jeder gute Applaus wird nach meinem Erfolg nur noch mickrig wirken. Ich hatte es ihnen gezeigt, das war es wert. Meine Tischtennisjungs winkten mir zu, ich grüßte zurück. Dann sprang ich von der Bühne und ging durch die Reihen hoch zu Paps, er hopste immer noch und hatte zugleich Tränen in den Augen. Wir umarmten uns.

Das alles kam tatsächlich in der Zeitung: *A new star is born. Clara van Bergen, Schülerin des international renommierten Prof. Eisenstein brillierte …* und so weiter. Beatrice schickte mir eine SMS: *Du glaubst, du hast gewonnen? Du kannst was, ok. Aber ich werde berühmt, weil ich die Connection habe. Wirst schon sehen.*

Ich habe den Kontakt gelöscht, wollte die alle nie wiedersehen. Eisenstein nicht und Beatrice mitsamt ihrer Mutter auch nicht. Am nächsten Tag ließ ich mir meine Haare abschneiden. Und dann habe ich laut gelacht: Ich brauchte keine Connection über Eisenstein. Meine Zugriffe auf YouTube schnellten in die Höhe, ich würde mit Patricks Unterstützung noch viel mehr Musikstücke einstellen. So werde ich berühmt.

Ich verdiente mein erstes Geld und gab Konzerte, genau wie ich es erträumt hatte. Charlotte war in Japan, Mama hatte ganze Arbeit geleistet. Und ich bin angekommen. Es war die Mühe wert.

Nichts ist größer, als wenn es ruhig wird um mich. Ich setze die Töne in den Saal. Merke, wie die Zeit stehen bleibt. Kehre beim Vorspiel mein Innerstes nach außen, bin angreifbar, weil ich nun alles von mir herzeige. Und wenn später der Applaus einsetzt, dann lächle ich unmerklich in mich hinein. Weil ich nichts anderes tun möchte, als schwere Stücke zu spielen. Solo am liebsten, vor Publikum.

ENDE

CLARAS REPERTOIRE

1. Frédéric Chopin: Prélude Des-Dur op. 28,15 (»Regentropfen-Prélude«)
2. Wolfgang Amadeus Mozart: Klaviersonate Nr. 12 F-Dur KV 332
3. Wolfgang Amadeus Mozart: Klavierkonzert Nr. 12 A-Dur KV 414, 2.Satz »Andante«
4. Wolfgang Amadeus Mozart: Klaviersonate Nr. 2 F-Dur KV 280, 2.Satz »Adagio«
5. Ludwig van Beethoven: Klaviersonate Nr. 14 cis-Moll op. 27,2 (»Mondscheinsonate«)
6. »Es klappert die Mühle am rauschenden Bach«, Kinderlied
7. »Die Vogelhochzeit«, Volkslied
8. Erik Satie: Gymnopédie Nr. 1
9. Ludwig van Beethoven: Sechs leichte Variationen G-Dur WoO 77
10. John Williams: Geigenmotiv aus der Musik zu dem Film »Schindlers Liste«
11. Ludwig van Beethoven: »Alla Ingharese quasi un Capriccio«, Rondo G-Dur op. 129 (»Die Wut über den verlorenen Groschen«)
12. Carl Czerny: Etüde Nr. 39 Des-Dur (Presto – à la Galopade) aus »Schule der Geläufigkeit« op. 299

13. Johann Sebastian Bach: Ouvertüre Nr. 3 D-Dur BWV 1068, 2.Satz »Air«
14. Led Zeppelin: Stairway To Heaven, Fassung für Violine und Gitarre
15. Johann Sebastian Bach: »Schafe können sicher weiden«, aus der Kantate BWV 208 (»Jagdkantate«), Bearbeitung für Klavier von Egon Petri
16. Frédéric Chopin: Polonaise As-Dur op. 53 (»Héroïque«)
17. Frédéric Chopin: Etüde C-Dur op. 10,1
18. Frédéric Chopin: Etüde E-Dur op. 10,3 (»Ohrwürmchen«)
19. Alexander Skriabin: Nocturne Des-Dur für die linke Hand op. 9,2
20. Robert Schumann: Carnaval op. 9
21. Franz Liszt: Etüde Nr. 3 gis-Moll »La Campanella«, aus »Six Grandes Etudes de Paganini« (»Glöckchen«)

DANKE

… sage ich den MusikerInnen, die mir aus ihrem Leben berichtet haben. So konnte ich mir ein Bild machen von ihrer Leidenschaft, ihren Träumen und Sorgen.

Danke an Saskia Heintz, meine Lektorin und inzwischen Verlegerin im Hanser Verlag. Ohne deinen langen Atem, den Trost und das Vertrauen wäre nichts passiert. Danke an Ulrich Störiko-Blume, den ehemaligen Verleger des Kinderbuchs, der das Projekt unterstützte, und Dank an Katharina von Savigny für ihren Feinschliff am Text.

Danke an die Musiktherapeutin Maria Heimbucher, die Klavierpädagogin Antje Gerstmeyer und den Jazzer am Klavier Frank Wunsch für ihre freundschaftliche Unterstützung, ihre Sachkenntnis und ihren Rat.

Danke an Michael Bünger, der als Sozialpädagoge tatsächlich Jugendliche das Bogenschießen lehrt.

Danke an meine ehemaligen Musikpädagogen, meine Klavierlehrerin Elisabeth Volkenand, meine Geigenlehrerin Ursula Stürmer und Fräulein (sie bestand darauf) Peter am Albert-Schweitzer-Gymnasium in Hofgeismar, die ein herrliches Schulorchester aufgebaut und geleitet hat, in dem ich die zweite Geige spielen durfte. Mehr war nicht drin ;-)

Weitere Informationen zum Buch unter www.solofuerclara.de

CLAUDIA SCHREIBER,

1958 geboren, war Redakteurin, Reporterin und Moderatorin für den SWF und das ZDF, bevor sie Romane, Sach- und Kinderbücher schrieb. Ihre Texte wurden fürs Theater, TV und Kino adaptiert. 2004 erschien ihr Kinderbuchdebüt *Sultan und Kotzbrocken* bei Hanser. 2014 folgte *Sultan und Kotzbrocken in einer Welt ohne Kissen*. Ihr Bestseller-Roman *Emmas Glück* wurde 2005 u. a. mit Jürgen Vogel und Jördis Triebel verfilmt. Gemeinsam mit Yayo Kawamura realisierte sie zuletzt das Bilderbuchprojekt *Ich, Luisa, Königin der ganzen Welt* (2015). Claudia Schreiber wurde u. a. mit dem »Journalistenpreis Entwicklungspolitik« des Bundespräsidenten ausgezeichnet. Sie lebt in Köln.

Weitere Informationen über die Autorin unter www.claudia-schreiber.de

»Das beeindruckendste Jugendbuchdebüt 2013«

New York Times

Sie sind beide Außenseiter, aber grundverschieden: Die pummelige Eleanor und der gut aussehende, aber zurückhaltende Park. Als er ihr im Schulbus den Platz neben sich freimacht, halten sie wenig voneinander. Park liest demonstrativ und Eleanor ist froh, ignoriert zu werden. In der Schule ist sie das Opfer übler Mobbing-Attacken und zu Hause hat sie mit vier Geschwistern und einem tyrannischen Stiefvater nur Ärger. Doch als sie beginnt, Parks Comics mitzulesen, entwickelt sich ein Dialog zwischen den beiden. Zögerlich tauschen sie Kassetten, Meinungen und Vorlieben aus. Dass sie sich ineinander verlieben, scheint unmöglich. Doch ihre Annäherung gehört zum Intensivsten, was man über die erste Liebe lesen kann.

»Dieser großartige Roman erinnert mich nicht nur daran, wie es ist, jung und verliebt in ein Mädchen zu sein, sondern auch daran, wie es ist, jung und verliebt in ein Buch zu sein.« *John Green*

1 2 3 4 5 20 19 18 17 16

ISBN 978-3-446-25090-1

Umschlaggestaltung: Marion Blomeyer, Lowlypaper, München
© Zara Picken Illustration
Satz im Verlag
Druck und Bindung: Friedrich Pustet, Regensburg
Printed in Germany

FSC
www.fsc.org
MIX
Papier aus verantwortungsvollen Quellen
FSC® C014889